BIBLIOTECA DE BOLSILLO

Maurice

EDWARD MORGAN FORSTER, hijo de un arquitecto, nació en Londres en 1879 y se educó en la Universidad de Cambridge, donde cursó estudios de literatura clásica e historia. A partir de 1901 residió temporadas en Italia y Grecia, y en estos países mediterráneos están ambientados algunos de sus cuentos, como *La historia de la sirena*, y sus dos primeras novelas, *Donde los ángeles no se aventuran* (1905) y *Habitación con vistas* (1908). Cambridge es el escenario de su tercera novela, *El viaje más largo* (1907), y la cuarta, *Howard's end* (1910) —traducida al castellano con el título de *La mansión*—, se sitúa en la ciudad de Londres y sus alrededores. En 1912 y en 1922 vivió en la India, experiencia que noveló en *Pasaje a la India* (1924), obra que confirmó su fama universal como novelista; pero Forster abandonó definitivamente este género y hasta el final de su larga vida sólo cultivó otras modalidades literarias, como libros de viajes, ensayos, cuentos y biografías: *Alejandría* (1922; Seix Barral, 1984), *Aspectos de la novela* (1927), *El momento eterno* (1928), *Abinger Harvest* (1936), *Lo que creo* (1939), *Virginia Woolf* (1942), *Dos vivas por la democracia* (1951) y, en colaboración con Eric Crozier, el libreto de la ópera de Benjamin Britten, *Billy Budd* (1951), sobre el célebre relato de Melville. Murió en Coventry en 1970.

E. M. Forster

Maurice

Introducción de
P. N. Furbank

BIBLIOTECA DE BOLSILLO

... grama de la película dirigida
por Antonio Drove
e interpretada por Jane Seymour y Peter Weller

Título original:
Maurice

Traducción del inglés por
JOSÉ M. ÁLVAREZ FLÓREZ
y ÁNGELA PÉREZ GÓMEZ

Segunda edición en
Biblioteca de Bolsillo:
junio 1988

© 1973: The Common Seal of the Provost
and Scholars of King's College, Cambridge

Derechos exclusivos de edición en castellano
reservados para todo el mundo
y propiedad de la traducción:
© 1985 y 1988: Editorial Seix Barral, S. A.
Córcega, 270 - 08008 Barcelona

ISBN: 84-322-3030-8

Depósito legal: B. 23.214 - 1988

Impreso en España

1988. — Talleres Gráficos DUPLEX, S. A.
Ciudad de la Asunción, 26 - 08030 Barcelona

Comenzada en 1913
Terminada en 1914
Dedicada a Tiempos Mejores

INTRODUCCIÓN

por P. N. Furbank

El éxito de *Howards End,* publicada en 1910, tuvo un efecto perturbador en la vida de Forster. Le llenó de supersticiosos augurios, entre ellos el miedo a convertirse en un escritor estéril. Estuvo inquieto durante todo el año siguiente, su vida doméstica le torturaba y era incapaz de centrarse en nada. Comenzó una nueva novela, *Arctic Summer,* pero no pudo aclararse con ella y se fue a la India en el invierno de 1912-13, preguntándose si podría alguna vez volver a escribir obras de creación. La India le causó una profunda impresión; le dio un nuevo punto de vista y —tal como pensaba— le arrancó definitivamente de sus preocupaciones insulares y burguesas. Aun así, no significó una cura'. A su regreso inició una novela de ambiente indio, pero pronto se le plantearon numerosas dificultades y no pudo hallar una salida. En privado se acusaba de debilidad, y comenzaba a preguntarse si alguien tan ocioso como él tenía derecho a emitir juicios sobre los que trabajaban para ganarse la vida. Temía llegar a ser «ridículo e impopular» si continuaba con lo que estaba haciendo.

Entonces, en setiembre de 1913, fue a visitar a Edward Carpenter, el profeta de la vida sencilla y de la homosexualidad orgullosa, y experimentó una revelación. Cuenta lo que le sucedió en su propia Nota Final: el amigo de Carpenter, George Merrill, le tocó la cadera, y la sensación, tal como él la describe, fue una suerte de ramalazo que subió directamente recorriendo su espalda hasta su mente. Al instante, toda una

7

nueva novela tomó forma: trataría de la homosexualidad, habría en ella tres personajes principales y tendría un final feliz.

Al fin sabía cuál era el problema. Durante años, *Maurice*, o algo parecido a *Maurice*, había estado pidiendo salir a la luz. Ya antes, había buscado alivio escribiendo relatos humorísticos sobre el tema de la homosexualidad; pero esto no había sido suficiente, aunque tales relatos no le avergonzasen, lo mismo que la disciplina y el autocontrol no habían sido suficientes, aunque no los abandonase. Había llegado el momento en que debía aceptar en su imaginación, ya que no en su vida real, la idea de que el amor homosexual era bueno. Necesitaba afirmar, sin posibilidad de retroceso, que este tipo de amor podía ser ennoblecedor y no degradante, y que si había alguna «perversión» en él, tal perversión era atribuible a una sociedad que negaba sañudamente una parte esencial de la herencia humana.

Su depresión se desvaneció. Púsose a trabajar inmediatamente, en un estado de exaltación, y a los tres meses había concluido un primer bosquejo de la infancia de Maurice y de sus experiencias en Cambridge. Luego, su entusiasmo sufrió un duro golpe: Lowes Dickinson leyó una de sus narraciones humorísticas y quedó sorprendido y disgustado. Esto le trastornó seriamente, mas a pesar de todo perseveró en su idea. Pero en el abril siguiente recibió un choque aún más serio. En la parte de la novela que alude a Cambridge, se había basado sobre todo en su amistad con H. O. Meredith;[1] pero Meredith, cuando leyó el manuscrito, no mostró ningún interés por él; no sólo eso, sino que parecía creer que su desinterés no importaba mucho. Este golpe provoca el que Forster empiece a pensar en abandonar la novela; pero la idea no persiste, y en junio de 1914, *Maurice* estaba terminada.

No se planteó en absoluto el publicarla: no podía pensarse en tal cosa, creía, «hasta mi muerte y la de Inglaterra». En realidad su idea original era que la estaba escribiendo sólo para sí mismo. Pronto empezó, sin embargo, a enseñársela a algu-

1. Esto fue lo que él me dijo. Pero su referencia en la Nota Final a una «ligera amistad académica» no se ajusta a Meredith, que durante muchos años fue su amigo más íntimo, ni tampoco se ajustan algunos de los demás detalles. Sin embargo, hemos de tener en cuenta que Meredith vivía aún cuando Forster escribió la Nota Final, y es posible que alterase ligeramente los hechos.

nos amigos. El primero que la leyó fue Dickinson, que —con gran alivio— la juzgó admirable y conmovedora, aunque considerara el final feliz demasiado artificial. El propio Forster sabía que ésta era la parte más floja del libro y se puso a trabajar (sería la primera vez, pero no la última) para mejorarla. Veía claramente dónde residía el problema. Estaba ligado al motivo básico que le había impulsado a escribir el libro. «Podría haber sido más inteligente dejar que también esta parte (la parte de Alec Scudder) se disolviese en la incertidumbre y en la niebla», escribía a Dickinson (13 de diciembre de 1914), «pero se siente la incontenible tentación de proporcionar a las criaturas que uno forma una felicidad que la vida real no proporciona. "¿Por qué no? —continuó pensando—. Un pequeño reajuste, más que buena suerte." Pero sin duda el reajuste es fundamental. Es el ansia de permanencia lo que lleva a un novelista a elaborar teorías al final de cada libro. La única permanencia que no es teoría, sino hecho es la muerte. Y quizás haya quedado ahíto de ella tras *The Longest Journey*. Sea como fuere, la repugnancia que siento por matar se hace cada vez mayor».

Un mes o dos después, un tanto nervioso, mostró la novela a Forrest Reid, un amigo más reciente. Reid no se sorprendió, tal como Forster temía que hiciese, pero la novela no se ajustaba realmente a su gusto, y sus objeciones estimularon a Forster a realizar una defensa más amplia.

«Quiero separar estos problemas de las nieblas de la teología: Varón y Hembra los creó Él. Dejando a un lado a los que como Clive interrumpen su proceso... tan sólo quedan los "pervertidos" (una palabra absurda, porque al utilizarla se supone que tenían elección, pero usémosla de todos modos). ¿Son estos "pervertidos" buenos o malos como los hombres normales, debiéndose su desproporcionada tendencia al mal (que yo admito) a la criminal ceguera de la Sociedad? ¿O es congénita su maldad? Tú respondes, igual que yo, que se trata de lo primero, pero tu respuesta es un tanto reticente. ¡Yo quiero responder *vehementemente*! El personaje de mi libro es, hablando en términos generales, bueno, pero la Sociedad llega casi a destruirlo, está a punto de deslizarse por su vida furtivo y asustado, abrumado por una conciencia de culpa. "¿Qué hubiera hecho si no hubiese encontrado otro hombre como él?" ¿Qué hubiera hecho realmente? ¡Pero acusemos a la Sociedad, no a Maurice, y demos gracias de que, aunque sea en una novela, cuando se permite a un hombre elegir el mejor camino, sea capaz de hacerlo!

»Esto me lleva a otra cuestión... ¿Es siempre justo que una relación tal incluya lo físico? Sí... A veces. Si ambos lo desean y ambos son lo suficientemente adultos para saber lo que quieren, sí. Yo no pensaba así antes, pero ahora sí. Maurice y Clive hubiesen hecho mal, en la relación entre Maurice y Dicky habría sido peor aún, pero en el caso de M. y A. me parece muy bien, algunas personas no podrían ser rectas nunca...

»Mi defensa en un Juicio Final sería: "yo intentaba ligar y utilizar todos los fragmentos con los que nací". Lo he hecho exhaustivamente en *Howards End,* y Maurice, aunque sus fragmentos son más escasos y más extraños que los de Margaret, forma parte de la misma tarea...»

A lo largo de los años, como reacción a las reacciones de los distintos amigos, su opinión de la novela varió. Hubo veces en que estaba seguro de que había hecho «algo totalmente nuevo, aun para los griegos». Otras, tenía dudas, sobre todo respecto a la última parte de la novela, en la que Maurice halla la felicidad física. «No hay nada más reacio al tratamiento artístico que lo carnal —escribía a Siegfried Sassoon en 1920—, pero tiene que incluirse, estoy seguro: todo tiene que incluirse.» Volvió a trabajar más en esta difícil parte última, en 1919, y de nuevo en 1932, y la revisó una vez más, bastante exhaustivamente, en 1959-60. Un lector le había planteado una duda respecto al *dénouement,* en el que Maurice contempla el barco de Alec alejándose rumbo a la Argentina y vuelve después su rostro hacia Inglaterra, en un audaz arrebato de exaltada emoción. Era conmovedor e impresionante; pero, ¿cómo iba Maurice realmente a ir a *buscar* a Alec? Aquello preocupó a Forster, y en consecuencia añadió un pasaje en el que condujo a Maurice sin ningún tropiezo a los brazos de Alec.

En la década de los sesenta, su madre y la mayoría de sus parientes próximos habían muerto y las actitudes hacia las cuestiones sexuales habían variado mucho, por lo que podía, si lo deseaba, haber publicado la novela. Algunos amigos se lo sugirieron, pero él rechazó firmemente tales sugerencias. Sabía el interminable alboroto y el ajetreo que ocasionaría tal cosa. Además, el libro se había convertido en algo lejano para él. Decía que estaba menos interesado ya en la salvación, en liberar «desde fuera»; pensaba que era una «patraña». La gente podía ayudarse entre sí, pero estas ayudas no eran decisivas de aquel modo. Además, uno o dos amigos a los que había mostrado hacía poco el libro, pensaban que estaba «pasado». Él hizo cuidadosos preparativos para su publicación póstuma, pero su comentario final (sobre la cubierta del original de 1960) era «Publicable... ¿pero merece la pena?» Pocos lectores de esta novela conmovedora y magistral tendrán dudas sobre la respuesta.

I

HABÍA UN DÍA del curso, en que todo el colegio salía a dar un paseo —es decir, tomaban parte en él los tres maestros, en unión de todos los alumnos—. Solía ser una excursión agradable, y todo el mundo la esperaba con gusto, olvidaba viejos rencores y actuaba con libertad. Para que se resintiera menos la disciplina, tenía lugar siempre antes de las vacaciones, cuando la indulgencia no resultaba perjudicial, y realmente la gira parecía más una fiesta familiar que una actividad escolar, pues la señora Abrahams, la mujer del director, se reunía con ellos en el salón de té, con algunas damas amigas, y se mostraba hospitalaria y maternal.

El señor Abrahams era un profesor de escuela preparatoria a la vieja usanza. No se preocupaba ni del trabajo ni de los juegos, pero alimentaba muy bien a los muchachos y vigilaba que no se comportaran mal. Dejaba el resto a los padres, sin especular sobre lo que los padres le dejaban a él. Entre mutuas felicitaciones, los muchachos pasaban a un colegio de enseñanza secundaria rebosando salud, pero retrasados, para recibir allí, sobre su carne indefensa, los primeros golpes de la vida. Podría decirse mucho sobre el menosprecio de la formación intelectual, pero a los discípulos del señor Abrahams no solía irles mal y se transformaban en padres a su vez, y en algunos casos, le enviaban a sus hijos. El señor Read, el ayudante más joven, era un profesor del mismo tipo, sólo que más estúpido,

13

mientras que el señor Ducie, el decano, actuaba como un estimulante, e impedía que todos se echaran a dormir. No resultaba muy agradable, pero sabían que era necesario. El señor Ducie era un hombre competente, ortodoxo, pero no totalmente desligado del mundo, ni incapaz de ver las dos caras de un problema. No era el adecuado para tratar con los padres ni con los muchachos más torpes, pero era bueno para los de primera fila, y hasta había instruido alumnos becados. No era un mal organizador. El señor Abrahams, mientras fingía llevar las riendas y preferir al señor Read, dejaba las manos libres al señor Ducie, y acabó por hacerle su socio.

El señor Ducie siempre tenía algo en la cabeza. En esta ocasión era Hall, uno de los muchachos mayores, que les dejaba para ingresar en un colegio privado. Quería tener una «larga charla» con Hall durante el paseo. Sus colegas ponían objeciones, debido a que esto les dejaría más trabajo, y el director subrayaba que ya había hablado él con Hall y que el muchacho preferiría hacer su última excursión con sus condiscípulos. Esto era probable, pero al señor Ducie nadie le disuadía nunca de hacer lo que era correcto. Sonrió y guardó silencio. El señor Read sabía en qué consistiría la «larga charla», pues al poco de conocerse habían tocado aquel tema profesionalmente. El señor Read no estaba de acuerdo. «Terreno resbaladizo», había dicho. El director ni lo sabía ni habría querido saberlo. Separándose de sus alumnos cuando cumplían los catorce años, olvidaba que se habían hecho casi hombres. Le parecían una raza de seres pequeños pero completos, como los pigmeos de Nueva Guinea, «mis muchachos». Y eran aún más fáciles de comprender que los pigmeos, porque nunca se casaban y raras veces fallecían. Célibes e inmortales, la larga procesión pasaba ante él variando en su número de veinticinco a cuarenta por tanda. «Yo no veo ninguna utilidad en los libros de educación. Ya había muchachos mucho antes de que se pensara en ese asunto de la educación.» El señor Ducie se sonreía, pues estaba empapado de evolucionismo.

Pasemos a los muchachos.

—¿Puedo cogerle de la mano...? Usted me lo prometió... Las dos manos del señor Abrahams están ocupadas, y todas las del señor Read... Oh, señor, ¿no le ha oído? ¡Cree que el señor Read tiene tres manos!... No es verdad, yo dije «dedos». ¡Ojo verde! ¡Ojo verde!

—¡Cuando hayas acabado...!

—¡Señor!

—Yo pasearé ahora sólo con Hall.

Hubo gritos de protesta. Los otros profesores, viendo que aquello no conducía a nada bueno, apartaron a la jauría y la condujeron por el acantilado hacia las dunas. Hall, triunfante, caminaba al lado del señor Ducie, sintiéndose demasiado viejo para cogerle de la mano. Era un chaval guapo y regordete, que no destacaba por nada en especial. En esto se parecía a su padre, que había formado parte de la procesión veinticinco años antes, había desaparecido en un colegio privado, se había casado, tenido un hijo y dos hijas, y fallecido recientemente de neumonía. El señor Hall había sido un buen ciudadano, pero bastante gris. El señor Ducie se había informado sobre él antes de iniciar el paseo.

—Bien, Hall, esperando un sermoncito, ¿eh?

—No sé, señor. El señor Abrahams me echó uno al darme «Those Holy Fields». La señora Abrahams me regaló unos gemelos. Los compañeros me dieron una colección de sellos de Guatemala que valen dos dólares. ¡Mire, señor! Los del papagayo en la columna.

—¡Espléndido, espléndido! ¿Qué te dijo el señor Abrahams? Supongo que te diría que eras un miserable pecador.

El muchacho se rió. No entendía al señor Ducie, pero se daba cuenta de que quería resultar divertido. Se sentía a gusto porque era su último día de clase, y aunque hiciera algo mal no le reñirían. Además, el señor Abrahams le había declarado alumno modelo: «Estamos orgullosos de él; nos honrará en Sunnington»: había visto el principio de la carta dirigida a su madre. Y los muchachos le habían inundado de regalos, declarando que era un valiente.

Una gran mentira, él no era valiente: tenía miedo a la oscuridad. Pero nadie lo sabía.

—Bien, ¿qué dijo pues el señor Abrahams? —repitió el señor Ducie, cuando llegaron a la arena.

El muchacho se veía amenazado por una larga charla, y lo que deseaba era estar en el acantilado con sus amigos, pero sabía que el deseo es inútil para un muchacho cuando está con un hombre.

—El señor Abrahams me dijo que imitara a mi padre.

—¿Nada más?

—Que nunca haga nada delante de mi madre que me diese vergüenza. Nada me irá mal entonces. Y que el colegio será muy diferente de esto.

—¿Te dijo el señor Abrahams cómo será?

—Habrá toda clase de dificultades... será más parecido al mundo.

—¿Te dijo cómo es el mundo?

—No.

—¿Se lo preguntaste?

—No, señor.

—No fue muy inteligente de tu parte, Hall. Es necesario aclarar las cosas. El señor Abrahams y yo estamos aquí para responder a vuestras preguntas. ¿Cómo supones tú que es el mundo... el mundo de los mayores?

—No puedo decirlo. Soy un niño —dijo, muy sinceramente—. ¿Los mayores son muy traicioneros, señor?

Al señor Ducie le hizo gracia aquello y le preguntó qué ejemplos de traición había visto. Él replicó que los mayores eran amables con los niños, pero ¿no andaban siempre engañándose entre sí? Abandonando sus gestos de escolar, comenzó a hablar como un niño, de forma graciosa e imaginativa. El señor Ducie se tendió en la arena a escucharle, encendió su pipa y miró hacia el cielo. El pueblecito costero donde vivían quedaba ahora atrás, lejos, y el resto del colegio lejos también, hacia delante. El día era gris y sin viento, y el sol y las nubes apenas si se diferenciaban.

—Vives con tu madre, ¿verdad? —le interrumpió, viendo que el muchacho había adquirido confianza.

—Sí, señor.

—¿Tienes hermanos mayores?

—No, señor... Sólo Ada y Kitty.

—¿Y tíos?

—No.

—Así que no conoces muchos hombres.

—Mamá tiene un cochero y está George, que atiende el jardín; pero, claro, usted quiere decir señores. Mamá tiene tres doncellas que cuidan de la casa, pero son tan perezosas que ni siquiera repasan las medias de Ada. Ada es la mayor de mis hermanas pequeñas.

—¿Cuántos años tienes?

—Catorce y tres cuartos.

—Bueno, eres un pobrecito ignorante.

Ambos se rieron. Después de una pausa, dijo:

—Cuando yo tenía tu edad, mi padre me dijo algo que me resultó muy útil y que me ayudó mucho.

Era falso: su padre nunca le había dicho nada, pero necesitaba un preludio para lo que iba a decir.

—¿Él se lo dijo, señor?

—¿Quieres que te diga lo que fue?

—Sí, por favor.

—¡Te hablaré durante unos minutos como si fuese tu padre, Maurice! Y te llamaré por tu verdadero nombre.

Entonces, amablemente y con gran sencillez, le informó del misterio del sexo. Habló del varón y de la hembra, creados por Dios en el principio de los tiempos, con el fin de que la tierra pudiese poblarse, y del periodo en que el varón y la hembra reciben sus poderes sexuales.

—Tú estás precisamente comenzando a hacerte un hombre ahora, Maurice, por eso te digo todo esto. No es una cosa que pueda decirte tu madre, y no debes mencionársela a ella ni a ninguna otra dama; y si en el nuevo colegio al que vas a ir, los muchachos te lo mencionan, hazles callar; diles que ya lo sabes. ¿Habías oído hablar de esto antes?

—No, señor.

—¿Ni una palabra?

—No, señor.

Aún humeando su pipa, el señor Ducie se levantó, y eligiendo un espacio liso en la arena, hizo sobre él unos dibujos con su bastón. «Esto aclarará más las cosas», dijo al muchacho, que observaba obtusamente: aquello no tenía la menor relación con su experiencia. Se mantenía atento, como era lógico, pues era el único alumno de la clase y sabía que el tema era serio y que se relacionaba con su propio cuerpo. Pero no se podía identificar con ello. Se deshacía en fragmentos tan pronto como el señor Ducie lo resumía, como una suma imposible. En vano lo intentaba. Su torpe cerebro no despertaría. La pubertad estaba allí, pero no la comprensión, y la virilidad se introducía en él, como debe ser siempre, igual que en un trance. Era inútil penetrar en aquel trance. Inútil describirlo, aunque se hiciese de modo científico y con benevolencia. El muchacho asiente y vuelve a su sueño, del que nadie lo sacará antes de que llegue su hora.

El señor Ducie, aparte de su ciencia, se sentía inclinado hacia él. Realmente demasiado inclinado; atribuía complejos sentimientos a Maurice, y no comprendía que el muchacho o no entendería nada o se sentiría abrumado.

—Todo esto es bastante molesto —dijo—, pero uno debe superarlo, no hay que hacer de ello un misterio. Después llegan las grandes cosas: Amor, Vida.

Hablaba con fluidez, pues ya había tenido charlas del mismo cariz con otros muchachos, y sabía el tipo de preguntas que solían hacer. Maurice no preguntaría; sólo dijo: «ya veo, ya, ya», y al principio el señor Ducie temió que no le entendiese. Lo examinó. Las respuestas eran satisfactorias. La memoria del muchacho era buena y —el ser humano está fabricado con un tejido tan curioso— había llegado a desarrollar una suerte de comprensión espúrea, una superficie dispuesta a reflejar la llama iluminadora de la inteligencia del adulto. Al final preguntó una o dos cosas acerca del sexo, de modo muy preciso. El señor Ducie quedó muy complacido.

—Muy bien —dijo—, ya no tienes por qué preocuparte ni sorprenderte.

Aún quedaban el amor y la vida, y el señor Ducie tocó este tema mientras continuaban andando por la orilla de aquel mar incoloro. Habló del hombre ideal, casto y ascético. Dibujó la gloria de la mujer. Comprometido en matrimonio, se había hecho más humano, y sus ojos brillaban tras las gruesas gafas; sus mejillas enrojecían. Amar a una noble mujer, protegerla y servirla, esto, dijo al muchacho, era la coronación de la vida.

—Tú no puedes comprenderlo ahora, pero lo comprenderás algún día, y cuando lo comprendas, te acordarás de este pobre y viejo maestro que te guió al principio de la ruta. Todo ello va junto, todo, y arriba en el cielo, Dios. Todo es correcto en el mundo. ¡Varón y hembra! ¡Qué maravilla!

—Yo creo que nunca me casaré —subrayó Maurice.

—Dentro de diez años os invito a ti y a tu mujer a cenar con mi mujer y conmigo. ¿Aceptas?

—¡Oh, sí señor! —el niño sonrió complacido.

—Es un trato, ¡eh!

Era de todos modos un buen chiste para terminar. Maurice estaba conmovido y comenzó a pensar en el matrimonio. Pero cuando enfilaban playa adelante, el señor Ducie se detuvo, y se agarró las mandíbulas como si le doliesen todos los dientes. Se volvió y miró la larga extensión de arena que quedaba tras ellos.

—Ojalá no hubiese garrapateado nunca esos diagramas infernales —dijo lentamente.

Hacia el lejano final de la bahía se veía a un grupo de gente que caminaba tras ellos, también por la orilla del mar. Su ruta les llevaría al mismo lugar donde el señor Ducie había hecho su ilustración del sexo. Y en el grupo iba una dama. Retrocedió corriendo, aterrado.

—Señor, no pasará nada —gritó Maurice—. La marea lo habrá cubierto ya.

—Dios del cielo... Gracias a Dios... La marea está subiendo.

Y de pronto, durante un instante, el muchacho lo despreció. «Mentiroso», pensó. «Mentiroso, cobarde, no me está diciendo nada»... Después la oscuridad avanzó de nuevo, la oscuridad es primigenia pero no eterna, y produce su propia y dolorosa aurora.

II

LA MADRE DE MAURICE vivía cerca de Londres, en una confortable villa rodeada de pinos. Allí habían nacido él y sus hermanas, y desde allí salía su padre para ir al trabajo todos los días, y allí volvía. Estuvieron a punto de abandonarla cuando se construyó la iglesia, pero se acostumbraron a ella, como a todo, y hasta la consideraron después una comodidad. La iglesia era el único lugar al que la señora Hall tenía que ir, aparte de las tiendas. La estación tampoco estaba muy lejos, ni lo estaba un colegio aceptable para las niñas. Era una zona de facilidades, donde no había que batallar por nada, y donde el éxito era indistinguible del fracaso.

A Maurice le gustaba la casa, y reconocía a su madre como su genio rector. Sin ella, no habría blandos sofás, ni comida, ni agradables juegos, y él le estaba agradecido por proporcionarle tantas cosas, y la amaba. También le gustaban sus hermanas. Cuando llegó, salieron entre gritos de alegría, cogieron su abrigo y se lo entregaron a los sirvientes en el vestíbulo. Era muy bonito ser el centro de atracción y poder presumir hablando del colegio. Sus sellos de Guatemala fueron muy admirados. También lo fue «Those Holy Fields» y la fotografía de un cuadro de Holbein que el señor Ducie le había dado. Después del té aclaró el tiempo, y la señora Hall se puso los chanclos y recorrió con él el jardín. Iban besándose y conversando al azar.

—Morrie...

—Mami...

—Ahora yo debo procurar que mi Morrie lo pase muy bien.

—¿Dónde está George, mamá?

—Esos informes tan espléndidos del señor Abrahams. Dice que le recuerdas a tu pobre padre... ¿Y qué vamos a hacer ahora, en estas vacaciones?

—Aquí es donde más me gusta estar.

—Hijo querido... —le abrazó, más tiernamente que nunca—. No hay nada como el hogar, es verdad... Sí, tomates... —le gustaba recitar los nombres de las verduras—. Tomates, zanahorias, brécoles, cebollas...

—Tomates, brécoles, cebollas, patatas —tarareó el muchacho.

—Grelos...

—¿Dónde está George, mamá?

—Se marchó la semana pasada.

—¿Por qué se marchó? —preguntó.

—Era demasiado mayor ya. Howell siempre cambia al muchacho cada dos años...

—Oh.

—Grelos —continuó ella—, otra vez patatas, remolachas... Morrie, ¿te gustaría hacer una pequeña visita al abuelo y a tía Ida si nos piden que vayamos? Quiero que te diviertas

mucho en estas vacaciones, querido. Te has portado tan bien...
Y el señor Abrahams es un hombre tan bueno, ¿ves?, tu padre también fue a esa escuela, y vamos a enviarte al viejo colegio de tu padre también, a Sunnington, con el fin de que puedas llegar a ser como tu querido padre en todas las cosas.

Un gemido la interrumpió.

—Morrie, querido...

El muchacho estaba llorando.

—Cariño, ¿qué es eso?

—No sé... No sé...

—Pero por qué, Maurice...

Él meneó la cabeza... Ella lamentó su fracaso, el no haber podido hacerle feliz, y comenzó a llorar también. Salieron las muchachas, diciendo:

—Mamá, ¿qué le ocurre a Maurice?

—Oh, nada —gimió él—. Kitty, lárgate...

—Está muy cansado —dijo la señora Hall; era su explicación para todo.

—Estoy muy cansado.

—Vete a tu cuarto, Morrie... Oh, querido, esto es realmente demasiado horrible.

—No... Estoy muy bien.

Apretó los dientes, y una gran masa de llanto que le había abrumado al salir a la superficie, comenzó a hundirse. Podía sentir cómo descendía a su corazón, hasta que perdió la conciencia de ella. Miró a su alrededor con ferocidad y con los ojos secos.

—Jugaré a las damas.

Antes de que las fichas estuvieran colocadas, estaba ya hablando como antes; el colapso infantil se había desvanecido.

Golpeó a Ada, que le adoraba, y a Kitty, que no, y después corrió de nuevo hasta el jardín para ver al cochero.

—¿Cómo está, Howell? ¿Cómo está la señora Howell? ¿Cómo está, señora Howell? —todo ello con un tono paternalista en la voz, diferente del que usaba con los de su clase. Después, alterando el tono—: ¿No hay un nuevo aprendiz de jardinero?

—Sí, señorito Maurice.

—¿Era George muy mayor ya?

—No, señorito Maurice. Quiso mejorar.

—Oh, quiere usted decir que se despidió.

—Así es.

—Mamá me dijo que era ya muy mayor y que usted lo había despedido.

—No, señorito Maurice.

—Mis pobres pilas de leña quedarán tranquilas —dijo la señora Howell. Maurice y el anterior aprendiz de jardinero solían jugar entre ellas.

—La leña es de mamá, no suya —dijo Maurice, y salió de allí.

Los Howell no se sintieron ofendidos, aunque así lo pretendieron aparentar entre sí. Habían sido criados toda la vida, y les gustaba que un caballero fuese impertinente. «Ya tiene carácter —dijeron al cocinero—. Se parece a su padre.»

Los Barry, que vinieron a cenar, eran de la misma opinión. El doctor Barry era un viejo amigo, o más bien vecino, de la familia, y se tomaba un moderado interés por ellos. Nadie podía sentirse profundamente interesado por los Hall. A él le agradaba Kitty —había indicios de energía en ella—, pero las muchachas estaban en la cama, y el doctor comentó con su mujer, después, que Maurice también debería haber estado allí, y «quedarse allí para toda la vida, que es lo que le gustaría. Como su padre. ¿Para qué sirve la gente así?»

Cuando Maurice se fue a la cama, lo hizo a regañadientes. Aquel cuarto siempre le aterraba. Se había portado como un hombre toda la velada, pero volvió a asediarle el viejo sentimiento en cuanto su madre le dio el beso de buenas noches. El problema era el espejo. No le importaba ver su cara reflejada en él, ni tampoco la sombra en el techo, pero lo que no podía soportar era ver su sombra en el techo reflejada en el espejo. Debía de colocar la vela para evitar aquella combinación, y después atreverse a apagarla y ser atrapado por el miedo. Sabía lo que era esto, no le recordaba nada horrible. Pero tenía miedo. Al final apagaría la vela y saltaría a la cama. La total oscuridad podía soportarla, pero aquella habitación tenía además el defecto de que había enfrente un farol de la calle. En las noches claras, la luz atravesaba las cortinas silenciosamente, pero a veces se dibujaban sobre los muebles borrones como calaveras. Su corazón latía agitado, y el terror le cubría, allí en su casa, con todos los suyos cerca.

Cuando abrió los ojos para ver si se habían hecho más pequeños los borrones, se acordó de George. Algo se agitó en las profundidades insondables de su corazón. Murmuró: «George, George.» ¿Quién era George? Nadie... sólo un simple criado. Mamá y Ada y Kitty eran mucho más importantes. Pero Maurice era demasiado pequeño para razonar así. Ni siquiera advirtió que cuando dejaba brotar aquel lamento se borraban las sombras espectrales y caía dormido.

III

SUNNINGTON FUE LA SIGUIENTE ETAPA de la carrera de Maurice. La atravesó sin llamar la atención. No era demasiado bueno en los estudios, aunque mejor de lo que aparentaba, ni espectacularmente bueno en los deportes. La gente se fijaba en él, le apreciaban, pues tenía un rostro franco y amistoso y correspondía a la atención que se le prestaba, pero había bastantes muchachos de su tipo: formaban la columna vertebral del colegio y no se puede detener uno en cada vértebra. Hacía las cosas normales: fue aceptado, una vez aprobado, pasó de curso a curso en la sección clásica hasta que logró pasar precariamente al sexto, fue delegado de curso y más tarde delegado del colegio y miembro del grupo de los quince primeros. Aunque torpe, tenía fuerza y valor físico: el críquet no se le daba bien. Habiendo pagado novatadas, en su época de noviciado, se las hizo pagar a otros cuando parecían desvalidos o débiles, no porque fuese cruel, sino porque era lo que había que hacer. En una palabra, fue un miembro mediocre de un mediocre colegio y dejó una desvaída y favorable impresión tras él. «¿Hall? Espera un momento, ¿quién era Hall? Ah, sí, ya me acuerdo; buen muchacho.»

En su interior, él se sentía desconcertado. Había perdido la claridad precoz del niño que transfigura y explica el universo, que ofrece respuestas de milagrosa penetración y belleza. «De las bocas de los niños...» Pero no de la boca de un muchacho de dieciséis años. Maurice olvidó que alguna vez había carecido de sexo, y sólo en la madurez comprendió lo ajustadas y claras que debieron ser las sensaciones de sus primeros días. Él se hundía ahora alejándose cada vez más de ellas, pues estaba descendiendo el Valle de la Sombra de la Vida. Este valle yace entre las montañas más bajas y las más altas, y sin respirar sus nieblas nadie puede continuar. Anduvo a tientas por él más tiempo que los otros muchachos.

Donde todo es oscuro e incomprensible, el mejor símil es un sueño. Maurice tuvo dos sueños en el colegio; ellos le explican.

En el primer sueño se sentía muy contrariado. Estaba jugando al fútbol contra un desconocido cuya existencia le incomodaba. Hizo un esfuerzo y el desconocido se transformó en George, el jardinero. Pero debería tener cuidado, o si no el desconocido volvería a aparecer. George corría por el campo hacia él, desnudo y saltando sobre las pilas de leña. «Me volveré loco si se transforma otra vez», dijo Maurice, y, justo cuando fueron a encontrarse, sucedió esto, y un brutal desasosiego le despertó. No relacionó esto con la homilía del señor Ducie, y aún menos con su segundo sueño, pero pensó que iba a ponerse enfermo, y después que aquello era una especie de castigo por algo.

El segundo sueño es más difícil de describir. Nada sucedía. Sólo veía un rostro, confusamente, y confusamente oía una voz decirle: «aquél es tu amigo». Después se borraba todo, dejando en su interior un rastro de belleza y llenándole de ternura. Él podía morir por un amigo así, podía permitir que un amigo así muriese por él; harían cualquier sacrificio el uno por el otro, y nada contaba el mundo, ni la muerte ni la distancia ni las contrariedades, nada de esto podía separarlos, porque «éste es mi amigo». Poco después recibió la confirmación e intentó persuadirse de que el amigo había de ser Cristo. Pero Cristo tenía barba. ¿Sería un dios griego tal como lo mostraban las ilustraciones del diccionario clásico? Era más probable, pero aún lo era más que fuese sólo un hombre. Maurice se abstuvo de definir más su sueño. Lo había insertado en la vida cuanto podía hacerse. Jamás encontraría a aquel hombre ni oiría aquella voz de nuevo, aunque se hicieron más reales que nada de cuanto conocía, y volverían…

—¡Hall! ¡Otra vez dormido! ¡Cópialo cien veces!

—Señor… ¡Oh! Dativo absoluto.

—Otra vez dormido. Demasiado tarde.

... y volverían realmente a envolverle, en plena luz del día, a echar un velo sobre él. Después reviviría el rostro y las cuatro palabras tras lo que emergía anhelante de ternura y lleno de deseos de ser amable con todos, porque su amigo lo deseaba, y era bueno que su amigo pudiese quererle aún más. Con toda esta felicidad iba mezclada una cierta desdicha. Tan pronto parecía que tenía un amigo como que no lo tenía, y así encontraba un solitario lugar para las lágrimas, que atribuía a las cien líneas.

La vida secreta de Maurice puede comprenderse ya; era en parte brutal, en parte ideal, como sus sueños.

Tan pronto como su cuerpo se desarrolló, se hizo obsceno. Suponía que había caído sobre él alguna maldición especial, pero no podía evitarla, pues hasta cuando comulgaba surgían pensamientos sucios en su mente. El ambiente de la escuela era casto, aunque debemos decir que, justo antes de su llegada, se había producido un terrible escándalo. La oveja negra había sido expulsada, y los que quedaban estaban sometidos a una férrea disciplina durante todo el día y a vigilancia durante la noche, así que, para su suerte o su desgracia, tenía pocas oportunidades de intercambiar experiencias con sus discípulos. Sentía gran curiosidad por las cosas sucias, pero oía poco y contribuía menos, y sus indecencias más notables las hacía en solitario. Libros: la biblioteca del colegio era inmaculada, pero en la de su abuelo dio con un Marcial inexpurgado y anduvo dando traspiés en él con las orejas coloradas. Pensamientos: tenía una pequeña colección de pensamientos sucios. Actos: desistió de ellos una vez que dejaron de ser novedad, hallando que le proporcionaban más fatiga que placer.

Todo lo cual, para ser exactos, tuvo lugar en un trance. Maurice se había quedado dormido en el Valle de las Sombras, lejos de los picos de cualquier altura, y no lo sabía, ni sabía que sus condiscípulos estaban durmiendo como él.

La otra mitad de su vida parecía infinitamente separada de la obscenidad. A medida que fue ambientándose en el colegio, fue comenzando a adorar a otros muchachos. Cuando el muchacho elegido, fuese mayor o más joven que él, estaba presente, él reía con más fuerza, decía tonterías y no podía estudiar. No se atrevía a ser amable —no era lo que había que hacer—, y aún menos a expresar su admiración con palabras. Y el adorado le dejaba sumido en la tristeza en seguida, ahuyentándolo. Pero también él tenía sus venganzas. Otros muchachos a veces lo adoraban a él, y cuando se daba cuenta de ello, los ahuyentaba a su vez. La adoración fue mutua en un caso, sintiéndose los dos atraídos sin saber por qué, pero el resultado fue el mismo. En unos cuantos días se pelearon. Todo lo que quedó del caos fueron los sentimientos de belleza y de ternura que él había sentido por primera vez en un sueño. Crecían anualmente, floreciendo como plantas que sólo dan hojas y no muestran ninguna señal de florecer. Hacia el final de su educación en Sunnington, el crecimiento se detuvo. Frente a todo el complejo proceso se alzó un dique, un silencio, y muy tímidamente, el joven comenzó a mirar a su alrededor.

IV

Tenía casi diecinueve años.

Estaba en el estrado el día del reparto de premios, recitando una Composición Griega de la que era autor. El local estaba lleno de estudiantes y familiares, pero Maurice fingía dirigirse a la Conferencia de La Haya, reprochándole la estupidez de sus principios. «¿Qué insensatez es ésta, *oh andres Europenaici,* de pretender abolir la guerra? ¿Cómo? ¿No es Ares el hijo del propio Zeus? Además, la guerra te hace vigoroso al ejercitar tus miembros, no ciertamente como los de mi oponente.» El griego era bastante pobre, pero Maurice ganó el premio por el contenido de su composición, y sólo por eso. Habían inclinado la balanza en su favor porque se iba, y porque era un muchacho respetable, y porque además ingresaba en Cambridge, donde los libros del premio en sus estanterías serían publicidad para el colegio. Así, pues, recibió la *History of Greece* de Grote entre grandes aplausos. Volvió a su sitio, junto a su madre, comprendiendo que de nuevo se había hecho popular, y preguntándose cómo. Los aplausos continuaron, se transformaron en ovación; Ada y Kitty estaban acorraladas en un extremo, con las caras de un rojo escarlata. Algunos de sus amigos que también se iban, gritaron: «Habla.» Esto era irregular y las autoridades no lo aceptaban, pero el propio director se levantó y dijo unas palabras. Hall era uno de ellos y jamás dejarían de considerarlo así. Las palabras eran justas. El colegio aplaudía no porque Maurice fuese un alumno destacado, sino porque simbolizaba el valor medio. Podía aplaudirse a sí mismo en su imagen. Los compañeros se acercaban después a él y le decían: «Bárbaro, viejo», con auténtico sentimiento, y hasta: «Esta covacha será espantosa sin ti.» Su familia compartía el triunfo. En las visitas anteriores se había portado muy mal con ella. «Lo siento, madre, pero tú y las niñas tendréis que pasear solas», le había dicho después de un partido de fútbol, cuando habían intentado compartir con él su barro y su gloria: Ada había llorado. Ahora Ada parloteaba con gran desenvoltura con el capitán del colegio, y Kitty se proveía de pasteles, y su madre escuchaba a la mujer de su profesor, que le hablaba de los problemas que ocasionaba el emplazamiento de la calefacción. Todo, personas y cosas, armonizaba súbitamente. ¿Era esto el mundo?

Poco más allá vio al doctor Barry, su vecino, que le vio a su vez y le llamó de la forma escandalosa que era usual en él:

—Te felicito, Maurice, por tu triunfo. ¡Sobrecogedor! Brindo por él con esta taza —la apuró— de extremadamente nauseabundo té.

Maurice se rió y se acercó a él, sintiéndose culpable, pues tenía mala conciencia respecto al doctor. Éste le había pedido que protegiese a un sobrinito suyo que había entrado en el colegio aquel curso, pero nada había hecho por él —no había que hacer tales cosas.

Deseó haber tenido más valor, ahora que era ya demasiado tarde y se sentía un hombre.

—¿Y cuál es la próxima etapa de tu triunfal carrera? ¿Cambridge?

—Eso me dicen.

—Así que eso te dicen, ¿y qué dices tú?

—No sé —dijo el héroe plácidamente.

—Y después de Cambridge, ¿qué? ¿La Bolsa?

—Supongo que sí. El antiguo socio de mi padre habla de ponerme a trabajar con él si todo va bien.

—Y después de que el antiguo socio de tu padre te meta en el asunto, ¿qué? ¿Una linda esposa?

Maurice se rió de nuevo.

—Que regalará al mundo expectante un Maurice tercero. Después de lo cual, la vejez, los nietos, y finalmente, las margaritas. Así que ésa es tu idea de una carrera. Desde luego, no es la mía.

—¿Cuál es su idea, doctor? —preguntó Kitty.

—Ayudar a los débiles y enderezar lo que está equivocado, querida —replicó, mirándola.

—Yo estoy segura de que todos pensamos eso —dijo la esposa del profesor, y la señora Hall asintió.

—Oh no, no es así. Yo no soy consecuente, porque si no debería estar buscando a mi Dickie en lugar de unirme a esta escena de esplendor.

—Traiga, por favor, al pequeño Dickie a que me salude —pidió la señora Hall—. ¿Está aquí también su padre?

—¡Mamá! —murmuró Kitty.

—Sí. Mi hermano murió el año pasado —dijo el doctor Barry—. El incidente escapó a su memoria. La guerra no le hizo vigoroso por ir ejercitando sus miembros, como Maurice supone. Le proporcionó una bala en el estómago.

Los dejó.

—Creo que el doctor Barry es un poco cínico —subrayó Ada—. Creo que está celoso.

Tenía razón; el doctor Barry, que había sido un Don Juan en sus tiempos, no soportaba que le sucedieran los jóvenes. El pobre Maurice se tropezó con él de nuevo. Había estado despidiéndose de la mujer de su profesor, que era bastante agraciada y muy amable con los muchachos mayores. Se dieron la mano afectuosamente. Al darse la vuelta, oyó al doctor Barry decir:

—Bien, Maurice; una juventud irresistible, tanto en el amor como en la guerra.

Y captó su cínica mirada.

—No sé lo que quiere decir, doctor Barry.

—¡Oh, vosotros los jóvenes! No se os derretiría la manteca en la boca en esta época. ¡No sabes lo que quiero decir! ¡Mogigaterías delante de unas faldas! Sé sincero, hombre, sé sincero. No engañas a nadie. Una mente sincera es una mente pura.

Soy médico y viejo y por eso te digo esto. El hombre ha nacido de mujer y debe ir a la mujer si es que la raza humana ha de continuar existiendo.

Maurice miró fijamente a la esposa del profesor, que se alejaba, experimentando una violenta repulsión hacia ella, y enrojeció: se había acordado de los diagramas del señor Ducie. Una cierta congoja —nada tan bello como la pena— surgió en la superficie de su mente, desplegó su torpeza, y se hundió de nuevo. Maurice no se preguntó a sí mismo sobre la verdadera naturaleza de tal congoja, pues aún no había llegado su hora, pero el indicio era sobrecogedor, y, aunque él era un héroe, deseó ser de nuevo un niño, y pasear siempre semi-despierto por la orilla del mar incoloro. El doctor Barry continuó adoctrinándole, y bajo el ropaje de unas formas amistosas, dijo muchas cosas que le causaron dolor.

V

Eligió un «college» recomendado por su principal amigo del colegio, Chapman, y por otros sunningtonianos, y durante el primer año se las arregló para mantenerse bastante al margen de la vida universitaria, que le resultaba extraña. Pertenecía a un club de antiguos alumnos y jugaban, tomaban el té y comían juntos, conservando sus costumbres y su argot, se sentaban codo con codo en el comedor, y caminaban cogidos del brazo por las calles. De cuando en cuando se emborrachaban y presumían misteriosamente de mujeres, pero su objetivo continuaba siendo estar entre los cinco primeros, y algunos continuaron así toda la vida. No había peleas entre ellos y los otros estudiantes, pero formaban un grupo demasiado compacto para ser popular, y demasiado mediocre para dirigir, y no se molestaban en arriesgarse a conocer a los que procedían de otros colegios. Todo esto se ajustaba muy bien a Maurice, que poseía una pereza congénita. Aunque no se resolvió ninguno de sus problemas, no se añadió ninguno nuevo, lo que ya es algo. La calma continuaba. Se veía menos asediado por pensamientos carnales. Permanecía quieto en la oscuridad en lugar de buscar a tientas en ella, como si ése fuese el fin para el que cuerpo y alma habían sido tan dolorosamente preparados.

Durante su segundo curso experimentó un cambio. Se había trasladado al *college* y éste comenzaba a asimilarlo. Podía pasar los días fuera, pero cuando llegaba la noche y las puertas se cerraban tras él comenzaba un nuevo proceso. Aunque era aún un novato, hizo un importante descubrimiento: los adultos se comportaban entre sí educadamente, a menos que hubiese una razón para lo contrario. Algunos veteranos del tercer curso fueron a visitarle a sus habitaciones. Él esperaba que rompieran sus láminas e insultaran la fotografía de su madre, y cuando no lo hicieron dejó de planear cómo debería romper algún día las suyas, con lo cual se ahorró mucho tiempo. Y la actitud de los profesores era aún más notable. Maurice sólo estaba esperando una atmósfera así para suavizarse. No disfrutaba siendo cruel y rudo. Esto iba contra su naturaleza. Pero en el colegio era necesario, o hubiera quedado debajo, y había supuesto que sería aún más necesario en el más amplio campo de batalla de la universidad.

Una vez dentro del *college,* sus descubrimientos se multiplicaron. Las personas se transformaron en seres vivos. Hasta entonces, había supuesto que *eran* lo que él *pretendía* ser —lisas piezas de cartón sobre las que se dibujaba una imagen convencional—, pero cuando paseaba por los patios de noche y veía por las ventanas cómo unos cantaban y otros charlaban y otros estudiaban, se formó en él, por un proceso en que la razón no intervenía, la convicción de que eran seres humanos con sentimientos semejantes a los suyos. Jamás se había comportado con franqueza desde la escuela del señor Abrahams, y a pesar de los consejos del doctor Barry no había cambiado de actitud; pero vio que mientras engañaba a los otros, había sido engañado a su vez, y suponiéndolos erróneamente criaturas vacías, había procurado que pensaran que él también lo era. Y ahora veía que no, que también ellos tenían su interior. «Pero, Señor, no un interior como el mío.» Tan pronto como empezó a pensar en que los demás eran reales, Maurice se hizo modesto y consciente del pecado: en toda la creación no podía haber nadie tan vil como él; no era ninguna maravilla, por tanto, que pretendiese ser un pedazo de cartón; si los demás supiesen cómo era realmente, le destrozarían.

Dios, como era un ser demasiado poderoso, no se preocupaba por él: no podía concebir que hubiese censura más terrorífica que, por ejemplo, la de Joey Fetherstonhaugh, que ocupaba las habitaciones que quedaban bajo las suyas, o que hubiese un infierno más cruel que Coventry.

Poco después de este descubrimiento fue a comer con el señor Cornwallis, el decano.

Había otros dos invitados, Chapman y un graduado de Trinity, un pariente del decano, que se llamaba Risley. Risley era moreno, alto y afectado. Hizo un gesto exagerado al saludar, y cuando hablaba, que lo hacía continuamente, usaba grandes superlativos aunque poco viriles. Chapman miró a Maurice y le hizo un guiño, invitándole a aliarse contra el recién llegado. Maurice pensó que sería mejor esperar un poco. Su repugnancia a herir al prójimo se hacía cada vez mayor, y además no estaba seguro de que le molestase Risley, aunque sin duda debería fastidiarle, y un minuto después así sería ya. Entonces Chapman se aventuró solo. Al descubrir que Risley adoraba la música, comenzó a atacarlo por ahí, diciendo:

—Yo no me dedico a hacerme el superior.

—¡Yo sí!

—¡Ah! ¿Tú sí? En ese caso perdona.

—Vamos, Chapman, yo sé que tienes ganas de comer —dijo el señor Cornwallis, que se prometía una comida divertida.

—Sospecho que el señor Risley no las tiene. Que le he quitado el apetito con mi grosera observación.

Se sentaron, y Risley se rió entre dientes mirando a Maurice, y dijo:

—Simplemente *no puedo* hallar una respuesta a esto —en cada una de sus frases acentuaba violentamente una palabra—. Es tan humillante. «No», no quiero decirlo. «Sí», tampoco. ¿Qué debo decir?

—¿Qué te parece si no dices nada? —repuso el decano.

—¿No decir nada? Espantoso. Estás loco.

—¿Podrías decirme, si no te importa, si dejas alguna vez de hablar —preguntó Chapman.

Risley dijo que no.

—¿Y nunca te aburres?

—*Nunca.*

—¿Siempre aburres a los demás?

—*Nunca.*

—Resulta extraño eso.

—No sugieras que estoy aburriéndote. Mentira, mentira, estás radiante.

—Si lo estoy no es por ti —dijo Chapman, que tenía un temperamento muy ardiente.

Maurice y el decano se rieron.

—De nuevo choco con un obstáculo. Qué turbadoras son las dificultades de la conversación.

—Pues tú pareces arreglártelas mucho mejor que nosotros —subrayó Maurice. No había hablado antes, y su voz, baja pero muy ronca, hizo estremecerse a Risley.

—Naturalmente. Es mi fuerte. Es de lo único que me preocupo, de la conversación.

—¿Lo dices en serio?

—Todo lo que yo digo es serio —y Maurice se dio cuenta de que había algo de verdad en aquello. Desde el principio había tenido la sensación de que Risley era serio—. Y tú, ¿eres serio?

—No me lo preguntes.

—Entonces habla hasta que lo seas.

—Tonterías —gruñó el decano.

Chapman soltó una risa tempestuosa.

—¿Tonterías? —preguntó a Maurice, que, cuando captara la cuestión, se sobreentendía que había de replicar que los hechos son más importantes que las palabras.

—¿Cuál es la diferencia? Las palabras *son* hechos. ¿Quieres decir que estos cinco minutos en la habitación de Cornwallis no te han afectado? ¿Olvidarás alguna vez que me has conocido, por ejemplo?

Chapman gruñó.

—Él no lo olvidará, ni tú. Por eso puedo decir que tenemos que estar haciendo algo.

El decano acudió en auxilio de los dos sunningtonianos. Dijo a su joven primo:

—Tienes mala memoria. Confundes lo que es importante con lo que impresiona. No hay duda de que Chapman y Hall se acordarán siempre de que te han conocido...

—Y olvidarán esta chuleta. No hay duda.

—Pero la chuleta les hace bien, y tú no.

—¡Oscurantista!

—Habla igual que un libro —dijo Chapman—. ¿Eh, Hall?

—Comprendo —dijo Risley—, qué claramente comprendo cómo la chuleta afecta a vuestras vidas subconscientes, y yo a vuestras vidas conscientes, por lo que no sólo causo mayor impresión que la chuleta, sino que soy más importante. Aquí vuestro decano, que habita en las Sombras del Medievo y desea que vosotros hagáis lo mismo, pretende que sólo lo subconsciente, sólo aquella parte de vosotros mismos que puede verse afectada sin vuestro conocimiento, es importante, y diariamente derrama soporíferos...

—Oh, cállate ya —dijo el decano.

—Pero yo soy un hijo de la luz...

—Vamos, cállate.

Y llevó la conversación a temas normales. Risley, aunque siempre hablaba de sí mismo, no era egoísta. No interrumpió, ni fingió indiferencia. Brincando como un delfín, los acompañó a todas partes, sin obstaculizar su marcha. Él jugaba, pero seriamente. Era tan importante para él estar dando saltos, como para ellos caminar hacia delante, y le encantaba acompañarlos. Unos cuantos meses antes, Maurice se hubiera confabulado con Chapman, pero ahora estaba seguro de que el hombre tenía un interior y se preguntaba si debía asomarse un poco más a él. Se sintió complacido cuando, acabada la comida, Risley le esperó al pie de las escaleras y le dijo:

—¿Has visto? Mi primo no es un ser humano.

—Con nosotros es bastante bueno, eso es todo lo que sé —explotó Chapman—. A mí me parece muy agradable.

—Exactamente. Los eunucos lo son.

Y se fue.

—Desde luego, éste... —exclamó Chapman, pero con autocontrol británico suprimió el resto.

Estaba profundamente impresionado. No le importaba que se dijesen palabras gruesas con moderación, le dijo a Maurice, pero esto era demasiado, eran malas formas, mala educación, aquel tipo no debía haber ido a un colegio.

Maurice asintió.

—Puedes decir que tu primo es un mierda, si quieres, pero no un eunuco. ¡Qué modo de hablar!

De todas formas se había divertido, y siempre que se vio acosado en el futuro le asaltaron maliciosos e incongruentes pensamientos acerca del decano.

VI

TODO AQUEL DÍA Y EL SIGUIENTE, Maurice estuvo haciendo planes para poder ver de nuevo a aquel pájaro exótico. Las posibilidades no eran muchas. No le gustaba visitar a los estudiantes de los últimos cursos, que estaban en *colleges* distintos. Risley, pensó, era muy conocido en la Unión y fue al debate del martes con la esperanza de oírle: quizá fuese más fácil de entender en público. No le atraía en el sentido de quererlo por amigo, pero presentía que podía ayudarle. El cómo, no se lo formulaba. Todo resultaba muy oscuro, pues las montañas aún arrojaban su sombra sobre Maurice. Risley, seguramente triscaba por las cimas, y podría extender hacia él una mano auxiliadora.

Después de fracasar en la Unión, reaccionó en contra. No quería la ayuda de nadie; estaba muy a gusto así. Además, ninguno de sus amigos aguantaría a Risley, y él debía seguir unido a sus amigos. Pero aquella reacción pasó pronto y los deseos de verle se hicieron más fuertes que nunca. Puesto que Risley era tan excéntrico, ¿por qué no serlo él también y romper todas las convenciones yendo a visitarle? Uno «debe ser humano», y esto de visitarle era algo humano. Muy emocionado con este descubrimiento, Maurice decidió ser bohemio también, e irrumpir en la habitación con un ingenioso discurso al estilo del propio Risley. «Esperabas más de lo que ganaste», se le ocurrió. No le sonaba muy bien, pero Risley sería lo suficientemente inteligente para no hacerle sentirse un imbécil, así que soltaría esto si no se sentía inspirado y discurría algo mejor, y dejaría el resto a la suerte.

Porque aquello se había transformado en una aventura. Aquel individuo que decía que uno debía «hablar, hablar», había conmovido incomprensiblemente a Maurice. Una noche, poco antes de dar las diez, se coló en Trinity y esperó en el

Gran Patio hasta que las puertas se cerraron tras él. Alzando la mirada, contempló la noche. Era en general indiferente a la belleza, pero «¡qué despliegue de estrellas!», pensó. Y advirtió también cómo la fuente repiqueteaba cuando se apagaron las campanas y las verjas y puertas de todo Cambridge se cerraron. A su alrededor estaban los de Trinity, todos de inmensa cultura e inteligencia. El grupo de Maurice se burlaba de Trinity, pero no podían ignorar su desdeñoso fulgor, ni negar aquella superioridad que apenas se molestaba en afirmarse. Había venido allí sin saberlo sus amigos, humildemente, para pedir ayuda. Su discurso ingenioso se desvanecía en aquella atmósfera, y su corazón latía apresurado. Sentía temor y vergüenza.

Las dependencias de Risley quedaban al final de un corto pasillo; éste, como no contenía ningún obstáculo, estaba a oscuras, y los visitantes tenían que deslizarse tanteando la pared hasta dar con la puerta. Maurice la golpeó con más fuerza de lo que esperaba —un golpe que le hizo estremecerse— y exclamó: «maldición», en voz alta, mientras los paneles temblaban.

«Entra», dijo una voz. El desencanto le esperaba. El que hablaba era un hombre de su propio *college* llamado Durham. Risley no estaba.

—¿Quiere ver al señor Risley?... ¡Qué hay, Hall!

—¡Hola! ¿Dónde está Risley?

—No sé.

—No es nada importante. Me voy.

—¿Vuelves al *college*? —preguntó Durham sin levantar la vista: estaba arrodillado ante una torre de cilindros de pianola que había en el suelo.

—Supongo que sí, él no está. No era nada importante.

—Espera un segundo y me iré yo también. Estoy buscando la Sinfonía Patética.

Maurice examinó la habitación de Risley y se preguntó qué se habría dicho en ella, y después se sentó en la mesa y contempló a Durham. Era bajo —muy bajo—, de ademanes sencillos, y un rostro de facciones regulares, que había enrojecido ante la aparición de Maurice. En la residencia tenía reputación de inteligente y también de reservado. Casi lo único que Maurice había oído decir de él era que «salía demasiado», y este encuentro en Trinity lo confirmaba.

—No puedo encontrarla —dijo—. Lo siento.

—Bueno.

—Los cojo prestados para oírlos en la pianola de Fetherstonhaugh.

—Debajo de mi cuarto.

—¿Pero ya has pasado a la residencia, Hall?

—Sí, estoy empezando segundo.

—Oh sí, claro, yo estoy en tercero.

Hablaba sin arrogancia, y Maurice, olvidando el respeto debido a la veteranía dijo:

—Pareces más un novato que un veterano, no tengo más remedio que decirlo.

—Debe ser así, pero me siento ya como un licenciado.

Maurice lo miró atentamente.

—Risley es un tipo sorprendente —continuó.

Maurice no replicó.

—Pero de todos modos hay algo en él que vale.

—Y a ti no te importa pedirle prestadas sus cosas.

El otro alzó de nuevo la vista.

—¿Crees que no debería hacerlo? —preguntó.

—Estoy sólo bromeando, hombre —dijo Maurice, deslizándose de la mesa—. ¿Has encontrado el cilindro ya?

—No.

—Es que yo tengo que irme.

No tenía prisa, pero su corazón, que no había dejado de latir apresuradamente, le impulsó a decir aquello.

—Bueno. Muy bien.

No era eso lo que Maurice había pretendido.

—¿Qué es lo que quieres? —le preguntó avanzando.

—La Marcha de la Patética...

—Eso no significa nada para mí. Así que te gusta ese tipo de música.

—Sí.

—A mí me va mejor un buen vals.

—A mí también —dijo Durham, mirándole a los ojos.

Como regla, Maurice cedía, pero entonces mantuvo la mirada firme.

Durham dijo:

—La otra parte debe estar en la pila que hay sobre la ventana. Voy a mirar. No tardaré.

Maurice dijo resueltamente:

—Yo tengo que irme ya.

—Muy bien, yo me quedaré.

Abatido y solitario, Maurice salió. Las estrellas se habían borrado y la lluvia envolvía la noche. Pero mientras el portero buscaba las llaves del portón, oyó unas rápidas pisadas tras él.

—¿Encontraste tu Marcha?

—No, pensé que sería mejor irme contigo.

Maurice caminó unos cuantos pasos en silencio, después dijo:

—Trae, deja que te lleve algo.

—No te preocupes, lo llevo bien yo.

—Trae —dijo ásperamente, y, de un tirón, le arrancó los cilindros de debajo del brazo.

No hablaron nada más. Al llegar a su propio *college* fueron directamente a la habitación de Fetherstonhaugh, pues daba tiempo a oír un poco de música antes de las once. Durham se sentó junto a la pianola. Maurice se arrodilló a su lado.

—No sabía que te habías incorporado a la corriente estética, Hall —dijo el anfitrión.

—Yo no he hecho tal cosa... Sólo quiero oír lo que ellos manejan.

Durham comenzó, y desistió después diciendo que sería mejor empezar con el 5/4.

—¿Por qué?

—Está más próximo a los valses.

—Ah, no te preocupes por eso. Pon lo que te guste. No andes cambiando. Es perder el tiempo.

Pero no pudo salirse con la suya esta vez. Cuando fue a poner la mano sobre el aparato, Durham dijo:

—Te lo cargarás, déjame a mí —y colocó el 5/4.

Maurice escuchó atentamente la música. No le disgustaba.

—Presta atención a este final —dijo Fetherstonhaugh, que estaba hurgando en el fuego—. Debes separarte de la máquina tanto como puedas.

—Eso creo... ¿Te importaría ponerlo otra vez si a Fetherstonhaugh no le molesta?

—Sí, ponlo, Durham. Está muy bien.

Durham se negó. Maurice se dio cuenta de que no era manejable. Dijo:

—Un movimiento no es como un fragmento separado, no se puede repetir.

Era una excusa incomprensible, pero aparentemente válida. Puso el Largo que era mucho más aburrido y después sonaron las once y Fetherstonhaugh les preparó té. Él y Durham estaban en el mismo curso, y hablaban de sus cosas, mientras Maurice escuchaba. Su nerviosismo no se había calmado un instante. Vio que Durham no sólo era listo, sino que tenía una inteligencia equilibrada y en orden. Sabía lo que quería leer, cuál era su punto flaco, y en qué medida podían ayudarle los profesores. No tenía ni la fe ciega en los tutores y en las clases que tenían Maurice y su grupo, ni el desprecio que les profesaba Fetherstonhaugh. «Siempre se puede aprender algo de un hombre más viejo, aunque no haya leído a los últimos autores alemanes.» Hablaron un rato sobre Sófocles, y después, confidencialmente, Durham dijo que era una «pose», entre «nosotros los estudiantes», ignorarle y aconsejó a Fetherstonhaug que releyera el *Ayax* prestando atención a los personajes más que al autor; aprendería mucho así, tanto de la gramática como de la vida griega.

A Maurice le irritaba aquello. En parte había esperado que Durham quedara desequilibrado. Fetherstonhaugh era un gran personaje, tanto por su inteligencia como por su fuerza física, y tenía unas maneras bruscas y dominadoras. Pero Durham escuchaba impávido, rechazaba los errores y aprobaba el resto. ¿Qué podía hacer Maurice, que era todo errores? Un ramalazo de ira le recorrió. Levantándose bruscamente, dio las buenas noches, para lamentar su prisa tan pronto como se vio fuera del cuarto. Se decidió a esperar, no en la misma escalera, esto le parecía demasiado absurdo, sino en algún lugar entre el final de ésta y la habitación de Durham. Saliendo al patio localizó la última, y hasta llamó en la puerta, aunque sabía que el propietario estaba ausente, y mirando adentro observó los muebles y los cuadros a la luz del fuego de la chimenea. Después se colocó en una especie de puente en el patio. Desgraciadamente no era un puente real: sólo superaba una ligera depresión del terreno, que el arquitecto había intentado utilizar para producir un efecto. Permanecer allí era como sentirse en un estudio fotográfico, y el pretil era demasiado bajo para poder apoyarse en él. Silencioso, con la pipa en la boca, Maurice parecía totalmente natural, y esperaba que no lloviese.

Las luces estaban apagadas, salvo en la habitación de Fetherstonhaugh. Sonaron las doce, después de un cuarto. Podía haber estado esperando a Durham durante una hora. Entonces se oyó un ruido en la escalera, y la clara y pequeña figura salió del edificio con una bufanda enrollada al cuello y libros en la mano. Era el momento que había esperado, pero se vio de pronto alejándose. Durham iba a su habitación tras él. La oportunidad se perdía.

—Buenas noches —gritó; su voz surgió desacompasada y sorprendió a ambos.

—¿Quién es? Buenas noches, Hall. ¿Dando un paseo antes de ir a la cama?

—Es lo que suelo hacer. ¿Supongo que no querrás un poco más de té?

—No sé, quizás es un poco tarde para tomar un té. —Sin mucho entusiasmo, añadió—: ¿Quieres un poco de whisky?

—¿Tienes un trago? —exclamó Maurice.

—Sí… Ven. Lo guardo aquí: bajo el suelo.

—¡Ah, caramba!

Durham encendió la luz. El fuego estaba casi apagado ya. Le dijo a Maurice que se sentara y dispuso una mesita con vasos.

—Tú dirás.

—Gracias… Ya está, ya está.

—¿Con soda, o solo? —preguntó bostezando.

—Soda —dijo Maurice.

Pero era imposible prolongar la situación; el otro estaba cansado y le había invitado sólo por cortesía. Bebió y regresó a su propia habitación, se proveyó de tabaco suficiente y salió al patio de nuevo.

La calma era completa y la oscuridad también. Maurice paseó sobre la hierba sagrada, sin hacer el menor ruido, con el corazón iluminado. El resto de él cayó dormido poco a poco; primero su cerebro, su órgano más débil; después, gradualmente, su cuerpo todo, y entonces sus pies le llevaron escaleras arriba para escapar del alba. Pero su corazón se había encendido para no apagarse nunca más, y al fin una cosa en él era real.

A la mañana siguiente estaba más tranquilo. Por una parte había cogido un catarro, pues la lluvia le había empapado sin que se diera cuenta, y por otra, se había dormido hasta el punto de perder el oficio religioso y dos clases. Era imposible poner orden en su vida. Después de comer se cambió para jugar al fútbol y, viendo que le quedaba tiempo, se echó en un sofá para dormir hasta el té. Pero no tenía hambre. Rechazando una invitación, salió a pasear por el pueblo, y, pasando frente a unos baños turcos, entró a tomar uno. El baño le curó el catarro, pero hizo que llegara tarde a otra clase. Cuando llegó la cena, no se sintió capaz de enfrentarse al grupo de antiguos sunningtonianos, y, aunque no se había despedido, se fue y cenó solo en la Unión. Vio a Risley allí, pero sintió indiferencia. Después llegó de nuevo el anochecer y Maurice advirtió con sorpresa que tenía la cabeza muy despejada, y pudo hacer el trabajo de seis horas en tres. Se fue a la cama a la hora habitual, y despertó sintiéndose físicamente bien y muy feliz. Algún instinto, profundamente enterrado en su conciencia, le había aconsejado dejar descansar durante veinticuatro horas a Durham y sus cavilaciones sobre él.

Comenzaron a verse más a menudo. Durham le convidó a comer, y Maurice correspondió, pero no inmediatamente. Se había puesto en funcionamiento un mecanismo de precaución ajeno a su naturaleza. Siempre había sido un poco cauto, pero ahora se trataba de algo en gran escala. Pasó a estar alerta, y todas sus acciones durante aquel trimestre podrían describirse en el lenguaje de la guerra. No se aventuraría a una zona comprometida. Espió la debilidad de Durham tanto como su fuerza. Y sobre todo, ejercitó y purificó sus energías.

Si le obligasen a preguntarse a sí mismo, ¿qué es todo esto?, se habría respondido: «Durham es algo semejante a aquellos muchachos por los que me sentía interesado en el colegio.» Pero no estaba obligado a responder a nadie y se limitaba a continuar avanzando con su boca y su mente mudas. Los días iban deslizándose con sus contradicciones hacia el abismo, y él se daba cuenta de que estaba ganando terreno. Ninguna otra cosa importaba. Si estudiaba bien y era socialmente agradable, se trataba sólo de un subproducto, al que no

40

consagraba el menor interés. Ascender, extender una mano hacia la cima de la montaña hasta que otra la tomase, era el fin para el que había nacido. Olvidó la histeria de su primera noche y su extraña reacción. Fueron etapas que ocultó en su interior. Ni siquiera pensaba en la ternura y en la emoción; la frialdad seguía presidiendo sus cavilaciones sobre Durham. Desde luego estaba seguro de no resultar desagradable a Durham. Y en realidad esto era todo lo que quería. Cada cosa a su tiempo. No se concedía el optimismo de tener esperanzas, pues las esperanzas distraen y él tenía muchas cosas a las que estar atento.

VII

AL CURSO SIGUIENTE intimaron en seguida.

—Hall, estuve a punto de escribirte una carta en vacaciones —dijo Durham zambulléndose en la conversación.

—¡Ah, sí?

—Pero hubiese sido un rollo. Han sido unas vacaciones espantosas...

El tono no era muy serio, y Maurice dijo:

—¿Qué te pasó? ¿No pudiste con el pastel de Navidad?

En seguida se vio que el pastel era alegórico; había sido una gran riña familiar.

—No sé lo que dirás... pero me gustaría saber tu opinión sobre lo sucedido, si no te importa.

—En absoluto —dijo Maurice.

—Tuvimos una pelea por la cuestión religiosa.

En aquel momento fueron interrumpidos por Chapman.

—Lo siento, estamos hablando —le dijo Maurice.

Chapman se fue.

—No necesitabas hacer eso, podíamos hablar de mi problema en cualquier momento —protestó Durham.

Y continuó hablando con más entusiasmo.

—Hall, no me gustaría incomodarte por mis creencias, o más bien por mi ausencia de ellas, pero para explicar la situación debo decirte que soy heterodoxo. No soy cristiano.

Maurice pensaba que la heterodoxia era algo incorrecto y había afirmado en el curso anterior, durante un debate, que si un hombre tenía dudas debía tener la consideración de guardárselas para sí. Pero a Durham únicamente le dijo que se trataba de una cuestión difícil y muy amplia.

—Ya lo sé... No es eso. Prescinde de ello. —Miró un momento al fuego—. El problema es cómo se lo tomó mi madre. Se lo dije hace seis meses, en el verano, y no se preocupó. Hizo un comentario estúpido, como acostumbra, pero nada más. La cosa pasó sin más problemas. Yo estaba agradecido, pues aquel problema me había torturado durante años. Dejé de creer cuando descubrí algo que me hizo mejor, me hizo sentirme como un niño, y cuando conocí a Risley y a su grupo, me pareció imperativo decirlo. Ya sabes lo que ellos insisten en eso... Según ellos, es realmente lo más importante. Así que se lo dije. Ella contestó: «Bueno, ya te harás más sensato cuando tengas mis años.» Era la reacción más suave que podía imaginarse, y quedé muy satisfecho. Pero ahora todo volvió a plantearse de nuevo.

—¿Por qué?

—¿Por qué? Por la Navidad. Yo no quería comulgar. Y se supone que uno debe comulgar tres veces al año...

—Sí, ya lo sé. La Sagrada Comunión.

—... y en Navidad se planteó el problema. Yo dije que no quería. Mamá me acosó de un modo totalmente impropio de ella, pidiéndome que lo hiciera por complacerla. Después se enfureció, y me dijo que estaba dañando mi reputación, además de la suya. Somos los señores de la localidad y la gente allí está bastante atrasada. Pero lo que no pude soportar fue el final. Me dijo que era un malvado. Yo podría haberla respetado si me hubiese dicho aquello seis meses antes, ¡pero no entonces! Lo que no podía hacer era acudir entonces a sagradas palabras como maldad y bondad para obligarme a hacer una cosa en la que no creía. Le dije que yo tenía mis propias comuniones. «¡Si la recibiese como recibís tú y las chicas las vuestras, mis dioses me matarían!» Supongo que fue demasiado fuerte.

Maurice, que no había entendido bien, dijo:

—¿Así que fuiste?

—¿Adónde?

—A la iglesia.

Durham saltó. En su rostro se pintó el disgusto. Después se mordió el labio y comenzó a sonreír.

—No, no fui a la iglesia, Hall. Creí que había quedado claro.

—Lo siento... Sería mejor que nos sentáramos. No pretendía ofenderte. Es que soy bastante lento para entender las cosas.

Durham se enroscó en la alfombra junto a la silla de Maurice.

—¿Hace mucho que conoces a Chapman? —le preguntó tras una pausa.

—Lo conozco de aquí y del colegio, cinco años.

—Ya. —Pareció reflexionar—. Dame un cigarrillo. Pónmelo en la boca. Gracias.

Maurice supuso que la charla había terminado, pero Durham, después de aquella pausa, continuó:

—Bueno... tú me dijiste que tenías madre y dos hermanas, que es exactamente la familia que yo tengo, y me preguntaba siempre qué habrías hecho tú en mi caso.

—Tu madre debe ser muy diferente de la mía.

—¿Cómo es la tuya?

—Nunca discute por nada.

—Porque no le has planteado nunca algo que no pueda aceptar, supongo, y nunca lo harás.

—No, qué va, ella no se molestaría.

—Eso no puedes saberlo, Hall, sobre todo con las mujeres. Mi madre me pone enfermo. Ése es mi problema, y me gustaría que me ayudaras.

—¿Volverá a insistir?

—Exactamente, amigo, pero ¿qué debo hacer yo? He estado siempre fingiendo quererla. Esta pelea ha descubierto mi mentira. Creo que he dejado de elaborar mentiras. Desprecio su carácter, y estoy enfadado con ella. Bueno, te he dicho algo que ninguna otra persona del mundo sabe.

Maurice cerró un puño y golpeó con él a Durham ligeramente en la cabeza.

—Mala suerte —exclamó.

—Háblame de tu familia.

—No hay nada que decir. Vamos tirando.

—Qué suerte.

—Oh, no sé. ¿Estás exagerando, o fueron realmente horribles tus vacaciones, Durham?

—Un completo infierno, miseria e infierno.

El puño de Maurice se abrió para volver a cerrarse con un puñado de pelo de Durham.

—¡Ay, me haces daño! —gritó el otro gozosamente.

—¿Qué decían tus hermanas de la Sagrada Comunión?

—Una está casada con un clérigo... No, me haces daño.

—Un completo infierno, ¿eh?

—Hall, no sabía que fueses tan idiota... —se apoderó de la mano de Maurice—, y la otra está prometida con Archibald London... ¡Ay! ¡Eh! ¡Estáte quieto, mira que me marcho! —y cayó entre las rodillas de Maurice.

—Bueno, ¿pero no te ibas? Vete ya de una vez.

—No puedo.

Era la primera vez que se atrevía a jugar con Durham. La religión y la familia se desvanecieron, cuando le hizo rodar sobre la alfombra y le metió la cabeza en la papelera. Al oír el ruido, Fetherstonhaugh subió a prestar ayuda. Después de aquello estuvieron constantemente peleándose durante varios días, comportándose Durham tan neciamente como él. Siempre que se encontraban, y en todas partes acababan encontrándose, se empujaban y se golpeaban, molestando a sus amigos. Al fin, Durham se cansó. Como era el más débil, acababa haciéndose daño algunas veces, y sus sillas quedaron rotas. Maurice advirtió el cambio inmediatamente. Sus retozos cesaron, pero llegaron a hacerse muy íntimos durante el tiempo en que tuvieron lugar. Ahora paseaban cogidos del brazo o con las manos por los hombros. Siempre que se sentaban lo hacían en la misma posición: Maurice en una silla, y Durham a sus pies, apoyado en él. En el mundo de sus amigos esto no atrajo la atención de nadie. Maurice solía acariciar el pelo de Durham.

Y su relación se extendió a todos los campos. Durante aquel trimestre de Cuaresma, Maurice se transformó en un teólogo. No era del todo una farsa. Él tenía fe en sus creencias, y sentía un verdadero dolor cuando algo a lo que estaba habituado era objeto de crítica —el dolor que se enmascara entre las clases medias como fe—. No era fe, pues no era activa. No le daba ningún apoyo, ninguna perspectiva más amplia. No existía hasta que no la rozaba la oposición, y entonces dolía como un nervio inútil. Todos tenían estos nervios a cubierto, y los consideraban divinos, aunque ni la Biblia ni el Libro de Oraciones ni los sacramentos, ni la moral cristiana, ni nada espiritual estaba vivo para ellos. «¡Cómo podrá la gente!», exclamaban cuando alguna de tales cosas era atacada, y se suscribían a *Defence Societies*. El padre de Maurice iba camino de convertirse en un pilar de la Iglesia y de la Sociedad cuando murió, y puesto que Maurice se parecía a él en muchas cosas, era de esperar que también estas creencias se afirmaran en él.

Pero en otros aspectos no se parecía. Por ejemplo, en aquel deseo vehemente de impresionar a Durham. Quería mostrar a su amigo que tenía algo más que fuerza bruta, y donde su padre habría guardado un prudente silencio, él comenzó a hablar y a hablar. «Tú crees que yo no pienso, pero puedes estar seguro de que lo hago.» Muchas veces Durham no contestaba y Maurice se sentía aterrado ante la idea de que estaba perdiéndolo. Había oído decir: «Durham es amigo mientras le diviertes, después se va», y temía que, debido a aquel despliegue de su ortodoxia, estuviese provocando lo que deseaba evitar. Pero no podía pararse. El ansia de impresionarle se hacía abrumadora, así que hablaba y hablaba.

Un día Durham dijo:

—Hall, ¿por qué esa insistencia?

—La religión significa mucho para mí —se ufanó Maurice—. Porque hablo tan poco, tú crees que no siento nada. El problema me preocupa mucho.

—En ese caso ven a tomar café después.

Estaban entrando en el comedor. Durham, al ser un intelectual, tenía que darle lecciones, y había cinismo en su tono. Durante la comida estuvieron observándose. Se sentaron en mesas distintas, pero Maurice había corrido su silla de modo que pudiese ver a su amigo. La fase de tirarse migas de pan había pasado. Durham parecía serio aquella tarde, y no hablaba con sus compañeros. Maurice se dio cuenta de que estaba pensativo y se preguntaba por qué.

—Anduviste detrás de esto y ahora vas a conseguirlo —dijo Durham, cerrando la puerta.

Maurice sintió frío y se puso rojo. Pero la voz de Durham, cuando se dejó oír de nuevo, atacaba sus opiniones sobre la Trinidad. Pensaba que la Trinidad tenía valor para él, pero esto le parecía carente de importancia frente a las llamas de su terror. Se derrumbó en un sillón, sintiéndose sin fuerzas, con la frente y las manos llenas de sudor. Durham se movía de un lado a otro preparando el café y hablando.

—Sé que no te gustará esto, pero tú mismo te lo has buscado. No puedes esperar que me reprima siempre. Debo hablar también alguna vez.

—Sigue, sigue —dijo Maurice, carraspeando.

—No quise hablar, porque respeto las opiniones de los demás demasiado para reírme de ellas, pero no me parece que tú tengas opiniones al respecto. No son más que tópicos de segunda mano... No de segunda, de décima.

Maurice, que se estaba recobrando, se dio cuenta de que aquello era demasiado fuerte.

—Andas siempre diciendo: «me preocupo mucho».

—¿Y qué derecho tienes tú a suponer que no lo hago?

—Tú te preocupas mucho por una cosa, Hall, pero esa cosa, evidentemente, no es la Trinidad.

—¿Qué es entonces?

—El rugby.

Maurice tuvo otro ataque. Sus manos temblaron y derramó el café sobre un brazo del sillón.

—Eres un poco injusto —se oyó decir a sí mismo.

—Podrías al menos haber sido lo suficientemente generoso como para sugerir que me preocupo por la gente.

Durham pareció sorprendido, pero dijo:

—De cualquier modo, a ti no te preocupa en absoluto la Trinidad.

—Bueno, deja en paz la Trinidad.

Rompió a reír.

—Exactamente, exactamente. Ahora podemos pasar al punto siguiente.

—No veo la utilidad, y tengo la cabeza podrida de todos modos... quiero decir que tengo jaqueca. Nada vamos a ganar con... todo esto. Sin duda no puedo demostrar lo que pienso, quiero decir la cuestión de los tres en uno y el uno en los tres. Pero significa mucho para millones de personas, digas tú lo que digas, y no vamos a echarlo a pique. Sentimos muy profundamente respeto a eso. Dios es bueno. Ésta es la cuestión principal. ¿Por qué irnos por un camino lateral?

—¿Por qué te preocupas tanto por el camino lateral?

—¿Cómo?

Durham aclaraba para él sus propias observaciones.

—Bueno, todo el asunto va unido.

—¿Así que si lo de la Trinidad no es cierto invalida todo lo demás?

—Yo no veo por qué. No lo veo en absoluto.

Estaba actuando muy mal, pero le dolía realmente la cabeza, y cuando se enjugaba el sudor volvía a brotar.

—Sin duda no soy capaz de explicarme bien; como no me preocupo más que del rugby...

Durham se acercó y se sentó cómicamente en el borde del sillón.

—Cuidado. Has derramado el café.

—Demonios. Es cierto.

Mientras se limpiaba, Maurice dejó de bromear y miró al patio. Parecía que habían pasado años desde que lo abandonara. No tenía ganas de continuar más tiempo a solas con Durham, y llamó a unos cuantos para que se unieran a ellos. Tomaron el café como siempre, pero cuando los otros se fueron Maurice no sintió deseos de salir con ellos. Hizo florecer de nuevo la Trinidad.

—Es un misterio —arguyó.

—No es un misterio para mí. Pero respeto a cualquiera para quien lo sea realmente.

Maurice se sintió incómodo y contempló sus manos toscas y oscuras. ¿Era la Trinidad realmente un misterio para él? Salvo el día de su confirmación, ¿había dedicado alguna vez cinco minutos a pensar en ella? La llegada de los otros compañeros había despejado su cabeza y, sin nerviosismo ya, analizaba su mente. Le parecía semejante a sus manos, útiles, sin duda, y sanas y capaces de funcionar. Pero sin refinamiento, sin haber rozado jamás ningún misterio, ninguna parte de él. Era oscura y tosca.

—Mi posición es ésta —anunció tras una pausa—. Yo no creo en la Trinidad; lo acepto, pero, aparte de eso, estaba equivocado cuando dije que todo iba unido. No es así, y por-

47

que no crea en la Trinidad no quiere decir que no sea cristiano.

—¿En qué crees tú? —dijo Durham, implacable.

—En… lo esencial.

—¿Qué es lo esencial?

En voz baja, Maurice dijo:

—La Redención.

Nunca había pronunciado antes aquellas palabras fuera de la iglesia, y se estremeció de emoción. Pero no creía en ellas más que en la Trinidad, y sabía que Durham lo advertiría. La Redención era la carta más alta de que disponía, pero no era un triunfo, y su amigo podía ganarle con un miserable dos.

Todo lo que Durham dijo entonces fue:

—Dante sí creía en la Trinidad —y acercándose a la estantería buscó el pasaje final del *Paradiso*.

Leyó a Maurice la parte de los tres círculos del arco iris que se interligaban, y cuyas intersecciones dibujaban un rostro humano. A Maurice le aburría la poesía, pero hacia el final exclamó:

—¿De quién era ese rostro?

—De Dios, ¿es que no lo ves?

—¿Pero no se supone que ese poema es un sueño?

Hall era un estúpido, y Durham no intentó explicarle más, ni supo que Maurice pensaba en un sueño propio que había tenido en el colegio, y en aquella voz que le había dicho: «Ése es tu amigo».

—Dante le habría llamado un despertar, no un sueño.

—¿Entonces tú crees que todo ese asunto está bien?

—La fe siempre está bien —replicó Durham, volviendo a colocar el libro en su sitio—. Está bien y, además, no puede fingirse. Todo hombre guarda en algún lugar de su interior una creencia por la que sería capaz de morir. Sólo que no es probable que tus padres y guardianes te lo digan. Si hubiese una, ¿no formaría parte de tu propia carne y de tu propio espíritu? Muéstramela. No andes pregonando tópicos como «La Redención» o «La Trinidad».

—Ya he prescindido de la Trinidad.

—La Redención, entonces.

—Eres realmente duro —dijo Maurice—. Siempre supe

que era un estúpido, no es ninguna novedad. Los amigos de Risley son más de tu tipo y hablas mejor con ellos.

Durham le miró desconcertado. No sabía qué contestar a esto, y dejó a Maurice marchar cabizbajo, sin protestar. Al día siguiente, se encontraron como siempre. No había sido una pelea, sino un bache momentáneo, y procuraron superarlo desde el principio. Hablaron de nuevo de teología, Maurice defendiendo la Redención. Perdió. Comprendió que para él no tenía ningún sentido la existencia de Cristo o su bondad, y no le importaba el que existiese o no tal persona. Su desdén hacia el cristianismo se incrementó y se hizo profundo. En diez días prescindió de la comunión, y en tres semanas cortó todos los lazos que le ligaban a la Iglesia. Durham estaba asombrado ante aquella rapidez. Ambos estaban asombrados, y Maurice, aunque había perdido y rendido todas sus creencias, tenía la extraña sensación de estar en realidad ganando, conduciendo a buen fin una campaña que había comenzado hacía largo tiempo.

Porque Durham no se sentía ya molesto con él. Durham no podía arreglárselas sin él, y a todas horas se le encontraba metido en su habitación, enzarzado en discusiones. Resultaba extraño en él, que era reservado y que no se distinguía por sus virtudes dialécticas. La razón que daba para atacar las opiniones de Maurice era: «Son tan podridos, Hall; no creen más que en la respetabilidad.» ¿Era ésta toda la verdad? ¿No había algo más por detrás de aquello, tras sus nuevas maneras y su furiosa iconoclastia? Maurice creía que sí. Aparentemente en retirada, pensaba que su fe era un peón bien perdido. Porque Durham, al comerlo, había dejado al descubierto su corazón.

Hacia el final de curso abordaron una cuestión aún más delicada. Asistían a una de las clases de traducción del decano, y cuando uno de los alumnos leía tranquilamente el texto, el señor Cornwallis, con una voz lisa y sin matices, advirtió: «Omita eso: es una referencia al execrable vicio de los griegos.» Durham dijo después que deberían quitarle su puesto por tal hipocresía.

Maurice se rió.

—Hablo desde un punto de vista puramente intelectual. Los griegos, o la mayoría de ellos, sentían esa inclinación, y omitirlo es omitir la base de la sociedad ateniense.

—¿Es verdad eso?

—¿No has leído el *Symposium*?

Maurice no lo había leído, y no añadió que había explorado a Marcial.

—Allí está todo muy claro. No es algo para niños, desde luego, pero tú debes leerlo. Léelo durante estas vacaciones.

No se dijo más en aquella ocasión, pero él se sentía libre en otro campo, y en un campo, además, que nunca había mencionado a persona alguna. No se había dado cuenta de que podía mencionarse, y cuando Durham lo hizo, en medio del patio, a plena luz del día, sintió que un soplo de libertad le acariciaba.

VIII

AL LLEGAR A CASA, habló de Durham hasta que el hecho de que tenía un amigo penetró en la mente de todos los miembros de su familia. Ada preguntó si era hermano de una cierta señorita Durham —pero no, ella era hija única—, mientras que la señora Hall lo confundía con un profesor llamado Cumberland. Maurice se sentía profundamente herido. Un sentimiento fuerte hace brotar otro, y se asentó en él una profunda irritación contra las mujeres de su familia. Sus relaciones con ellas, hasta entonces, habían sido, aunque triviales, estables, pero parecía inicuo que todas confundiesen el nombre de aquella persona que se había transformado en lo más importante del mundo para él. El hogar lo castraba todo.

Lo mismo sucedió con su ateísmo. A nadie afectó lo profundamente que él esperaba. Con la crudeza de la juventud, llamó aparte a su madre y le dijo que él respetaría siempre los prejuicios religiosos de ella y de las niñas, pero que a él su conciencia no le permitía asistir más a la iglesia. Su madre dijo que era una gran desgracia.

—Sé que esto te trastornará un poco. No puedo evitarlo, madre querida. Eso es lo que siento, y no vale la pena discutir.

—Tu pobre padre siempre fue a la iglesia.

—Yo no soy mi padre.

—Morrie, Morrie, cómo dices eso.

—Bueno, no lo es —dijo Kitty con su descaro habitual—. Realmente, madre, convéncete.

—¡Kitty, querida, qué haces aquí! —gritó la señora Hall, advirtiendo que era necesario manifestar disgusto y no deseando volcarlo en su hijo—. Estamos hablando de cosas distintas, y además no tienes ninguna razón, porque Maurice es la viva imagen de su padre... El doctor Barry lo dijo.

—Bueno, el doctor Barry tampoco va a la iglesia —dijo Maurice, cayendo en el hábito familiar de salirse por la tangente.

—El doctor Barry es un hombre listísimo —dijo la señora Hall con decisión—, y también la señora Barry.

Este desliz de su madre hizo estallar a Ada y a Kitty. No podían contener la risa ante la idea de que la señora Barry fuera un hombre. Y el ateísmo de Maurice quedó olvidado. No comulgó el domingo de Pascua, y suponía que iba a organizarse una trifulca por ello, como en el caso de Durham, pero nadie lo advirtió, pues entre la burguesía suburbana no se exigía ya ser cristiano. Esto le disgustó, le hizo contemplar con nuevos ojos a la sociedad, ¿le importaba a aquella sociedad, que se proclamaba tan moral y tan sensible, realmente alguna cosa?

Escribió a menudo a Durham largas cartas en las que intentaba cuidadosamente expresar matices de sentimientos. Durham no les dio apenas importancia y así lo decía. Sus respuestas eran igualmente largas. Maurice nunca las sacaba del bolsillo, cambiándolas de traje a traje y hasta metiéndolas en el pijama cuando se iba a la cama. Despertaba y las tocaba y, contemplando los reflejos de la farola de la calle, recordaba el miedo que sentía cuando era niño.

Episodio de Gladys Olcott.

La señorita Olcott fue uno de sus escasos huéspedes. Había intimado con la señora Hall y con Ada en un balneario, y, habiendo recibido una invitación, la había aceptado. Era encantadora, o al menos eso decían las mujeres, y los visitantes del sexo masculino decían al varón de la casa que era un afortunado guardián. Él se reía, ellos se reían, y, habiéndola ignorado al principio, pasó a dedicarle sus atenciones.

Entonces Maurice, aunque no lo sabía, se había convertido ya en un atractivo joven. El mucho ejercicio había suavizado su tosquedad. Era corpulento pero ágil, y su rostro parecía seguir el ejemplo de su cuerpo. La señora Hall atribuía a su bigote —«el bigote de Maurice es su característica»— algo más profundo que ella comprendía. Desde luego, aquella pequeña línea negra armonizaba su rostro, y hacía destacar sus dientes cuando sonreía, y sus ropas parecían ajustarse también a él: por consejo de Durham llevaba pantalones de franela incluso los domingos.

Se dedicó a sonreír a la señorita Olcott; le parecía lo más propio. Ella le respondía. Puso sus músculos al servicio de la dama llevándola de paseo en su nuevo sidecar. Se tendió a sus pies. Descubriendo que fumaba, la convenció para que se quedara con él en el salón y lo mirara a los ojos. El vapor azul se agitaba y se enredaba y construía fluctuantes paredes, y los pensamientos de Maurice viajaban con él, para desvanecerse tan pronto como se abrió una ventana por la que entró aire fresco. Vio que ella se sentía complacida. Maurice la galanteó, le dijo que su cabello, etc., era maravilloso. Ella intentó pararle, pero él no se dio cuenta, y no supo que estaba molestándola. Había leído que las muchachas siempre pretenden detener a los hombres que las requiebran. La acosó. Cuando ella se excusó para no ir con él de paseo, él adoptó la actitud del macho dominador. Ella era su huésped. Fue. Y habiéndola llevado a un escenario que consideraba romántico, tomó su pequeña mano entre las suyas.

No era que la señorita Olcott pusiese objeciones a que cogiesen su mano. Otros lo habían hecho, y Maurice podía haberlo hecho si hubiese sabido cómo. Pero ella advirtió que había algo que no era correcto. El contacto de él la repugnaba. Era como el de un cadáver. Levantándose de un salto, gritó:

—Señor Hall, no sea estúpido. Quiero decir que *no* sea estúpido. No lo digo para que usted sea más estúpido aún.

—Señorita Olcott, Gladys... preferiría morir antes que ofenderla —masculló el muchacho, intentando seguir adelante.

—Debo regresar en tren —dijo ella, con un leve gemido—. Debo hacerlo. Lo siento muchísimo.

Ella llegó a casa antes que él y contó una pequeña historia sobre un dolor de cabeza y polvo en los ojos, pero la familia se dio cuenta de que algo había ido mal.

Salvo por este episodio, las vacaciones transcurrieron agradablemente. Maurice leyó un poco, siguiendo los consejos de su amigo más que los de su tutor, y reafirmó en uno o dos sentidos su creencia de que era ya un adulto. Por instigación suya, su madre despidió a los Howell, que habían ocupado desde hacía mucho tiempo el departamento exterior, y sustituyó el carruaje por un coche de motor. Todo el mundo quedó impresionado, incluidos los Howell. Habló también con el antiguo socio de su padre. Había heredado cierta aptitud para los negocios y algún dinero, y quedó decidido que cuando abandonase Cambridge entraría en la empresa como empleado sin autorización; Hill & Hall, Agentes de Bolsa. Maurice iba caminando hacia el nicho que Inglaterra había preparado para él.

IX

DURANTE EL CURSO ANTERIOR, Maurice había alcanzado un nivel mental nada usual en él, pero las vacaciones le hicieron retroceder hacia sus años de colegio. Estaba menos despierto, de nuevo se comportaba como se suponía que debía comportarse; un hecho peligroso para quien no está dotado de imaginación. Por su mente, no oscurecida del todo, pasaban a menudo nubes, y aunque la señorita Olcott se había desvanecido, la falta de sinceridad que le llevó a ella, permanecía. La principal causa de esto era su familia. Aún no había comprendido que eran más fuertes que él y que le influían inmensamente. Tres semanas en su compañía le dejaban desconcertado, sucio, victorioso en cada cosa, pero derrotado en todo. Regresaba pensando y hasta hablando como su madre o como Ada.

Hasta que Durham llegó, Maurice no advirtió el retroceso. Durham había estado enfermo, y regresó con unos días de retraso. Cuando su rostro, un poco más pálido de lo normal, asomó por la puerta, Maurice sintió un estremecimiento de desesperación, e intentó volver al lugar donde estaban el curso anterior, y volver a reunir los hilos de su estrategia. Se sentía débil y con miedo a actuar. La parte peor de él surgía a la superficie y le impulsaba a preferir la comodidad a la alegría.

—Qué hay, chico —dijo torpemente.

Durham entró sin hablar.

—¿Qué te pasa?

—Nada.

Y Maurice se dio cuenta de que había perdido contacto. El curso anterior hubiese comprendido aquella silenciosa entrada.

—Bueno, siéntate.

Durham se sentó en el suelo, fuera de su alcance. Era al final de la tarde. Los rumores del mes de mayo, los olores de la primavera de Cambridge floreciendo, llegaban en oleadas a través de la ventana y decían a Maurice: «No eres digno de nosotros.» Sabía que estaba muerto en más de la mitad de su ser, y se sentía ajeno, un palurdo en Atenas. Nada tenía que hacer allí, ni con un amigo como aquél.

—Durham...

Durham se acercó más. Maurice extendió una mano y sintió la cabeza del otro anidando en ella. Olvidó lo que iba a decir. Los rumores y los aromas murmuraban: «Tú eres nosotros, nosotros somos la juventud.» Suavemente revolvió el cabello y hundió sus dedos en él como para acariciar aquel cerebro.

—Durham, te decía, ¿lo has pasado bien?

—¿Y tú?

—No.

—En tus cartas me decías que sí.

—Pues no era verdad.

La verdad en su propia voz le hizo temblar. «Han sido las vacaciones más espantosas que he pasado», y se preguntó hasta qué punto debía contárselo. La niebla se hacía menos espesa otra vez; se sintió seguro, y con un pesaroso suspiro atrajo la cabeza de Durham hacia su rodilla, como si fuese un talismán para aclarar su vida. La cabeza quedó allí apoyada, y él había alcanzado una nueva ternura. Le acarició con firmeza desde la sien al cuello. Después apartó ambas manos, las dejó caer a los lados y se reclinó suspirando.

—Hall.

Maurice le miró.

—¿Algún problema?

Le acarició de nuevo y de nuevo apartó sus manos. Le parecía tan cierto que no tenía aquel amigo como que lo tenía.

—¿Nada con aquella chica?

—Nada.

—Me decías que te gustaba.

—No me gustaba... No.

Suspiros más profundos brotaron de él. Se articularon en su garganta, transformándose en gemidos. Su cabeza cayó hacia atrás, y olvidó la presión de Durham en su rodilla, olvidó que Durham contemplaba su turbio calvario. Fijó los ojos en el techo, con la boca y las cejas fruncidas, sin comprender nada salvo que el hombre ha sido creado para sentir dolor y soledad sin que el cielo le ayude.

Entonces Durham se alzó hacia él, alisó su cabello. Se cogieron. Pronto estaban pecho contra pecho, la cabeza en el hombro, pero justo cuando sus mejillas se encontraban alguien llamó, «Hall», desde el patio, y éste respondió; él siempre había respondido cuando le llamaban. Ambos se incorporaron bruscamente, y Durham se colocó junto a la repisa de la chimenea y apoyó la cabeza sobre un brazo. Gente absurda llegaba atronando por las escaleras. Querían té. Maurice se lo ofreció, después se dejó arrastrar por su conversación, y apenas se dio cuenta de la marcha de su amigo. Habían tenido una charla ordinaria, se decía a sí mismo, aunque demasiado sentimental, y cultivó su inquietud frente al próximo encuentro.

Éste tuvo lugar muy pronto. Estaba esperando para entrar en el teatro con media docena de compañeros, cuando le llamó Durham.

—Ya sé que has leído el *Symposium* en vacaciones —dijo en voz baja.

Maurice se sintió incómodo.

—Entonces ya comprendes... Sin que yo te diga más...

—¿Qué quieres decir?

Durham no podía esperar. La gente los rodeaba, pero con ojos que se habían vuelto intensamente azules murmuró:

—Que te amo.

Maurice se escandalizó, se horrorizó. Se estremeció hasta las raíces de su alma burguesa, y exclamó: «¡Oh, maldición!» Las palabras, los gestos, surgían de él antes de que pudiera evitarlo.

—Durham, eres un inglés. Y yo otro. No digas necedades. No estoy ofendido, porque sé que no quieres decir eso, pero es la única cosa totalmente fuera de límite, como sabes; es el peor crimen de la lista, y nunca debes mencionarlo de nuevo. ¡Durham!, qué estúpida idea, realmente...

Pero su amigo se había ido, se había ido sin decir una palabra, cruzaba corriendo el patio, y el ruido del portazo taladró los rumores de la primavera.

X

UNA NATURALEZA TORPE como la de Maurice parece insensible, pues necesita tiempo para sentir. Su instinto la lleva a asumir que nada bueno ni malo ha sucedido, y a resistirse al invasor. Sin embargo, una vez atrapada siente intensamente, y sus sentimientos amorosos son particularmente profundos. Llegado el momento, puede conocer y compartir el éxtasis; llegado el momento, puede hundirse hasta el fondo del infierno. Así pues, su calvario comenzó con una ligera pesadumbre, noches sin sueño y días de soledad la intensificaron hasta transformarla en un frenesí que le consumía. Se sumergía en su interior, hasta tocar la raíz de donde cuerpo y alma brotan. El «yo» que le habían enseñado a ocultar, comprendido al fin, redobló su poder y se hizo sobrehumano. Podría haber sido la alegría. Nuevos mundos se derrumbaron en él ante esto, y vio desde la inmensidad de su ruina qué éxtasis había perdido, qué comunión.

Estuvieron dos días sin hablarse. Durham lo habría prolongado aún más, pero la mayoría de sus amigos eran comunes, y se veían obligados a encontrarse. Comprendiendo esto, escribió a Maurice una fría nota sugiriéndole que sería conveniente, pensando en los demás, que se comportasen como si nada hubiese sucedido, y añadía: «Estaría muy agradecido si no mencionases mi criminal morbosidad a nadie. Estoy seguro que lo harás así, dada la actitud comprensiva con que escuchaste mis palabras.» Maurice no contestó, pero puso aquella nota con las cartas que había recibido durante las vacaciones, y después lo quemó todo.

Suponía que había llegado a la cima de su calvario. Pero no conocía el verdadero sufrimiento, como no conocía realidad de ningún género. Tenían aún que encontrarse. En la segunda tarde coincidieron en la misma partida de tenis, y el dolor le mordió intensamente. Apenas si se sentía capaz de permanecer allí y de mirarle; si devolvía el servicio de Durham, la pelota le enviaba una vibración a lo largo del brazo. Después tuvieron que jugar emparejados; en una ocasión tropezaron; Durham retrocedió, pero se las arregló para reír como siempre.

Además, parecía conveniente que regresase al *college* en el sidecar de Maurice. Montó en él sin vacilar. Maurice, que llevaba dos noches sin acostarse, despistándose se metió por una vereda a toda velocidad. Enfrente apareció un carro lleno de mujeres. Continuó derecho hacia ellas, pero cuando las oyó gritar apretó a fondo los frenos y pudo evitar por poco el desastre. Durham no hizo comentario alguno. Como indicaba en su nota, sólo hablaría cuando otros estuviesen presentes. Toda otra relación había concluido.

Aquella noche, Maurice se acostó como siempre. Pero cuando apoyó la cabeza en la almohada, un torrente de lágrimas se derramó sobre ella. Estaba horrorizado. ¡Un hombre llorando! Fetherstonhaugh podría oírle. Ahogó sus sollozos tapándose con la sábana, después alzó la cabeza y comenzó a golpear con ella la pared, aplastando el yeso. Alguien subía las escaleras. Se detuvo inmediatamente y no prosiguió cuando los pasos se apagaron. Encendiendo una lámpara, miró con sorpresa su pijama roto y sus miembros temblorosos. Continuó llorando, pues no podía detener las lágrimas, pero el impulso suicida había pasado, y arregló la cama y se tendió. Cuando abrió los ojos su criado arreglaba los destrozos. Le pareció extraño a Maurice que hubiese penetrado allí un criado. Se preguntó si sospecharía algo, después se durmió de nuevo. Al despertar por segunda vez, vio cartas en el suelo. Una de su abuelo, el viejo señor Grace, que le hablaba de una fiesta que se celebraría cuando Maurice llegase a la mayoría de edad. Otra, de la mujer de un profesor convidándole a comer («El señor Durham vendrá también, así que no te dará vergüenza»), otra de Ada, que hablaba de Gladys Olcott. Y otra vez más se quedó dormido.

La locura no es para todos, pero Maurice conoció el rayo que dispersa las nubes. La tormenta no había durado tres días como él suponía, sino que había estado fraguándose durante seis años. Se había preparado en las oscuridades del ser, donde ningún ojo atisba, y el medio ambiente en que había vivido la había alimentado. Había estallado y él no había muerto. La claridad del día le rodeaba, estaba en pie sobre las cumbres que ensombrecen la juventud, y vio.

La mayor parte del día permaneció sentado con los ojos cerrados, como si escrutase el valle que había abandonado. Era todo tan simple ahora. Había mentido. Lo formuló en una frase: «Se había alimentado de mentiras», pero las mentiras son el alimento natural de la niñez, y las había devorado con avidez. Su primera resolución fue ser más cuidadoso en el futuro. Viviría con rectitud, no porque importase a nadie ya, sino por la rectitud misma. No volvería a mentirse así. No pretendería —y ésta era la prueba—. preocuparse por las mujeres, cuando el único sexo que le atraía era el suyo propio. Amaba a los hombres y siempre los había amado. Ansiaba abrazarlos, mezclar con el de ellos su ser. Ahora que había perdido al hombre que correspondía a su amor, admitía aquello.

XI

DESPUÉS DE ESTA CRISIS, Maurice se convirtió en un hombre. Hasta entonces, si es que pueden valorarse los seres humanos, no había merecido el afecto de nadie, pues se comportaba con los demás de un modo convencional, artero y mezquino, porque lo mismo hacía consigo mismo. Ahora tenía el mayor regalo que ofrecer. El idealismo y la brutalidad que caracterizan a la niñez se habían unido al fin y se fundían en amor. Quizá nadie quisiese tal amor, pero podía ya no sentirse avergonzado de él, porque aquel amor era «él», no el cuerpo o el alma, no alma y cuerpo, sino «él» viviendo en ambos. Si bien aún sufría, de algún lugar de su interior brotaba una sensación de triunfo.

El dolor le había mostrado un nicho en el cual los juicios del mundo no contaban y donde podía refugiarse.

Había aún mucho que aprender, y habían de pasar años para que explorase algunos abismos de su ser, tan horribles eran. Pero descubrió el método y no se preocupó más de los diagramas dibujados en la arena. Había despertado demasiado tarde para alcanzar la felicidad, pero no para alcanzar la fuerza, y podía experimentar una austera alegría, como la de un guerrero que no tiene hogar y se mantiene siempre armado para la batalla.

Como el curso continuaba, decidió hablar con Durham. Habiendo tardado tanto en descubrirlas, daba un gran valor a las palabras. ¿Por qué debía de sufrir y de causar sufrimiento a su amigo, cuando las palabras podían resolverlo todo? Se oyó a sí mismo decir: «Yo te amo realmente a ti, igual que tú me amas a mí.» Y a Durham replicar: «¿Es cierto eso? Entonces te perdono», y con el ardor de la juventud veía posible tal conversación, aunque algo le impedía creer que condujese a la dicha. Hizo varios intentos, pero, en parte por su propia vergüenza, en parte por la de Durham, fracasaron. Si se acercaba a su cuarto, la puerta estaba cerrada o había gente dentro; si entraba, Durham salía cuando lo hacían los demás. Le invitó a comer varias veces, pero el otro nunca podía ir. Se ofreció a llevarlo otra vez al tenis, pero le dio una excusa. Cuando se encontraban en el patio, Durham simulaba haber olvidado algo y se iba. Estaba sorprendido de que sus amigos no se dieran cuenta del cambio, pero pocos estudiantes son observadores; tienen demasiadas cosas que descubrir dentro de sí mismos; y fue un profesor el que se dio cuenta de que Durham había cortado su luna de miel con aquel Hall.

Encontró la oportunidad después de un grupo de debates al que ambos pertenecían. Durham —utilizando su tesis como pretexto— había presentado su renuncia, pero había pedido que el grupo se reuniese un día en su habitación, pues deseaba obsequiarles con su hospitalidad. Era como él; odiaba verse obligado a agradecer nada a nadie. Maurice asistió y permaneció sentado durante una tediosa velada. Cuando todos, incluido el anfitrión, salieron a tomar el aire, él se quedó, pensando en la primera noche que había visitado aquella habitación y preguntándose si el pasado podría volver.

Durham entró, y no se dio cuenta inmediatamente de quién era. Ignorándole por completo, comenzó a disponerlo todo para acostarse.

—Eres muy duro —estalló Maurice—. No sabes lo que es tener el lío que yo tengo en la cabeza, y por eso eres tan duro.

Durham movió la cabeza como alguien que se niega a escuchar. Parecía encontrarse tan mal, que Maurice tuvo un violento deseo de cogerle.

—Podías darme una oportunidad en lugar de negármela... Sólo quiero hablar.

—Hemos hablado toda la tarde.

—Me refiero al *Symposium*, a los antiguos griegos.

—Oh Hall, no seas estúpido... Debes saber que estar a solas contigo me pone malo. No, por favor, no volvamos. Se acabó. Se acabó. —Entró en la otra habitación y comenzó a desvestirse—. Perdona que sea tan grosero, pero simplemente no puedo... Mis nervios están desquiciados después de tres semanas así.

—Lo mismo están los míos —gimió Maurice.

—¡Pobre, pobre amigo!

—Durham, estoy metido en un infierno.

—Bueno, ya saldrás. Es sólo el infierno de la repugnancia. Nunca has hecho nada de lo que puedas avergonzarte, así que no sabes lo que es realmente el infierno.

Maurice dejó escapar un grito de dolor. Era tan inconfundible, que Durham, que estaba a punto de cerrar la puerta que los separaba, dijo:

—Muy bien, lo discutiremos si quieres, ¿cuál es el problema? Parece que quieres defenderte por algo, ¿por qué? Te comportas como si yo estuviese ofendido contigo. ¿Qué es lo que has hecho mal? Tú has sido totalmente decente del principio al fin.

En vano protestó.

—Tan decente, que interpreté mal tu simple amistad. Como tú eras tan afectuoso conmigo, sobre todo aquella tarde en que regresé de vacaciones... Yo pensé que había algo más... Lo siento mucho, no sabes cuánto. No tenía derecho a salir de mis libros y de mi música, que eran mis compañeros cuando te conocí. Sé que no aceptarás mis disculpas ni nada de lo que pueda decirte, Hall, aunque sea totalmente sincero. Siento muchísimo haberte ofendido.

Su voz era débil pero clara, y su rostro como una espada. Maurice musitó palabras inútiles sobre el amor.

—Creo que eso es todo. Cásate rápidamente y olvida.

—Durham, yo te amo.

Rió amargamente.

—Te amo, siempre te he amado...

—Buenas noches, buenas noches.

—Te lo repito, te amo... Vine a decírtelo... Tal como tú me amas a mí... Siempre he sido como los griegos, y no lo sabía...

—Explica eso.

Las palabras le abandonaron inmediatamente. Sólo podía hablar cuando no le preguntaban.

—Hall, no seas ridículo. —Alzó la mano, pues Maurice había gritado—. Eres un muchacho muy decente por intentar ayudarme, pero hay límites; hay una o dos cosas que no puedo tragarme.

—No soy ridículo...

—No debería haber dicho eso. Pero déjame. Puedo dar gracias por haber caído en tus manos. Otro cualquiera me habría denunciado al decano o a la policía.

—Oh, vete al infierno, es lo que te mereces —gritó Maurice, y huyó al patio, oyendo una vez más el portazo.

Furioso, permaneció de pie en el puente, en aquella noche que se parecía a la primera, salpicada de desvaídas estrellas. No se hizo cargo que tres semanas de torturas semejantes a las suyas, o el veneno segregado por un hombre, actúan de modo diferente en otro. Estaba encolerizado por no haber encontrado a su amigo tal como lo había dejado. Sonaron las doce, la una, las dos, y él seguía planeando qué decir cuando no hay nada que decir y las palabras carecen ya de valor.

Después, salvaje, temerario, empapado de lluvia, vio en el primer resplandor de la aurora la ventana de la habitación de Durham, y su corazón dio un salto y todo su cuerpo se agitó. Su corazón gritó: «Amas y eres amado.» Miró el patio a su alrededor. Su corazón gritó: «Eres fuerte y él es débil y está solo», y aquello se impuso a su voluntad. Aterrado por lo que debía de hacer, asió el panel de la ventana y lo alzó.

—Maurice...

Mientras se dejaba caer, oyó su nombre pronunciado en sueños. La violencia se borró en su corazón, y una pureza que jamás había imaginado, ocupó su lugar. Su amigo le había llamado. Permaneció un momento fascinado; después, la nueva emoción le dio palabras, y posando su mano suavemente en la almohada, respondió: «¡Clive!»

CLIVE, DE MUCHACHO, vio pronto el problema con bastante claridad. Su sincera naturaleza, su agudo sentido del bien y del mal, le habían llevado a creer que pesaba sobre él una maldición. Profundamente religioso, con un vivo deseo de alcanzar a Dios y de complacerle, viose asaltado a edad muy temprana por este otro deseo, que era claramente de Sodoma. No tenía duda alguna al respecto: sus emociones, más firmes que las de Maurice, no estaban escindidas entre lo animal y lo ideal, ni le costó años vadear el río. En él se alzaba el impulso que había destruido a la Ciudad de la Llanura. Jamás llegaría a materializarse en la carne, pero ¿por qué entre todos los cristianos había de ser él precisamente víctima de aquel castigo?

Al principio pensó que Dios estaba probándole, y que si no blasfemaba le recompensaría como a Job. En consecuencia, humilló su cabeza, ayunó y se mantuvo alejado de aquellos hacia los que por su inclinación se sentía atraído. El año que cumplió sus dieciséis, fue un periodo de interminable tortura. No contó nada a nadie, y finalmente enfermó y tuvo que abandonar el colegio. Durante la recuperación se enamoró de un primo suyo que le llevaba su silla de convaleciente, un joven casado ya. No había esperanza, estaba condenado.

Estos terrores habían visitado a Maurice, pero de modo mucho más confuso. Para Clive eran definidos, constantes, y le asaltaban lo mismo que cuando comulgaba en cualquier otro momento. Siempre le resultaban inconfundibles, pese a que sujetaba con firmeza las riendas. Podía controlar el cuerpo: era el alma corrompida la que se burlaba de sus oraciones.

El muchacho había sido siempre un intelectual, sensible al mundo de la letra impresa, y los horrores que la Biblia le había evocado fueron apagados por Platón. Jamás podía olvidar la emoción que experimentó al leer por primera vez *Fedro*. En él vio delicadamente descrito su mal, tranquilamente, como una pasión que puede dirigirse, como cualquier otra, hacia el bien o hacia el mal. No había allí ninguna invitación al desenfreno. Al principio, no podía creer en su buena suerte, pensaba que debía haber algún mal entendido y que él y Platón estaban pensando en cosas diferentes. Después vio que el mesurado pagano le comprendía realmente, y, prescindiendo de la Biblia más que oponiéndose a ella, le ofrecía una nueva guía para vivir. «Aprovechar el máximo lo que poseo.» No aplastarlo, no desear en vano que fuese distinto, sino cultivarlo de modo que no ofendiese a Dios ni al Hombre.

Se veía forzado de todos modos a desembarazarse del cristianismo. Los que basan su conducta sobre lo que son más que sobre lo que deben ser, han de acabar desembarazándose de él tarde o temprano, y además entre el temperamento de Clive y tal religión existía un pleito secular. Ningún hombre ilustrado puede combinar ambas cosas. Los instintos naturales, citando la fórmula legal, son «algo que no debe mencionarse entre cristianos», y cuenta una leyenda que todo el que cedía a ellos moría en la mañana de la Navidad. Clive lamentaba esto. Procedía de una familia de abogados y señores rurales, gente en general honrada y capaz, y no deseaba apartarse de aquella tradición. Ansiaba llegar a alguna suerte de compromiso con el cristianismo, y buscaba en las Escrituras un apoyo que lo justificase. Allí se topó con David y Jonatán; y hasta con el «discípulo a quien Jesús amaba». Pero la interpretación de la Iglesia se alzaba contra él y no podía hallar en su seno descanso para el alma sin mutilar ésta, y viose arrastrado cada vez con mayor fuerza hacia el mundo clásico.

A los dieciocho era excepcionalmente maduro, y mantenía sobre sí tal control que podía permitirse una relación de camaradería con cualquiera que le atrajese. La armonía había sucedido al ascetismo. En Cambridge cultivaba tiernos sentimientos hacia otros estudiantes, y su vida, tan gris hasta entonces, vino a teñirse suavemente de cálidos matices. Cauto y sano, avanzaba, sin que ni el detalle más nimio escapase a su cautela. Y estaba dispuesto a ir más allá si lo consideraba justo.

Durante su segundo año en Cambridge conoció a Risley, que a su vez era «de aquella forma». Clive no correspondió a la confianza que se le otorgó bastante gratuitamente, ni le gustó Risley ni su grupo. Pero aquello significó un estímulo. Le alegró saber que había más como él allí, y su franqueza le empujó a hablar a su madre de su agnosticismo; era todo lo que podía contarle a ella. La señora Durham, una mujer mundana, apenas si protestó. El problema surgió en Navidad. Siendo la única familia distinguida de la parroquia, los Durham comulgaban separados del resto de los feligreses, y la perspectiva de tener a todo el pueblo mirando cómo ella y sus hijas se arrodillaban en medio de aquel largo reclinatorio sin Clive, la hacía enrojecer de vergüenza y la llenaba de cólera. Discutieron. Él vio lo que ella era realmente —un ser vacío, ajeno, cerrado—, y en su desilusión se sorprendió pensando vívidamente en Hall.

Hall: uno de los hombres hacia los que se sentía atraído. Era cierto que también él tenía madre y dos hermanas, pero Clive era demasiado sagaz para pretender que éste fuera el único lazo entre ambos. Debía gustarle Hall más de lo que suponía, debía estar un poco enamorado de él. Y tan pronto como se vieron le envolvió una ola de emoción que le empujó a la intimidad.

Era un hombre tosco, estúpido, burgués: el peor de los confidentes. Sin embargo, le explicó sus problemas familiares y se sintió desproporcionadamente conmovido al verle rechazar a Chapman. Cuando Hall comenzó a atormentarse se sintió encantado. Otros se apartaban de él, considerándolo formal, demasiado intelectual, y a él le encantaba verse vapuleado por un muchacho fuerte y guapo. Fue delicioso cuando Hall le acarició el cabello: los rostros de los dos palidecieron. Él se inclinó hacia atrás hasta que su mejilla rozó la franela de los pantalones y sintió que su calor le penetraba a través de ella. No se hacía ninguna ilusión en tales ocasiones. Sabía el tipo de placer que estaba experimentando, y lo recibía honestamente, seguro de que no causaría el menor mal a ninguno de los dos. Hall era un hombre al que sólo le gustaban las mujeres, era algo que saltaba a la vista.

Hacia finales de curso advirtió que Hall había adquirido una expresión bella y peculiar. Era algo sutil que yacía oculto en su interior y aparecía sólo de cuando en cuando; lo advirtió por primera vez cuando discutían sobre teología. Era algo cordial, amable; así pues, una expresión natural, pero teñida de un matiz que no había advertido antes, un aire de... ¿impudicia? No estaba seguro, pero le gustaba. Apreciábalo cuando se encontraban inesperadamente tras los silencios. Le hacía señas por encima de su intelecto, diciendo: «Todo eso está muy bien, eres muy listo, ya lo sabemos... ¡pero ven!» Le rondaba, y él estaba al acecho mientras su cerebro y su lengua trabajaban, y cuando llegaba se sentía a sí mismo replicar: «Iré... Yo no sabía».

«Tú ya no puedes escapar a ti mismo. Debes venir.»

«Yo no quiero escapar a mí mismo.»

«Ven, entonces.»

Y fue. Derribó todas las barreras. No inmediatamente, pues no habitaba un templo que pudiera destruirse en un día. Durante todo aquel curso y a través de cartas después fue aclarando el camino. Una vez seguro de que Hall correspondía a su amor, dio rienda suelta a éste. Hasta entonces había sido un jugueteo, un placer trivial para el cuerpo y la mente. Cómo despreciaba aquello ahora. El amor era armonioso, inmenso. Vertió en él toda la dignidad y toda la riqueza de su ser, y en aquel alma bien equilibrada los dos eran en realidad uno. No había rastro de humildad en Clive. Conocía sus propios méritos, y cuando había esperado atravesar la vida sin amor había maldecido las circunstancias más que a sí mismo. Hall, aunque atractivo y bello, no había condescendido. Estarían a la par en el curso siguiente.

Pero los libros significaban tanto para él, que olvidó que a otros les desconcertaban. Si hubiese confiado en el cuerpo no se hubiese provocado el desastre, pero al ligar su amor al pasado lo ligaba al presente, y se alzaron en la mente de su amigo las convenciones y el miedo a la ley. Él no comprendió nada de esto. Lo que Hall decía era lo que quería decir. ¿Por qué iba a decirlo, si no? Hall había abominado de él: «Oh, maldición», había dicho. Las palabras hieren más que cualquier ofensa física, y aquéllas zumbaban en sus oídos día tras día. Hall era un ciudadano inglés sano y normal que no había tenido jamás el más leve vislumbre de lo que pasaba.

Grande fue el dolor, grande la humillación, pero aún peor fue lo que siguió. Tan profundamente se había identificado Clive con el amado, que comenzó a abominar de sí mismo. Se derrumbaba toda su filosofía de la vida, y de sus ruinas renacía la conciencia de pecado, y recorría aullando sus pasillos interiores. Hall había dicho que él era un delincuente, y debía saberlo. Estaba condenado. No se atrevería más a hacerse amigo de un joven por miedo a corromperlo. ¿No había hecho que Hall perdiese su fe cristiana y no había atentado además contra su pureza?

Durante aquellas tres semanas Clive había estado profundamente alterado y fue incapaz de argumentar cosa alguna cuando Hall —aquella bondadosa y desatinada criatura— vino a su habitación a consolarle, intentando una cosa y otra sin éxito, y abandonándole en un arrebato de cólera. «Oh, vete al infierno, es lo que te mereces.» No podía oír nada más cierto pero a la vez más duro para él de labios del amado. La derrota de Clive se agigantaba: su vida se había roto en mil pedazos y no encontraba en su interior fuerzas para reconstruirla y liberarla del mal. Su conclusión fue: «¡Es un tipo ridículo! Jamás lo amé. No era todo más que una imagen elaborada por mi mente impura, y ojalá que Dios me ayude a olvidarla.»

Pero fue esta imagen la que visitó su sueño, y le hizo murmurar su nombre.

—Maurice...

—Clive...

—¡Hall! —musitó, totalmente despierto. Sentía sobre él una calidez que le cubría—. Maurice, Maurice, Maurice... Oh *Maurice*...

—Ya, ya.

—Maurice, te quiero.

—Y yo a ti.

Se acariciaron, apenas sin desearlo. Después Maurice desapareció como había llegado, a través de la ventana.

XIII

—Ya he perdido dos clases hoy —repuso Maurice, que estaba desayunando en pijama.

—Piérdelas todas... no pueden más que castigarte sin salir.

—¿Quieres que salgamos con el sidecar?

—Sí, pero vayamos lejos —dijo Clive, encendiendo un cigarrillo—. No puedo soportar Cambridge en este tiempo. Vayámonos lo más lejos posible y bañémonos. Yo puedo estudiar allí... ¡Oh maldición!

Se oyeron pasos en las escaleras. Joey Fetherstonhaugh entró y preguntó si alguno de los dos quería jugar al tenis con él por la tarde. Maurice aceptó.

—¡Maurice! ¿Por qué has hecho eso, eres idiota?

—Para librarme de él rápidamente. Clive, te espero en el garaje dentro de veinte minutos; lleva tus podridos libros y coge prestadas las gafas de Joey. Tengo que vestirme. Lleva también algo para comer.

—¿Que te parece ir a caballo?

—Demasiado lento.

Se encontraron tal como habían previsto. Las gafas de Joey no habían sido problema, puesto que éste no estaba. Pero cuando enfilaban Jesus Lane oyeron al decano gritar:

—Hall, ¿no tiene clase?

—Me dormí —dijo Maurice desdeñosamente.

—¡Hall! ¡Hall! Pare, que estoy hablándole.

Maurice no hizo caso.

—No es un buen argumento —observó.

—Desde luego que no.

Pasaron el puente como una exhalación y entraron por la carretera de Ely. Maurice dijo: «Ahora rumbo al infierno.» La máquina era potente, y él, temerario por naturaleza. Se lanzó hacia la zona de los pantanos y hacia la bóveda en retirada del cielo. Se convirtieron en una nube de polvo, un hedor y un bramido para el mundo, pero el aire que ellos respiraban era puro, y únicamente oían el abierto y prolongado clamor del viento. No se preocupaban por nadie, estaban al margen de la humanidad, y la muerte, si hubiese llegado, sólo hubiese prolongado su persecución de un horizonte en retirada. Una torre, un pueblo —había sido Ely— iban quedando atrás; enfrente, el mismo cielo, con una palidez al fondo, heraldo del mar. «Tuerce a la derecha»; de nuevo, después, «izquierda», «derecha», hasta perder todo sentido de dirección. Hubo un patinazo, un chirrido. Maurice no se dio cuenta, y se alzó un estrépito como de miles de guijarros chocando entre sí bajo sus piernas. No se produjo ningún accidente, pero la máquina fue a detenerse entre los campos oscuros y sombríos. Se oyó el canto de la calandria, el rastro de polvo comenzó a asentarse tras ellos. Estaban solos.

—Comamos —dijo Clive.

Comieron en un herboso declive. Sobre ellos las aguas de una presa se agitaban imperceptiblemente reflejando interminables sauces. No podía verse por parte alguna al hombre que había creado aquel paisaje. Después de comer, Clive pensó que debía trabajar un poco. Desplegó sus libros, pero estaba dormido a los cinco minutos. Maurice se tendió a la orilla del agua, fumando. Apareció el carro de un aldeano y deseó preguntar en qué condado estaban. Pero nada dijo, ni el aldeano pareció advertir su presencia. Cuando Clive despertó eran ya más de las tres.

—Pronto tendremos ganas de tomar un té —fue todo lo que se le ocurrió decir.

—Muy bien. ¿Puedes arreglar tú esa maldita moto?

—Es verdad. Tiene algo averiado, ¿no? —Bostezando se acercó al sidecar.... No, Maurice, no puedo. ¿Puedes tú?

—Más bien no.

Unieron sus mejillas y comenzaron a reír. La avería les parecía algo extraordinariamente cómico. ¡Un regalo del abuelo! Se lo había comprado a Maurice a cuenta de su mayoría de edad en agosto. Clive dijo:

—¿Qué te parece si lo dejamos y vamos caminando?

—Sí, nadie le hará ningún daño. Deja los abrigos y las cosas dentro. También las gafas de Joey.

—¿Y qué hago con mis libros?

—Déjalos también.

—No sé si me harán falta luego.

—Bueno, no sé. El té es más importante. Es lógico pensar (¿a qué viene esa risilla?) que si seguimos una presa un trecho suficiente, acabaremos encontrando una taberna.

—¡Porque la utilizan para aguar la cerveza!

Maurice le dio un golpe en el costado, y por espacio de diez minutos corretearon entre los árboles, demasiado eufóricos para hablar. Cabizbajos de nuevo, se tendieron juntos, después ocultaron la moto tras unos rosales silvestres y se fueron. Clive se llevó su cuaderno con él, pero su plan no se desarrolló tal como pensaban, pues la presa cuyo cauce seguían se ramificaba.

—Debemos vadearla —dijo—. Si nos dedicamos a rodear no llegaremos nunca a ninguna parte. Mira, Maurice, lo mejor es que sigamos en línea recta hacia el sur.

—Muy bien.

Aquel día, cualquier sugerencia de uno de ellos era aceptada en seguida por el otro. Clive se quitó los zapatos y los calcetines y se remangó los pantalones. Después se introdujo en la oscura superficie de la presa y desapareció. Reapareció nadando.

—¡Qué profundidad tiene esto! —balbució, alzando la cabeza—. ¡No te haces idea, Maurice!

Maurice gritó:

—Yo me bañaré de un modo normal.

Así lo hizo mientras Clive llevaba su ropa. La luz se hizo radiante. Luego se dirigieron a una granja.

La mujer del granjero era antipática y huraña, pero ellos hablaban de ella después como de «una persona excelente». Al final les dio té y permitió a Clive secarse al calor del fuego de la cocina. Les dejó a ellos decidir el importe, y aunque le pagaron generosamente, refunfuñó. Nada podía ensombrecer sus ánimos. Todo lo transmutaban.

—Adiós, le quedamos muy agradecidos —dijo Clive—. Y si alguno de los suyos encuentra la moto... Me gustaría poder indicarle exactamente dónde la dejamos. De todos modos le daré el carnet de mi amigo. Colóquenlo en la moto, por favor, y llévenla hasta la estación más próxima. Algo así, no sé. El jefe de estación ya nos avisará.

La estación quedaba a cinco millas. Cuando llegaron a ella, el sol ya se ponía, y no llegaron a Cambridge hasta después de la cena. Toda esta última parte del día fue perfecta. El tren, por alguna razón desconocida, estaba lleno, y se sentaron muy juntos, hablando tranquilamente entre el barullo, sonrientes. Cuando se separaron, lo hicieron del modo habitual: ninguno de los dos sintió el impulso de decir nada especial. Todo el día había sido normal. Sin embargo, nunca antes habían pasado un día así, y nunca volvería a repetirse.

XIV

El decano expulsó a Maurice.

El señor Cornwallis no era un funcionario severo, y el muchacho llevaba un curso aceptable, pero no podía pasar por alto una falta de disciplina tan grave.

—¿Por qué no paró usted cuando le llamé, Hall?

Hall no respondió, ni siquiera parecía afectarle. Tenía los ojos resplandecientes, y el señor Cornwallis, aunque bastante irritado, comprendió que se enfrentaba a un hombre. Fría y desapasionadamente, se preguntaba aún qué podía haber sucedido.

—Ayer faltó usted a la iglesia, a cuatro clases, incluida mi propia clase de traducción, y a la cena. Ya ha hecho este tipo de cosas antes. Era innecesario añadir la impertinencia, ¿no cree? Bien... ¿No me dice nada? Se irá usted e informará a su madre del porqué. Yo también la informaré. Hasta que no me envíe una carta de disculpa, yo no recomendaré su readmisión en octubre. Coja usted el tren de las doce en punto.

—Muy bien.

El señor Cornwallis le hizo un gesto de despedida.

No se aplicó ningún castigo a Durham. Había sido dispensado de todas las clases por su tesis, y aunque no hubiese sido así el decano no le habría molestado; era el mejor alumno de clásicas y se había ganado un tratamiento especial. Sería buena cosa el que Hall no lo distrajese más. Al señor Cornwallis siempre le resultaban sospechosas aquellas amistades. No era natural que personas de caracteres y gustos distintos intimasen así, y aunque los universitarios, a diferencia de los colegiales, son oficialmente normales, los profesores ejercían una cierta vigilancia, y consideraban correcto acabar con un asunto amoroso cuando podían.

Clive le ayudó a hacer el equipaje, y lo despidió. Habló poco, por miedo a deprimir a su amigo, que se sentía aún en un arrebato de heroísmo, pero se le encogió el corazón. Era su último curso, pues su madre no le dejaría seguir un cuarto año, lo que significaba que él y Maurice no volverían a encontrarse de nuevo en Cambridge. Su amor pertenecía a aquel lugar y en especial a sus habitaciones; no podía imaginar su encuentro en otra parte. Hubiese deseado que Maurice no adoptara aquella actitud dura con el decano —pero era ya demasiado tarde— y que el sidecar no se hubiese perdido. Relacionaba el sidecar con emociones fuertes: el calvario de la pista de tenis, la alegría del día anterior. Ligados en un movimiento único, parecían allí más próximos entre sí que en cualquier otro lugar; la máquina cobraba vida por sí misma, y en ella alcanzaban y comprendían la unidad predicada por Platón. Había desaparecido, y cuando el tren de Maurice partió cortando literalmente su apretón de manos, su ánimo se derrumbó y volvió a su habitación a escribir apasionadas cuartillas llenas de desesperación.

Maurice recibió la carta a la mañana siguiente. Ésta completó lo que su familia había iniciado, y él experimentó su primera explosión de cólera contra el mundo.

XV

—No puedo disculparme, madre... Ya te expliqué la noche pasada que no hay nada de que deba disculparme. No tienen derecho alguno a mandarme a casa cuando todo el mundo pierde clases. Es pura ojeriza, y puedes preguntárselo a cualquiera... Ada, procura que llegue el café en lugar de llorar.

Ella gimió:

—Maurice, le has dado un disgusto a mamá: ¿cómo puedes ser tan desagradable y tan brutal?

—Estoy seguro de que no pretendo serlo. No veo en qué

he sido desagradable. Entraré a trabajar en los negocios, inmediatamente, como hizo papá, sin ninguno de sus podridos diplomas. No veo que haya nada malo en ello.

—No debías mencionar siquiera a tu pobre padre, él jamás hizo nada incorrecto —dijo la señora Hall—. Oh, Morrie, querido... Teníamos tantas esperanzas puestas en Cambridge.

—Todo este llanto es un error —anunció Kitty, que aspiraba a cumplir las funciones de un tónico—. Lo único que se logra es hacer que Maurice piense que es importante, y no lo es: escribirá al decano en cuanto dejemos de pedírselo.

—No lo haré. Sería indigno —replicó su hermano, duro como el acero.

—Yo no veo por qué.

—Las chicas pequeñas no ven gran cosa.

—¡Yo no estoy tan segura!

Él la miró. Pero ella sólo dijo que veía mucho más que algunos chicos pequeños que se creían hombrecitos. Kitty sólo estaba rezongando, y el miedo teñido de respeto que se había despertado en él se desvaneció. No, no podía disculparse. No había hecho nada malo. Y no reconocería haberlo hecho. Era la primera prueba de honestidad con que se enfrentaba en muchos años, y la honestidad es como la sangre. ¡En su inflexible actitud el muchacho pensaba que sería posible vivir sin compromiso, e ignorar todo lo que no se conformase a él y a Clive! La carta de Clive le había desquiciado. Sin duda él era estúpido —el amante sensible se disculparía y volvería a consolar a su amigo—, pero era la estupidez de la pasión, de la que es mejor no tener ninguna que tener poca.

Continuaron hablando y gimoteando. Al final él se levantó y dijo:

—Yo no puedo comer con este acompañamiento —y salió al jardín.

Su madre le siguió con una bandeja. Su misma blandura le enfurecía, pues el amor desarrolla al atleta. Nada le costaba a ella abonarle con tiernas palabras y engatusarle: ella sólo quería ablandarle.

Quería saber si había entendido bien. ¿Se negaba él a disculparse? Se preguntaba lo que su propio padre, el abuelo, diría, e incidentalmente se enteró de que el regalo de cumpleaños estaba tirado en algún prado de East Anglia. Se sintió seriamente afectada, pues aquella pérdida era más comprensible para ella que la de un título. También afectó a las muchachas. Lloraron por la moto durante el resto de la mañana, y, aunque siempre Maurice podía silenciarlas o enviarlas donde no las oyera, sentía que su docilidad era de nuevo capaz de minar su fuerza, como en las vacaciones de Pascua.

Durante la tarde cayó en el desaliento. ¡Recordó que Clive y él sólo habían estado juntos un día! ¡Y lo habían pasado correteando como idiotas, en lugar de estar uno en los brazos del otro! Maurice no sabía que el día había sido perfecto así, era demasiado joven para detectar la trivialidad del contacto por el contacto mismo. Aunque coartado por su amigo, habría saciado su pasión. Más tarde, cuando su amor adquirió un segundo impulso, comprendió lo bien que el destino le había servido. Aquel único abrazo en la oscuridad, aquel largo y único día a la luz y al viento, eran dos columnas gemelas, inútil una sin la otra. Y todo el calvario de la separación que soportaba entonces, en lugar de destruir, enriquecía.

Intentó contestar la carta de Clive. Temía parecer falso. Por la noche recibió otra, compuesta de las siguientes palabras: «Maurice, te amo.» Él respondió: «Clive, te amo.» Después se escribieron cada día, y a pesar de sus precauciones crearon nuevas imágenes en sus respectivos corazones. Las cartas distorsionan la realidad aún más rápidamente que el silencio. Clive se vio asaltado por el miedo de que algo estaba yendo mal, e inmediatamente antes de su examen hizo una escapada al pueblo. Maurice comió con él. Fue horrible. Ambos estaban cansados y habían elegido un restaurante donde no podían ni siquiera oírse a sí mismos hablar. «No lo he pasado nada bien», dijo Clive al despedirse. Maurice se sintió aliviado. Había pretendido convencerse de que había disfrutado en su compañía, aumentando así su desdicha. Acordaron que en sus cartas se limitarían a hechos, y que sólo se escribirían cuando tuviesen que decirse algo urgente. La tensión emocional se redujo, y Maurice, que estaba más próximo de lo que suponía a un ataque cerebral, disfrutó de varias noches sin sueños que restauraron su salud. Pero la vida diaria continuaba siendo tediosa y vacía.

Su posición en casa era anómala: la señora Hall quería que alguien decidiese por ella. Él parecía un hombre y había despedido a los Howell la Pascua anterior; pero por otra parte había sido expulsado de Cambridge y aún no tenía veintiún años. ¿Cuál era su lugar en la casa? Instigada por Kitty intentó imponerse, pero Maurice, después de una reacción de auténtica sorpresa, no le prestó la menor atención. La señora Hall no sabía qué hacer, y aunque confiaba en su hijo, tomó la estúpida decisión de apelar al doctor Barry. Se pidió a Maurice que se diese una vuelta por la casa del doctor un día para hablar un rato.

—Bueno, Maurice, ¿cómo va esa carrera? Parece que no exactamente como esperabas, ¿no?

A Maurice aún le intimidaba su vecino.

—No exactamente como tu madre esperaba, sería más exacto.

—No exactamente como todos esperaban —dijo Maurice, mirándose las manos.

Entonces el doctor Barry dijo:

—Bueno, en realidad, mejor así. ¿Para qué quieres tú un título universitario? Nunca fue ése el objetivo de la burguesía suburbana. Tú no vas a ser párroco ni abogado ni pedagogo. Y tampoco eres un terrateniente. Lamentable pérdida de tiempo. Métete en lo tuyo de una vez. Muy bien lo de insultar al decano. Tu lugar es la ciudad. Tu madre… —hizo una pausa y encendió un cigarrillo, sin ofrecerle al muchacho—. Tu madre no comprende esto. Le disgusta que no quieras disculparte. Yo por mi parte creo que esto es lógico. Estabas en una atmósfera que no se ajustaba a ti, y en consecuencia has aprovechado la primera oportunidad para librarte de ella.

—¿Qué quiere decir, señor?

—Oh. ¿No está suficientemente claro? Quiero decir que el hijo de un hacendado se disculparía por puro instinto si le pareciese que se había portado como un grosero. Tú tienes una tradición diferente.

—Creo que he de volver ya a casa —dijo Maurice, no sin dignidad.

—Sí, creo que debes hacerlo. No te invité para pasar una agradable velada, como espero que hayas comprendido.

—Ha hablado usted muy claro. Quizás algún día yo también lo haga. Sé que me gustaría hacerlo.

Esto sacó de sus casillas al doctor, que gritó:

—Cómo te atreves a burlarte de tu madre, Maurice. Merecerías que te azotaran. ¡Mequetrefe! ¡Poniéndose a fanfarronear en lugar de pedirle perdón! Conozco todo el asunto. Ella vino aquí con lágrimas en los ojos a pedirme que te hablara. Ella y tus hermanas son para mí vecinas a quienes respeto, y si una mujer me pide algo estoy inmediatamente a su servicio. No me conteste, caballero, no me conteste, no quiero que me diga nada, ni claro ni oscuro. Eres una vergüenza para la gente decente. No sé a dónde vamos a llegar. No sé hacia dónde va el mundo... Estoy enfadado y disgustado contigo.

Maurice, fuera al fin, se pasó la mano por la frente. En cierto modo se sentía avergonzado. Sabía que se había portado mal con su madre, y toda su presunción se había conmovido hasta la raíz. Pero había algo de lo que no podía retractarse, que no podía alterar. Una vez fuera del camino, le parecía que había de permanecer fuera para siempre. «Una vergüenza para la gente decente.» Meditó la acusación. Si hubiese llevado una mujer en el sidecar, si siendo así se hubiese negado a obedecer la orden de detenerse del decano, ¿le hubiese exigido el doctor Barry disculparse? Seguramente no. Seguía este proceso de pensamiento con dificultad. Su cerebro aún estaba débil. Pero se veía obligado a usarlo, pues había muchas cosas en el lenguaje y en las ideas corrientes que le exigían una traducción para poder comprenderlas.

Su madre parecía avergonzada; sentía, como también él, que debía haberle reñido ella misma. Maurice se había hecho un hombre, se lamentó a Kitty; los hijos se apartan de una; era muy triste. Kitty aseguró que su hermano no era aún más que un muchacho, pero todas aquellas mujeres tenían la sensación de que en su boca, en sus ojos y en su voz se había operado un cambio desde que se había enfrentado con el doctor Barry.

XVI

Los DURHAM VIVÍAN en un remoto lugar de Inglaterra, entre Wilts y Somerset. Aunque no era una familia de abolengo, llevaban cuatro generaciones poseyendo la tierra, y la influencia de ésta se había transmitido a ellos. El bisabuelo-tío de Clive había sido presidente del tribunal supremo durante el reinado de Jorge IV, y Penge era el nido que había creado. Este nido estaba casi desmoronándose ya. Un centenar de años habían roído la fortuna que ninguna novia rica había repuesto, y tanto la casa como la finca estaban marcadas, no realmente por la decadencia, pero sí por la inmovilidad que la precede.

La casa estaba situada entre bosques. Un parque, aún marcado con las líneas de desaparecidos setos, se extendía alrededor, dando luz, aire y pastos a los caballos y a las vacas alderney. Más allá de él comenzaban los árboles, la mayoría plantados por el viejo Sir Edwin, que se había anexionado las tierras comunales. Había dos entradas al parque, una desde el pueblo y la otra desde la carretera arcillosa que iba a la estación. En los viejos tiempos no había estación y la entrada al parque desde ella, que carecía de adornos según los viejos usos, tipificaba una visión trasnochada de Inglaterra.

Maurice llegó al anochecer. Venía directamente desde casa de su abuelo, en Birmingham, donde, bastante fríamente, había celebrado su mayoría de edad. Aunque en desgracia, no había sido privado de sus regalos, pero fueron entregados y recibidos sin entusiasmo. Había deseado mucho llegar a los veintiún años. Kitty suponía que no le emocionaba porque había seguido la senda del mal. Cariñosamente le dio un tirón de orejas, y la besó, lo cual la desconcertó mucho. «No tienes ningún *sentido* de las cosas», dijo irritada. Él sonrió.

Desde Alfriston Gardens, con sus primos y sus tés, Penge significaba un cambio inmenso. Las familias de terratenientes, aunque fuesen ilustradas, estaban rodeadas de una atmósfera turbadora, y Maurice miraba todos los detalles con inquietud. Desde luego, Clive había ido a recibirle y estaba con él en la berlina, pero también iba en ella una señora Sheepshanks, que había llegado en el mismo tren que él. La señora Sheepshanks tenía una criada que les seguía con el equipaje de ambos en un coche de punto, y él se preguntaba si no debería haber traído también servicio. La casilla de la verja estaba al cargo de una muchachita. La señora Sheepshanks deseaba que *todo el mundo* le hiciese reverencias. Clive le pisó cuando ella dijo esto, pero Maurice no estaba seguro de si había sido accidentalmente. No estaba seguro de nada. Cuando llegaron, él confundió la parte trasera con la principal, y se dispuso a abrir la puerta. La señora Sheepshanks dijo: «Oh, pero si eso es una entrada complementaria.» Además, había un mayordomo para abrir la puerta. Un té, muy amargo, les esperaba, y la señora Durham miraba hacia un lado mientras lo servía hacia otro. Había gente, toda de aspecto importante o que se encontraba allí por alguna importante razón. Hacían cosas o movían a otros a que las hicieran. La señorita Durham le comprometió para recoger votos al día siguiente en favor de la Tariff Reform. Estaban de acuerdo políticamente; pero el grito con el que ella acogió su alianza no le complació. «Mamá, el señor Hall *es* de los nuestros.» El mayor Western, un primo que también paraba en la casa, le preguntó sobre Cambridge. ¿Les importa mucho a los militares el que uno sea expulsado?... No, era aún peor que el restaurante, pues allí Clive estaba también fuera de su elemento.

—Pippa, ¿conoce el señor Hall su habitación?

—La habitación azul, mamá.

—La que no tiene chimenea —dijo Clive—. Muéstrasela.

Él estaba despidiendo a unos visitantes.

La señorita Durham pasó a Maurice al mayordomo. Subieron por una escalera lateral; Maurice vio la escalera principal a la derecha, y se preguntó si estaban haciéndole de menos. Su habitación era pequeña, y estaba pobremente decorada. No tenía ninguna vista. Cuando se arrodilló para abrir su maleta, le asaltó el recuerdo de Sunnington, y decidió que, mientras estuviese en Penge, se pondría todos sus trajes. No debían suponer que no estaba a la moda; era tan bueno como cualquiera. Pero apenas si había llegado a esta conclusión cuando Clive irrumpió en la habitación con la luz del sol tras él.

—Maurice, vengo a darte un beso —dijo, y así lo hizo.

—¿Dónde... a dónde da esta puerta?

—Nuestro estudio...

Se reía, su expresión era abierta y radiante.

—Oh, así que es por eso...

—¡Maurice! ¡Maurice! Has venido realmente. Estás aquí. Este lugar no volverá a ser nunca el mismo, por fin podré amarlo.

—Fue magnífico para mí poder venir —dijo Maurice ahogadamente.

El súbito ramalazo de alegría le hizo mover la cabeza.

—Deshaz el equipaje. Yo dispuse esto adecuadamente. Estamos solos en esta escalera. Es lo más parecido al colegio que pude lograr.

—Mucho mejor así.

—Realmente creo que lo será.

Alguien llamó en la puerta del pasillo. Maurice se sobresaltó; pero Clive, aunque aún le tenía cogido del hombro, dijo: «¡Adelante», con indiferencia. Entró una criada con agua caliente.

—Salvo para las comidas, no tenemos por qué ir a ninguna otra parte de la casa —continuó—. Podemos estar aquí o en el campo, ¿qué te parece? Tengo un piano. —Lo llevó al estudio—. Mira la vista. Puedes disparar a los conejos desde esta ventana. Y otra cosa. Si mi madre o Pippa te dicen a la hora de comer que quieren que hagas esto o aquello mañana, no necesitas preocuparte. Diles que sí si quieres. Tú has venido realmente para montar a caballo conmigo, y ellas lo saben. Es sólo su ritual. El domingo, aun cuando no vayas a la iglesia, fingirán después que has estado allí.

—Pero yo no tengo pantalones de montar adecuados.

—No puedo relacionarme contigo en ese caso —dijo Clive, y desapareció.

Cuando Maurice regresó al salón se sintió con más derecho que nadie a estar allí. Se acercó a la señora Sheepshanks, abrió la boca antes de que pudiese hacerlo ella, y se comportó con todo desembarazo. Ocupó su lugar en el absurdo octeto que allí se formó: Clive y la señora Sheepshanks, el mayor Western y otra mujer, otro hombre y Pippa, y él y su anfitriona. Ella se disculpó por lo reducido de la reunión.

—En modo alguno —dijo Maurice, y advirtió cómo Clive le miraba maliciosamente.

Se había equivocado de vía. La señora Durham entonces le impuso su paso, pero él no se preocupó gran cosa de si la satisfacía o no. Tenía los rasgos de su hijo, y parecía igualmente hábil, aunque no igualmente sincera. Comprendió por qué Clive podía haber llegado a despreciarla.

Tras la cena, los hombres salieron a fumar. Después se unieron de nuevo a las damas. Era una velada típica de la burguesía suburbana, pero con una diferencia: aquellas personas tenían el aire de estar solucionando algo; acababan de arreglar o pronto arreglarían Inglaterra. Sin embargo, las verjas, los caminos —se había fijado en ellos de pasada—, se hallaban en mal estado, y la madera estaba desajustada, las ventanas no encajaban, el suelo crujía. Le había impresionado Penge menos de lo que esperaba.

Cuando las damas se retiraron, Clive dijo:

—Maurice, parece que tú también tienes sueño.

Maurice advirtió la indirecta, y cinco minutos después se encontraban de nuevo en el estudio, con toda la noche por delante para hablar. Encendieron sus pipas. Fue la primera vez que experimentaron una total tranquilidad juntos, y habían de decirse maravillosas palabras. Sabían esto, aunque apenas si tenían ganas de empezar.

—Voy a contarte mi última novedad —dijo Clive—. Tan pronto como llegué a casa, tuve una pelea con mi madre y le dije que tenía que seguir un año más en Cambridge.

Maurice dio un grito.

—¿Qué pasa?

—He sido expulsado.

—Pero volverás en octubre.

—No. Cornwallis dijo que debía disculparme, y a mí no me gustaría hacerlo. Creí que tú acabarías, por eso no me preocupé.

—Y yo daba por supuesto que tú continuarías, y por eso quería hacerlo yo. Comedia de errores.

Maurice miraba sombríamente ante sí.

—Comedia de errores, no tragedia. Tú puedes disculparte ahora.

—Demasiado tarde.

Clive se rió.

—¿Por qué demasiado tarde? Ahora resulta más simple. Tú no querías disculparte hasta que el curso en el que cometiste tu falta terminara. «Querido señor Cornwallis: Ahora que el curso ha terminado, me atrevo a escribirle.» Yo haré un borrador de la carta mañana.

Maurice lo pensó, exclamando finalmente:

—Clive, eres un diablo.

—Soy un poco un fuera de la ley, estoy de acuerdo, pero es lo que corresponde a estas personas. Desde el momento en que hablan del execrable vicio de los griegos, no pueden esperar juego limpio. Le está bien empleado a mi madre el que yo me deslice hasta aquí para besarte antes de cenar. Ella no tendría piedad si lo supiera. Ella no intentaría, no querría intentar entender que siento por ti lo que Pippa por su enamorado, sólo que de forma mucho más noble, mucho más profunda, cuerpo y alma, no el vil medievalismo habitual; sólo una... una particular armonía de cuerpo y alma que no creo que las mujeres hayan imaginado nunca. Pero tú ya sabes.

—Sí. Me disculparé.

Hubo una larga pausa. Hablaron de la motocicleta, de la que no habían tenido más noticias. Clive hizo café.

—Dime, ¿qué fue lo que te hizo despertarme aquella noche después de la reunión?. Cuenta.

—Seguía pensando algo que decirte, y no hallaba nada, así que al final no pude ni siquiera pensar, y sin más fui hasta ti.

—Es algo muy propio de ti.

—¿Estás enfadado? —preguntó Maurice tímidamente.

—¡Por Dios! —hubo un silencio—. Háblame ahora de la noche de mi vuelta a la universidad. ¿Por qué hiciste que lo pasáramos tan mal?

—No sé, la verdad. No puedo explicártelo. ¿Por qué me despistaste con aquel condenado Platón? Yo estaba aún hecho un lío. Había un montón de cosas dentro de mí que estaban entonces disgregadas.

—¿No habías estado persiguiéndome durante meses? ¿De hecho, desde la primera vez que me viste en el cuarto de Risley?

—No me lo preguntes.

—Es algo ridículo, de todos modos.

—Lo es.

Clive se rió alegremente, y se agitó en su silla.

—Maurice, cuanto más pienso en todo esto, más seguro estoy de que quien es un diablo eres tú.

—Oh, muy bien.

—Yo habría recorrido mi vida medio dormido si tú hubieses tenido la decencia de dejarme solo. Intelectualmente despierto, sí, y en un sentido también emocionalmente, pero aquí... —señaló con el caño de su pipa al corazón, y ambos sonrieron—. Quizá nos despertamos mutuamente. De cualquier modo me agrada creerlo así.

—¿Cuándo te fijaste en mí por primera vez?

—No me lo preguntes —repitió Clive.

—Oh, sé un poco serio… Bueno… ¿En qué cosa mía te fijaste primero?

—¿Te gustaría realmente saberlo? —preguntó Clive, con un aire que Maurice adoraba, semimalicioso, semiapasionado; una actitud muy entrañable.

—Sí.

—Bien, en tu belleza.

—¿Mi qué?

—Belleza… Yo solía admirar a aquel hombre que está sobre el estante.

—Yo aventajo a una pintura, me atrevo a decir —dijo Maurice, después de mirar la reproducción de Miguel Ángel—. Clive, tú eres un locuelo estúpido, y puesto que lo has sacado a colación, creo que eres bello, la única persona bella que yo he visto. Amo tu voz y todo lo que se refiere a ti, sean tus ropas o la habitación en que estás. Te adoro.

Clive se puso colorado.

—Pórtate bien y cambia de tema —dijo Clive, poniéndose serio.

—No quería molestarte en absoluto…

—Esas cosas sólo deben decirse una vez, o nunca deberíamos saber que estaban en el corazón del otro. Yo no lo había imaginado, al menos que fuesen tan intensas. No me has molestado en modo alguno, Maurice.

No cambió de tema, pero lo desarrolló de otra forma que le había interesado recientemente, aludiendo a la precisa influencia del deseo sobre nuestros juicios estéticos.

—Observa ese cuadro, por ejemplo. Me gusta, porque, como el propio pintor, me agrada el tema. No lo juzgo con los ojos del hombre normal. Parece que hay dos caminos para llegar a la belleza: uno es el común. Y todo el mundo ha llegado a Miguel Ángel a través de él. Pero el otro es exclusivamente mío y de unos pocos más. Nosotros llegamos a él por ambos caminos. Respecto a Greuze, su tema me repugna. Sólo puedo llegar a él por un camino. El resto del mundo descubre dos.

Maurice no le interrumpió: todo aquello era un delicioso absurdo para él.

—Estos caminos privados son quizás un error —concluyó Clive—. Pero desde el momento en que se pinta la figura humana, hay que tenerlos en cuenta. El paisaje es el único tema seguro, o quizás algo geométrico, rítmico, absolutamente inhumano. Me pregunto si fue en esto en lo que los mahometanos y el viejo Moisés pensaron... Yo creo que es precisamente esto. Si tú introduces la figura humana, haces surgir inmediatamente la repugnancia o el deseo. Muy vagamente a veces, pero está allí. «No has de hacer para ti ninguna imagen grabada...» Porque probablemente así uno tampoco lo haría con el prójimo. Maurice, ¿volveremos a escribir la historia? «La Filosofía Estética del Decálogo.» Siempre pensé que era de agradecer el que Dios no nos condenara a ti ni a mí en él. Yo solía reprimirlo en aras de la honestidad, aunque ahora sospecho que sólo estaba mal informado. Aún podría defender la causa. ¿Crees que debo elegir ese tema para la disertación de fin de curso?

—No puedo seguirte, ya lo sabes —dijo Maurice, un poco avergonzado.

Y su escena de amor se prolongó, con el inestimable añadido de un nuevo lenguaje. Ninguna tradición les intimidaba. Ninguna convención establecía lo que era poético y lo que era absurdo. Estaban sometidos a una pasión que pocas mentes inglesas habían admitido, y así creaban sin trabas. Al fin, algo de extraordinaria belleza surgía en la mente de uno, algo inolvidable y eterno, pero construido con las briznas más humildes del lenguaje y sobre las emociones más sencillas.

—¿Me besarás? —dijo Maurice, mientras los gorriones despertaban sobre ellos en los aleros, y lejos, en los bosques, los palomos comenzaban a arrullarse.

Clive movió la cabeza y, sonriendo, se separaron, habiendo asentado, de una vez al fin, perfección en sus vidas.

XVII

PARECE EXTRAÑO que Maurice se ganase el respeto de la familia Durham, pero el caso es que no les desagradó. Sólo les desagradaba la gente que quería conocerlas bien —era una verdadera manía—, y el rumor de que un hombre deseaba entrar en la sociedad del condado era razón suficiente para excluirle de ella. En el seno de aquella sociedad (era una región de grandes intercambios y de dignos movimientos que nada significaban) podían hallarse otros que, como el señor Hall, ni amaban su destino ni lo temían, y que se apartarían sin un suspiro si fuese necesario. Las Durham tenían la sensación de estar concediéndole un favor al tratarle como a uno de los suyos, aunque les complacía ver que tomaba esto con la mayor naturalidad, pues en sus mentes la gratitud estaba misteriosamente conectada con las clases inferiores.

Deseando tan sólo su comida y su amigo, Maurice no advertía su propio triunfo, y se sorprendió cuando casi al final de su estancia en la casa, la señora lo llamó para charlar. Ella le había preguntado acerca de su familia y descubierto las interioridades de la misma, pero esta vez su actitud era respetuosa: quería conocer su opinión sobre Clive.

—Señor Hall, queremos que nos ayude: Clive lo tiene a usted en tanta estima. ¿Juzga usted adecuado que él haga un cuarto año en Cambridge?

Maurice estaba deseando saber qué caballo debería montar aquella tarde. Sólo atendía a medias, lo que le daba un aire de profundidad.

—Después del deplorable espectáculo de su tesis... ¿Es adecuado?

—Él considera que sí —dijo Maurice.

La señora Durham asintió.

—Ha tocado usted la raíz de la cuestión. Clive lo considera importante. Bien, él es su propio señor. Este lugar es suyo. ¿Se lo había dicho él?

—No.

—Oh, Penge es totalmente suyo, por voluntad de mi marido. Yo debo trasladarme a la casa pequeña tan pronto como se case...

Maurice se sobresaltó; ella le miró y se dio cuenta de que se había ruborizado. «Así que *hay* una muchacha», pensó; olvidando la cuestión por un momento, volvió a Cambridge, y observó lo poco que podría aprovecharle un cuarto año a un aldeano —usó la palabra con alegre seguridad— y cuán deseable era que Clive ocupase su lugar allí, en el condado. Allí le esperaban la hacienda, los colonos y, finalmente, la política.

—Su padre representaba al concejo, como usted sin duda sabe.

—No.

—¿De qué le habla a usted, entonces? —se rió—. De todos modos, mi marido fue miembro durante siete años, y aunque actualmente el representante es un liberal, uno sabe que esto no puede durar. Todos nuestros viejos amigos están pendientes de él, pero él tiene que ocupar su lugar, debe prepararse para ello, y para qué demonios sirve todo ese (se me olvida su nombre) estudio avanzado. Debe dedicar ese año a viajar en vez de a estudiar. Debe irse a América, y si es posible a las colonias. Es algo totalmente indispensable.

—Él habla de viajar después de Cambridge. Quiere que yo vaya con él.

—Confío en que vaya usted... pero no a Grecia, señor Hall. Ése es un viaje de entretenimiento. Disuádale usted de que emprenda ese viaje a Italia y a Grecia.

—Yo por mi parte preferiría América.

—Naturalmente. Cualquier persona sensible lo preferiría; pero él es un intelectual... un soñador. Pippa dice que escribe versos. ¿Ha leído usted alguno?

Maurice había visto un poema dedicado a él mismo. Consciente de que la vida se hacía más sorprendente cada día, nada dijo. ¿Era él el mismo hombre que ocho meses antes se había quedado desconcertado al conocer a Risley? ¿Qué había profundizado su visión? Columna a columna, los ejércitos de la humanidad estaban resucitando. Vivos, pero ligeramente absurdos; se equivocaban respecto a *él* totalmente: exponían su debilidad cuando se consideraban más agudos. No pudo evitar sonreír.

—Usted, evidentemente, sabe... —después, bruscamente—: Señor Hall, ¿hay alguien? ¿Alguna chica de Newnham? Pippa dice que sí la hay.

—Entonces sería mejor preguntar a Pippa —replicó Maurice.

La señora Durham estaba impresionada. Le había devuelto una impertinencia por otra. ¿Quién habría esperado una habilidad tal en un hombre tan joven? Hasta parecía indiferente a su victoria, y sonreía a uno de los otros invitados, que se aproximaba por el jardín a tomar el té. En el tono que reservaba para los iguales, ella dijo:

—Insista cuanto pueda en el viaje a América. Él necesita realidades. Me he dado cuenta este último año.

Maurice insistió torpemente, cuando cabalgaban solos por la zona del pantano.

—Ya sabía que pensarías eso —fue el comentario de Clive—. Como ellas. Ellas no considerarían a Joey.

Clive estaba en total oposición a su familia. Odiaba aquel espíritu mundano que combinaban con una completa ignorancia del mundo.

—Esos niños serán una lata —subrayó cuando iban a medio galope.

—¿Qué niños?

—¡Los míos! La necesidad de un heredero para Penge. Mi madre llama a eso matrimonio, pero en lo único que piensa es en lo otro.

Maurice guardó silencio. Nunca antes se le había ocurrido que ni él ni su amigo dejarían vida tras sí.

—Me acosarán sin cesar. Siempre tienen una muchacha invitada en casa, como quien no quiere la cosa.

—Sólo continuar haciéndose viejo...

—¿Eh? ¿Cómo dices?

—Nada —dijo Maurice, y aflojó las riendas.

Una inmensa tristeza —él se creía más allá de tales aflicciones— se había alzado en su alma. Él y el amado se desvanecerían totalmente, no se prolongarían ni en el cielo ni en la tierra. Habían logrado superar las convenciones, pero la naturaleza los retaba aún, diciendo con lisa voz: «Muy bien, vosotros sois así; yo no maldigo a ninguno de mis hijos. Pero debéis seguir la senda de la completa esterilidad.» El pensamiento de ser estéril abrumó al joven como una súbita vergüenza. Su madre, o la señora Durham, podían carecer de inteligencia o de corazón; pero aun así habían hecho una obra visible; habían transmitido la antorcha que sus hijos apagarían.

No había querido preocupar a Clive, pero el problema surgió a pesar de todo en cuanto se tendieron entre los helechos. Clive no estaba de acuerdo.

—¿Por qué niños? —preguntaba—. ¿Por qué siempre niños? Para el amor, acabar donde comienza es mucho más bello, y la naturaleza lo sabe.

—Sí, pero si todo el mundo...

Clive le llevó de nuevo a pensar en ellos mismos. Al cabo de una hora murmuró algo acerca de la Eternidad: Maurice no le entendía, pero su voz le alivió.

XVIII

DURANTE LOS DOS AÑOS SIGUIENTES Maurice y Clive fueron los seres más felices de la tierra. Eran cariñosos y firmes por naturaleza, y, gracias a Clive, extremadamente sensibles. Clive sabía que el éxtasis no puede durar. Pero que puede marcar un canal para algo más duradero, y proyectó una relación que mostró permanencia. Si Maurice creaba el amor, era Clive quien lo preservaba, y quien hacía que sus ríos regaran el huerto. No podía permitir que se desperdiciase ni una sola gota, ni en amargura ni en sentimentalismo, y a medida que el tiempo transcurrió se abstuvieron de toda declaración («Ya nos lo hemos dicho todo») y casi de caricias. Su felicidad era estar juntos; irradiaban algo de su calma hacia los demás, y podían ocupar su lugar en la sociedad.

Clive se había proyectado en esta dirección desde que había comprendido el griego. El amor que Sócrates profesaba a Fedón estaba ahora a su alcance, amor apasionado pero lleno de equilibrio, que sólo las naturalezas más delicadas pueden comprender, y hallaba en Maurice una naturaleza, si bien no realmente delicada, sí encantadoramente viva. Conducía al amado por las cumbres a lo largo de un estrecho y bello sendero, sobre dos abismos. Este sendero llevaba a la oscuridad final —no podía ver ningún otro terror—, y cuando ésta llegase ellos habrían vivido de todos modos con más plenitud que santos o hedonistas, y habrían apurado hasta el final la nobleza y la dulzura del mundo. Él educaba a Maurice, o más bien su espíritu educaba al de Maurice, para que fueran iguales. Ninguno de los dos pensaba: «¿Estoy dirigido? ¿Dirijo yo?» El amor había apartado a Clive de la trivialidad y a Maurice del desconcierto para que dos almas imperfectas pudiesen alcanzar la perfección.

Así, procedían en lo exterior como los demás hombres. La sociedad los aceptaba, como acepta a miles de seres semejantes a ellos. Tras la Sociedad, dormita la Ley. Pasaron su último año en Cambridge juntos. Viajaron por Italia. Después, la prisión se cerró, pero sobre ambos a la vez. Clive entró en el foro. Maurice en los negocios. Aún estaban juntos.

XIX

EN ESTA ÉPOCA SE CONOCIERON sus familias. «Nunca congeniarán —habían dicho ambos—. Pertenecen a dos sectores distintos de la sociedad.» Pero, quizá por perversidad, las familias congeniaron, y Clive y Maurice encontraban divertido verlas a todas juntas. Ambos eran misóginos, sobre todo Clive. Presa de sus temperamentos, no habían desarrollado la imaginación suficiente para someterse al deber y, con su amor, las mujeres se habían transformado en algo tan remoto como los caballos o los gatos. Todo lo que aquellas criaturas hacían resultaba estúpido. Cuando Kitty quiso coger en brazos al niño de Pippa, cuando la señora Durham y la señora Hall visitaron juntas la Royal Academy, veían un desajuste en la naturaleza más que en la sociedad, y se daban amplias explicaciones. Nada extraño había en verdad. Ellos mismos eran causa suficiente. Su pasión mutua era el impulso más fuerte que ligaba ambas familias y arrastraba tras sí todo lo demás, como una corriente oculta arrastra a un barco. La señora Hall y la señora Durham salían juntas porque sus hijos eran amigos. «Y ahora —decía la señora Hall— nosotras somos también amigas.»

Maurice estaba presente el día que su «amistad» comenzó. Las matronas se conocieron en casa de Pippa, en Londres. Pippa se había casado con un tal señor London, coincidencia que sorprendió mucho a Kitty, que pedía a Dios no recordarla y romper a reír durante el té. Ada, demasiado estúpida para una primera visita, se había quedado en casa por consejo de Maurice. Nada especial sucedió. Después, Pippa y su madre fueron en coche a devolver la visita. Él estaba en la ciudad, pero nada pareció suceder tampoco, salvo que Pippa hizo elogios de la inteligencia de Kitty a Ada y de la belleza de Ada a Kitty, ofendiendo así a ambas, y la señora Hall aconsejó a la señora Durham que no instalara calefacción en Penge. Después se reunieron de nuevo, y por lo que él pudo ver siempre fue igual; nada, nada, y siempre nada.

La señora Durham tenía, por supuesto, sus motivos. Andaba buscando posibles esposas para Clive, y había incluido a las señoritas Hall en su lista. Tenía la teoría de que se debían mezclar un poco los linajes, y Ada, aunque burguesa, era saludable. Sin duda la muchacha resultaba un poco tonta, pero la señora Durham no se proponía retirarse en la práctica a la casa que en el testamento le habían destinado, por mucho que lo pregonara en teoría, y pensaba que podría manejar mejor a Clive a través de su esposa. Kitty tenía peores calificaciones. Era menos tonta, y menos bella y menos rica. Ada había de heredar toda la fortuna de su abuelo, que era considerable, y además había heredado su buen humor. La señora Durham vio al señor Grace en una ocasión, y le gustó bastante.

Si hubiese imaginado que las Hall planeaban algo también, hubiese dado marcha atrás. Como Maurice, la atraían por su indiferencia. La señora Hall era demasiado perezosa para hacer planes, las muchachas demasiado inocentes. La señora Durham consideraba a Ada un buen partido y la invitó a Penge. Sólo Pippa, en cuya mente se había alzado un soplo de modernismo, comenzó a considerar extraña la frialdad de su hermano. «Clive, ¿te casarás alguna vez?», le preguntó bruscamente. Pero su respuesta: «No, y díselo a mamá», disipó sus sospechas: era el tipo de respuesta que daría un hombre que va a casarse.

Nadie molestaba a Maurice. Había asentado su poder en la casa, y su madre comenzó a hablar de él en el tono reservado para su marido. No sólo era el único hombre de la casa, sino un personaje más importante de lo que se esperaba. Mantenía a raya a los criados, se ocupaba del coche, se suscribía a esto y no a aquello, prohibía ciertas amistades de las muchachas. A los veintitrés años, era un prometedor tirano cuyo dominio era más firme por aunar en equilibrio, justicia y suavidad. Kitty protestó, pero carecía de respaldo y de experiencia. Al final tuvo que disculparse y recibir un beso. No era rival para aquel joven equilibrado y un tanto hostil, y no había logrado aprovechar la ventaja que la escapada de Cambridge le había proporcionado.

Los hábitos de Maurice se hicieron regulares. Tomaba un buen desayuno y cogía el tren de las 8,36 para la ciudad. En el tren leía el *Daily Telegraph*. Trabajaba hasta la una, tomaba un ligero almuerzo, y continuaba trabajando toda la tarde. De vuelta a casa, un poco de ejercicio, después una cena abundante, y por la noche leía el periódico vespertino, o se tendía en el jardín, o jugaba al billar, o al bridge.

Pero todos los viernes dormía en la ciudad, en el pisito de Clive. Los fines de semana eran también inviolables. Ellas decían: «No hay que intervenir en los viernes ni en los fines de semana de Maurice. Se pondría furioso.»

XX

CLIVE HIZO SU EXAMEN PARA INGRESAR en el foro sin tropiezos; pero justo antes de que lo llamaran para hacerlo, tuvo una ligera gripe con fiebre. Maurice fue a verle cuando se estaba recobrando, se contagió, y tuvo que guardar cama también. En consecuencia se vieron poco durante varias semanas, y cuando pasó todo y se reunieron al fin, Clive estaba aún pálido y nervioso. Fue a casa de los Hall, prefiriéndola a la de Pippa, y esperando que la buena comida y la tranquilidad le permitieran restablecerse. Comió poco, y, cuando habló, su tema fue la futilidad de todas las cosas.

—Soy un letrado porque debo entrar en la vida pública —dijo en respuesta a una pregunta de Ada—. Pero, ¿por qué he de entrar yo en la vida pública? ¿Quién me quiere?

—Tu madre dice que el concejo te reclama.

—Si el concejo quiere a alguien es a un radical. Yo he hablado con más gente que mi madre, y están cansados de nosotros, de las clases ociosas que nos dedicamos a pasear en coche buscando algo que hacer. Todo este solemne ir y venir entre grandes casas, es un juego sin alegría. Algo que no se estila fuera de Inglaterra. (Maurice, me voy a Grecia.) Nadie nos quiere, lo único que quieren es una casa cómoda.

—Pero la vida pública es para proporcionar una casa cómoda —siguió Kitty.

—¿Es, o debe ser?

—Bueno, da igual.

—Es y debe ser no son la misma cosa —dijo su madre, orgullosa de haber captado la distinción—. Tú no deberías interrumpir al señor Durham, mientras que...

—... está interrumpiéndolo —añadió Ada, y la risa de la familia hizo estremecerse a Clive.

—Somos y debemos ser —concluyó la señora Hall—. Es muy distinto.

—No siempre —opuso Clive.

—No siempre, recuerda esto, Kitty —repitió ella, vagamente admonitoria; en otras ocasiones él no se había preocupado de ella.

Kitty volvió a su primera afirmación. Ada estaba diciendo algo, Maurice nada. Comía plácidamente, demasiado habituado a aquella charla de sobremesa para advertir que molestaba a su amigo. Entre plato y plato contó una anécdota. Todos permanecían en silencio escuchándole. Habló lenta, estúpidamente, sin atender a sus palabras ni tomarse la molestia de resultar interesante. Súbitamente Clive le interrumpió diciendo:

—Creo... que me voy a desmayar —y cayó de su silla.

—Trae un almohadón, Kitty; Ada, agua de colonia —dijo su hermano. Aflojó el cuello de Clive—. Madre, abanícale; no; abanícale...

—Qué accidente más estúpido... —murmuró Clive.

Cuando habló, Maurice le besó.

—Estoy bien ya.

Las muchachas y un sirviente volvían corriendo.

—Ya puedo andar —dijo; el color volvía de nuevo a su rostro.

—Desde luego que no —gritó la señora Hall—. Maurice le llevará. Señor Durham, apóyese en Maurice.

—Vamos, hombre. El doctor, que alguien le telefonee.

Cogió a su amigo, que estaba tan débil que comenzó a gemir.

—Maurice, soy un estúpido.

—Sé un estúpido —dijo Maurice, y le llevó escalera arriba, le desvistió y le metió en la cama.

La señora Hall llamó a la puerta con los nudillos, y Maurice, saliendo, le dijo rápidamente:

—Madre, no hay necesidad de que le digas a nadie que besé a Durham.

—Oh, desde luego que no.

—No le gustaría a Clive. Estaba desconcertado y lo hice sin pensarlo. Como sabes, somos grandes amigos, como parientes casi.

Bastaba con eso. A ella le gustaba tener pequeños secretos con su hijo; le recordaba la época en que ella significaba tanto para él. Llegó Ada con una botella de agua caliente que él colocó en la cama del paciente.

—El médico me verá así —gimió Clive.

—Espero que lo hará.

—¿Por qué?

Maurice encendió un cigarrillo y se sentó al borde de la cama.

—Queremos que te vea en el peor momento. ¿Por qué te dejó Pippa viajar?

—Se suponía que estaba bien.

—El diablo te lleve.

—¿Podemos entrar? —dijo Ada tras de la puerta.

—No. Que entre sólo el médico.

—Está aquí —gritó Kitty en la distancia.

Un hombre, poco más viejo que ellos, fue anunciado.

—Hola, Jowitt —dijo Maurice, adelantándose—. Por favor, cura a mi amigo. Ha tenido gripe, y parecía que estaba bien. Pero resulta que se ha desmayado y no puede dejar de llorar.

—Ya sabemos todo eso —subrayó el señor Jowitt, y metió un termómetro en la boca de Clive—. ¿Mucho trabajo últimamente?

—Sí, y ahora quiere irse a Grecia.

—Podrá hacerlo. Ahora sal. Te veré abajo.

Maurice obedeció, convencido de que Clive estaba gravemente enfermo. Jowitt apareció abajo a los diez minutos, y dijo al señor Hall que no era nada, una mala recaída. Hizo una receta, y dijo que enviaría una enfermera. Maurice le siguió al jardín, y, poniéndole una mano sobre el hombro, dijo:

—Ahora dime si está muy enfermo. Esto no es una recaída. Es algo más. Por favor, dime la verdad.

—*Él está* bien —dijo el otro; algo molesto, pues se ufanaba de decir siempre la verdad—. Creí que lo habías comprendido. Se le ha pasado la histeria y se ha quedado dormido. No es más que una vulgar recaída. Esta vez deberá tener más cuidado que la otra. Eso es todo.

—¿Y cuánto tiempo duran estas vulgares recaídas, como tú les llamas? ¿Puede repetirse en cualquier momento ese horrible ataque?

—Sólo tiene una pequeña molestia... Cogió un poco de frío en el coche, según cree.

—Jowitt, me ocultas algo. Un hombre adulto no se pone a llorar, a menos que se sienta muy mal.

—Eso es sólo la debilidad.

—Oh, dale su propio nombre —dijo Maurice, retirando su mano—. Bueno, estoy entreteniéndote.

—Nada, mi joven amigo, estoy aquí para resolver cualquier dificultad.

—Pero, si es algo tan leve, ¿por qué quieres enviar una enfermera?

—Para entretenerle. Sé que estará más a gusto.

—¿Y no podemos entretenerle nosotros?

—No, por el contagio. Tú estabas allí cuando le dije a tu madre que ninguno de vosotros debía entrar en la habitación.

—Pensé que querías decir mis hermanas.

—Ni tú tampoco... menos aún, porque a ti ya te lo ha contagiado una vez.

—No quiero una enfermera.

—La señora Hall ha telefoneado ya al Instituto.

—¿Por qué se hace todo con esa condenada prisa? —dijo Maurice, alzando la voz—. Yo mismo le cuidaré.

—¿Y le cambiarás los pañales después?

—Perdón, ¿cómo dices?

Jowitt se marchó riéndose.

En un tono que no admitía discusión, Maurice dijo a su madre que él debía dormir en la habitación del enfermo. No quiso meter una cama allí, por miedo a despertar a Clive, pero se tendió en el suelo con la cabeza sobre un cojín, y se puso a leer a la luz de una lamparilla. Al poco rato, Clive se agitó y dijo débilmente:

—Oh, maldita sea, maldita sea.

—¿Quieres algo? —preguntó Maurice.

—Estoy todo revuelto por dentro.

Maurice lo sacó de la cama y lo colocó en la bacinilla. Cuando acabó, lo volvió a acostar.

—Ya puedo andar; no debías de hacer tú estas cosas.

—Tú lo harías por mí.

Salió con la bacinilla, pasillo adelante, y la limpió. Ahora que Clive parecía indigno y débil, lo amaba más que nunca.

—Tú no debías —repitió Clive, cuando él volvió—. Es demasiado asqueroso.

—No me molesta —dijo Maurice, tendiéndose de nuevo en el suelo—. Procura dormir otra vez.

—El doctor me dijo que enviaría una enfermera.

—¿Para qué quieres una enfermera? Sólo es un poco de diarrea. Por mi parte puedes estar así toda la noche. De verdad que no me molesta... No digo esto por complacerte. Es lo que siento.

—No puedo permitirlo... Tu oficina...

—Mira, Clive, ¿preferirías a una enfermera profesional, o a mí? Hay una en camino, pero he dejado recado de que la despidieran otra vez, porque yo prefiero mandar al cuerno a la oficina y cuidar de ti, y pensé que tú también lo preferirías.

Clive guardó un silencio tan prolongado que Maurice creyó que se había dormido de nuevo. Al final murmuró:

—Creo que sería mejor que viniera la enfermera.

—Muy bien: ella te atenderá mejor de lo que yo puedo hacerlo. Quizá tengas razón.

Clive no contestó.

Ada se había prestado a esperar en la habitación de abajo, y, según lo acordado, Maurice llamó tres veces y, mientras esperaba por ella, observaba el rostro desdibujado y sudoroso de Clive. Era absurdo lo que había dicho el médico, su amigo estaba en la agonía. Anhelaba abrazarlo , pero recordaba que esto había provocado su histeria, y además Clive estaba huraño, melindroso casi. Como Ada no venía, bajó él, y descubrió que se había quedado dormida. Yacía allí, la imagen de la salud, en un gran sillón de cuero, con las manos colgando a los lados y las piernas extendidas. Su pecho subía y bajaba, su espeso cabello negro servía como cojín a su rostro, y entre sus labios vio dientes y una lengua escarlata.

—Despierta —gritó irritado.

Ada despertó.

—¿Cómo esperas oír que llamen a la puerta cuando llegue la enfermera?

—¿Cómo está el pobre señor Durham?

—Muy enfermo; gravemente enfermo.

—¡Oh Maurice! ¡Maurice!

—La enfermera tiene que quedarse. Te llamé, pero no venías. Vete a la cama ya, para lo que vas a poder ayudar.

—Mamá me dijo que debía de quedar levantada, porque no debía dejar que fuera un hombre quien recibiese a la enfermera... No parecería bien...

—No puedo entender que tengas tiempo para pensar en tales tonterías...

—Debemos velar por el buen nombre de la casa.

Él guardó silencio. Después se rió de la forma que las muchachas detestaban. En el fondo de sus corazones le detestaban profundamente, pero sus mentes estaban demasiado confusas para saberlo. Su risa era lo único de él que confesaban odiar.

—Las enfermeras no son finas. Ninguna chica fina sería enfermera. Si lo son, puedes estar segura de que no provienen de casas finas; si no se quedarían en su casa.

Mientras se servía un trago, preguntó a su hermana:

—Ada, ¿cuánto tiempo fuiste al colegio?

—Dejé de ir para quedarme en casa.

Él dejó el vaso con estrépito y salió de la habitación. Los ojos de Clive estaban abiertos, pero no dijo nada, o pareció no enterarse de que Maurice había vuelto, ni siquiera cuando la llegada de la enfermera lo despertó.

XXI

SE VIO CLARO EN POCOS DÍAS que nada serio ocurría al visitante. La recaída, pese a su comienzo dramático, era menos grave que la enfermedad, y pronto permitió el traslado a Penge. Su aspecto y su ánimo seguían siendo débiles, pero esto era de esperar después de una gripe, y nadie salvo Maurice sentía la menor inquietud.

Maurice pocas veces pensaba en la enfermedad y en la muerte, pero cuando lo hacía era con profunda inquietud. No podía permitir que acabase con su vida o con la de su amigo, y consagró todas sus fuerzas y ánimo a auxiliar a Clive. Estaba con él constantemente, presentándose sin que lo invitaran en Penge los fines de semana y durante unos cuantos días de vacaciones, e intentando animarle, más con el ejemplo que con imposiciones. Clive no respondía. Podía mostrarse animado en compañía, y hasta simular interés en un problema sobre un derecho de paso que se había planteado entre los Durham y el Estado, pero cuando se quedaban solos se hundía de nuevo en la melancolía, no hablaba o hablaba mitad en serio mitad en broma, de un modo que expresaba agotamiento mental. Decidió irse a Grecia. Ésta era la única cuestión en la que se mantenía firme. Iría, aunque fuese en el mes de setiembre, e iría solo.

—Es algo que debo hacer —decía—. Es un voto. Todo bárbaro debe darle una oportunidad a la Acrópolis.

Maurice no tenía ningún interés en ir a Grecia. Su interés por los clásicos había sido superficial y obsceno, y se había desvanecido en cuanto se enamoró de Clive. Las historias de Harmodio y Aristógiton, de Fedro y del Batallón Sagrado de Tebas, estaban bien para los que tenían vacíos sus corazones, pero no podían sustituir a la vida. El que Clive las prefiriese en ocasiones, le desconcertaba. En Italia, que le gustaba bastante más a pesar de la comida y de los frescos, se había negado a viajar hasta la tierra aún más sagrada del otro lado del Adriático. «Todo parece estar pendiente de reparación —fue su argumento—. Un montón de viejas piedras sin ninguna pintura. Al fin y al cabo esto —señalaba la biblioteca de la catedral de Siena— puedes decir que te gusta, pues está en un perfecto orden.» Clive, jugando, correteaba entre los tilos de Piccolomini, y el guarda se reía en lugar de reñirles. Italia había sido muy divertida —todo lo que uno puede desear cuando va a ver curiosidades—, pero en aquellos últimos días Grecia había florecido de nuevo. Maurice odiaba la palabra misma, y por una curiosa inversión la ligaba con la morbidez y la muerte. Siempre que él quería planear algo, jugar al tenis, hablar de cualquier cosa, intervenía Grecia. Clive advirtió esta antipatía y se dedicaba a torturarle, con bastante crueldad.

Porque Clive no era bueno con él: esto constituía para Maurice el más grave de todos los síntomas. Se dedicaba a hacer observaciones ligeramente malévolas, y a utilizar el íntimo conocimiento que poseía de él para herirle. Fracasaba: es decir, su conocimiento era incompleto, o debería haber sabido que era imposible ultrajar el amor atlético. Si Maurice rechazaba algo exteriormente, a veces era porque consideraba humano responder: siempre había desechado la actitud cristiana de poner la otra mejilla. Interiormente nada le vejaba. Su deseo de unión era demasiado fuerte para dar cabida al resentimiento. Y a veces, alegremente, emprendía una conversación paralela, atacando a Clive para reconocer su presencia, pero siguiendo su propio camino hacia la luz con la esperanza de que el amado le siguiera.

Su última conversación tuvo lugar en esta base. Era el atardecer del día antes de la partida de Clive, y éste tenía a toda la familia Hall invitada a cenar con él en el Savoy, en correspondencia a sus atenciones con él, y los había mezclado con otros amigos.

—Sabremos bien el motivo si cae usted *esta* vez —gritó Ada, señalando el champán.

—¡A su salud! —replicó él—. Y a la de todas las damas. ¡Vamos, Maurice!

Le complacía ser ligeramente anticuado. Se hizo el brindis, y sólo Maurice detectó la amargura que había tras aquello.

Después del banquete, Clive le dijo:

—¿Duermes en casa?

—No.

—Pensé que podías querer ver a los tuyos.

—Él no, señor Durham —dijo su madre—. Nada que yo pueda hacer o decir le hace perderse un viernes. Maurice tiene costumbres regulares de solterón.

—Mi piso está atestado de equipajes —subrayó Clive—. Salgo en el tren de la mañana, y voy directamente a Marsella.

Maurice no se dio por aludido, y fue. Permanecieron bostezando, uno frente a otro, mientras bajaba el ascensor; después subieron en él, subieron andando otro piso, y entraron por un pasillo que recordaba el de la estancia de Risley en Trinity. El piso, pequeño, oscuro y silencioso, estaba situado al final de éste. Se encontraba, tal como había dicho Clive, atestado de equipaje, pero su sirvienta, que dormía fuera, había hecho la cama de Maurice como siempre y había preparado bebidas.

A Maurice le gustaba el alcohol y lo aguantaba bien.

—Yo me voy a la cama. Ya veo que has encontrado lo que querías.

—Cuídate. Que no te fatiguen las ruinas. A propósito... —sacó un frasco del bolsillo—. Sé que te olvidarías esto. Clorodina.

—¡Clorodina! ¡Tu contribución!

Él asintió.

—Clorodina para Grecia... Tenía razón Ada cuando me dijo que pensabas que iba a morirme. ¿Por qué demonios te preocupas tanto por mi salud? Si no hay miedo. No voy a tener una experiencia tan limpia y clara como la de la muerte.

—Sé que debo morir alguna vez y no me gusta, ni que te mueras tú. Si alguno de los dos falta, nada le queda al otro. No sé si es a esto a lo que tú llamas claro y limpio.

—Sí, a eso es.

—Entonces yo prefiero ser sucio —dijo Maurice, después de una pausa.

Clive se agitó.

—¿No estás de acuerdo?

—Oh, estás haciéndote como todos los demás. Tú tendrás una teoría. Nosotros no podemos continuar tranquilamente, debemos estar siempre formulando, aunque todas las fórmulas se derrumben. «Sucio a toda costa», es tu consigna. No digo que hay casos en que uno llega a estar demasiado sucio. Entonces el Leteo, si es que existe un río tal, puede lavar. Pero no debe existir tal río. Los griegos supusieron pocas cosas, pero de todos modos, quizá fueran demasiadas. No debe haber olvido después de la tumba. Este arruinado equipo debe continuar. En otras palabras, más allá de la tumba, debe existir el infierno.

—Oh, diablos.

Clive solía reírse de sus disertaciones metafísicas, pero esta vez continuó.

—Olvidarlo todo... hasta la felicidad. ¡Felicidad! Un roce casual de alguien o de algo con uno mismo. Eso es todo. ¡Ojalá nunca nos hubiésemos hecho amantes! Porque entonces, Maurice, tú y yo habríamos descansado en silencio y completamente en paz. Nos habríamos dormido, y después estaríamos en paz con reyes y consejeros de la tierra, que edifican lugares desolados para ellos mismos...

—¿De qué demonios estás hablando?

—... O como un nacimiento oculto e intemporal, no habríamos existido: como los niños que nunca vieron la luz. Pero tal como las cosas son... Bueno, no te pongas tan serio.

—No intentes hacerte el gracioso, entonces —dijo Maurice—. Nunca entiendo nada de tus discursos.

—Las palabras ocultan el pensamiento. ¡Qué teoría!

—Son un ruido estúpido. Yo no me preocupo tampoco de tus pensamientos.

—¿Por qué parte de mí te preocupas entonces?

Maurice sonrió: tan pronto como esta pregunta quedó formulada, se sintió feliz, y rehusó contestarla.

—¿Mi belleza? —dijo Clive cínicamente—. Estos encantos un tanto marchitos. Se me está cayendo el pelo, ¿te has dado cuenta?

—Calvo como un huevo a los treinta años.

—Como un huevo vacío. Quizá te guste por mi inteligencia. Durante mi enfermedad, y después de ella, debo haber sido un compañero delicioso.

Maurice le miró con ternura. Estaba estudiándolo, como los primeros días de su amistad. Sólo que entonces era para descubrir cómo era, y ahora para saber qué le pasaba. Algo iba mal. La enfermedad aún alentaba, afectando al cerebro y forzándole a ser siniestro y perverso, y Maurice no le guardaba rencor por esto: esperaba triunfar donde el médico había fracasado. Conocía su propia fuerza. Pronto la utilizaría con amor y curaría a su amigo. Pero por el momento investigaba.

—Espero que me ames por mi mente... Por mi debilidad. Tú siempre supiste que yo era inferior. Eres maravillosamente considerado... Me das cuerda suficiente y nunca te burlas de mí como de tu familia durante la cena.

Era como si quisiese provocar una pelea.

—De cuando en cuando te dedicas a pincharme... —le dijo, pretendiendo ser gracioso. Maurice se incorporó—. ¿Qué es lo que pasa ahora? ¿Cansado?

—Me voy a la cama.

—Es decir, estás cansado. ¿Por qué no puedes contestarme a una pregunta? No dije «cansado de mí», aunque debería haberlo hecho.

—¿Has pedido tu taxi para las nueve en punto?

—No, ni tampoco he sacado el billete. No debería ir a Grecia. Quizá sea tan insoportable como Inglaterra.

—Bueno, que descanses, chico.

Se fue a su habitación, profundamente preocupado. ¿Por qué todo el mundo se empeñaba en decir que Clive estaba en condiciones de viajar? Hasta Clive sabía que no era así. Tan metódico como era siempre, no había pensado en sacar el billete hasta el último momento. Aún cabía la posibilidad de que no se fuese, pero expresar tal esperanza era acabar con ella. Maurice se desvistió y, mirándose al espejo, pensó: «Por fortuna yo estoy bien.» Contempló un cuerpo bien entrenado y útil, y un rostro que no lo contradecía demasiado. La virilidad los había armonizado y cubierto de oscuro vello. Deslizándose en su pijama, se metió en la cama, preocupado, aunque intensamente feliz, porque era lo bastante fuerte para cuidar de los dos. Clive le había ayudado. Clive le ayudaría de nuevo cuando el péndulo cambiase de posición. Mientras tanto, él debía ayudar a Clive, y a lo largo de su vida se alternarían así. Mientras dormitaba tuvo una visión posterior de amor, que no estaba alejada de la última.

Sintió que golpeaban con los nudillos el tabique que dividía las habitaciones.

—¿Qué pasa? —dijo; después—: ¡Entra! —pues Clive estaba ya en la puerta.

—¿Puedo acostarme contigo?

—Ven —dijo Maurice, haciéndole sitio.

—Tengo frío y me siento mal. No puedo dormir. No sé por qué.

Maurice no hizo ninguna interpretación errónea. Conocía sus opiniones en este punto, y las compartía. Estuvieron tendidos hombro con hombro, sin tocarse. Al poco, Clive dijo:

—No estoy mejor aquí. Me voy.

Maurice no lo lamentó, pues tampoco podía dormir, aunque por una razón diferente. Tenía miedo de que Clive oyese los latidos de su corazón, y sospechase el porqué.

XXII

CLIVE SENTADO EN EL TEATRO de Dionisos. El escenario estaba vacío, como había estado, durante muchos siglos, el auditorio vacío; el sol se había puesto, aunque la Acrópolis a su espalda irradiaba aún calor. Veía llanuras secas que corrían hacia el mar, Salamina, Egina, montañas, todo empapado en un ocaso violeta. Aquí habitaban sus dioses: Palas Atenea en primer lugar. Podía, si quería, imaginar su brillo intacto, y su estatua captando el último resplandor. Ella comprendía a todos los hombres, aunque no tenía madre y era virgen. Él había venido a darle las gracias después de muchos años porque le había apartado del cieno.

Pero sólo vio una última luz moribunda y una tierra muerta. No murmuró ninguna oración, y no creía en ninguna deidad, y sabía que el pasado estaba tan vacío de significado como el presente, y era un refugio para los cobardes.

Bien, al fin había escrito a Maurice. Su carta viajaba a través del mar. Donde una esterilidad rozaba a otra, embarcaría y viajaría pasando Sunion y Citera, desembarcaría y volvería a embarcar, y volvería a desembarcar de nuevo. Maurice la recibiría cuando saliese hacia el trabajo. «Contra mi voluntad, me he hecho normal. No puedo evitarlo.» Las palabras estaban ya escritas.

Descendió cansinamente del teatro. ¿Quién puede evitar algo? No sólo en sexo, sino en todas las cosas, los hombres se han movido a ciegas, han evolucionado desde el polvo para disolverse en él cuando este azar de circunstancias concluye. Sería mejor no haber nacido, habían declamado los actores en aquel mismo sitio dos mil años antes. Hasta esta observación, aunque más alejada de lo vano que la mayoría, era vana.

XXIII

QUERIDO CLIVE:

Por favor, regresa cuando recibas ésta. He investigado tus posibilidades de vuelta, y puedes llegar a Inglaterra el viernes de la semana próxima si sales inmediatamente. Estoy muy preocupado por ti, a la vista de tu carta, que muestra claramente lo enfermo que estás. He estado esperando noticias tuyas durante quince días, y ahora me llegan dos frases, que supongo significan que no puedes ya amar a nadie de tu propio sexo. ¡Ya veremos si eso es así tan pronto como llegues!

Estuve hablando ayer con Pippa. Está muy harta del pleito y cree que tu madre cometió un error al cerrar el paso. Tu madre ha dicho a los del pueblo que no lo cerraba por ellos. Yo quería saber noticias tuyas, pero Pippa no había recibido ninguna. Te divertirá saber que he estado aprendiendo un poco de música clásica últimamente. También algo de golf. Continúo todo lo bien que puede esperarse en Hill & Hall. Mi madre se ha ido a Birmingham después de andar de un lado para otro durante una semana. Y éstas son todas las nuevas. Telegrafíame al recibir ésta, y hazlo también cuando llegues a Dover.

MAURICE.

Clive recibió la carta y movió la cabeza. Se iba en aquel momento con algunas amistades del hotel a Pentélico, y rompió la carta en pequeños pedazos en la cima de la montaña. Había dejado de amar a Maurice, y tendría que decírselo claramente.

XXIV

SE DETUVO UNA SEMANA MÁS en Atenas, por miedo a que existiese alguna posibilidad de estar equivocado. El cambio había sido tan sorprendente, que a veces pensaba que Maurice tenía razón y que era el coletazo final de su enfermedad. Esto le humillaba, pues él había comprendido el sentir de su alma, o, como él se decía, desde que tenía quince años de edad. Pero el cuerpo es más profundo que el alma, y sus secretos inescrutables. No había habido ningún aviso, sólo una ciega alteración del espíritu vital, sólo un anuncio: «Tú que amabas a los hombres, amarás desde ahora a las mujeres. Entiéndaslo o no; es lo mismo para mí.» Entonces se derrumbó. Intentó ajustar el cambio con la razón, y comprenderlo, con el fin de poder sentirse menos humillado. Pero era algo de la misma naturaleza que la muerte o el nacimiento. Y fracasó.

Se produjo durante la enfermedad —posiblemente a través de la enfermedad—. Durante el primer ataque, cuando quedó separado de la vida ordinaria y bajo la fiebre, aquel impulso aprovechó una oportunidad que habría tenido tarde o temprano. Él advirtió lo encantadora que era su enfermedad y disfrutaba obedeciéndola. Cuando salió a dar un paseo, sus ojos se posaron en las mujeres. Pequeños detalles. Un sombrero, el modo de ajustarse una falda, el olor, la risa, la forma delicada de caminar sobre el barro, todo mezclado en un conjunto encantador, y con el añadido del gozo que le producía advertir que las mujeres respondían a veces a sus miradas, con igual gozo. Los hombres nunca habían respondido. No suponían que los admirase, y, o bien no se daban cuenta, o bien se sentían turbados. Pero las mujeres daban por supuesta la

103

admiración. Podían ofenderse o recatarse, pero comprendían y le daban la bienvenida en un mundo de delicioso intercambio. A lo largo del paseo, Clive se sintió radiante. ¡Qué feliz era la vida de la gente normal! ¡Con qué poco había pasado él durante veinticuatro años! Charlaba con su enfermera, y la sentía suya para siempre. Contemplaba las estatuas, los anuncios, los periódicos. Al pasar ante un cine, entró en él. La película era artísticamente insostenible, pero el hombre que la hacía, los hombres y las mujeres que la contemplaban, lo sabían, y él era uno de ellos.

En modo alguno podía haberse mantenido la exaltación. Era como alguien a cuyos oídos hubiese llegado el silbar de la siringa; durante las primeras horas, había sonidos extraordinarios, que se desvanecieron cuando se ajustó a la tradición humana. No había ganado un nuevo sentido, pero había reestructurado uno antiguo, y la vida no conservaría durante mucho tiempo la apariencia de una perpetua fiesta. Esto le entristeció en seguida, pues a su vuelta Maurice estaba esperándole, y se sentía atrapado: como un espasmo, esto golpeaba en el fondo de su mente. Murmuró que estaba demasiado cansado para hablar, y escapó, y la enfermedad de Maurice le proporcionó un nuevo aplazamiento, durante el cual se convenció a sí mismo de que sus relaciones no se habían alterado, y de que podía sin deslealtad contemplar a las mujeres. Le escribió afectuosamente y aceptó la invitación de tratar de aclarar las cosas, sin recelo.

Dijo que había cogido frío en el coche; pero en el fondo de su corazón creía que la causa de su recaída era espiritual: estar con Maurice o con alguien relacionado con él, le resultaba súbitamente repugnante. ¡El calor del comedor! ¡Las voces de los Hall! ¡Su risa! ¡El chiste de Maurice! Todo esto se mezclaba con la comida, era la comida. Incapaz de diferenciar materia y espíritu, se desmayó.

Pero cuando abrió los ojos fue para advertir que el amor había muerto, por eso rompió a llorar cuando su amigo le besó. Cada terneza de éste incrementaba su sufrimiento, hasta que le pidió a la enfermera que prohibiese al señor Hall entrar en la habitación. Después se recobró y pudo huir a Penge, donde le amó tanto como siempre hasta que él fue allí. Admiró su devoción, que llegaba incluso al heroísmo, pero su amigo le molestaba. Estaba deseando que regresase a la ciudad, y tan próxima a la superficie se había alzado la roca, que llegó a decírselo. Maurice movió la cabeza y obedeció.

Clive no se dejó arrastrar por el espíritu vital sin lucha. Él creía en el intelecto e intentaba considerarse aún en el viejo estado. Apartaba sus ojos de las mujeres, y cuando esto fracasaba adoptaba actitudes infantiles y violentas. Una de ellas fue la visita a Grecia, la otra... No podía recordarla sin repugnancia. No había sido posible hasta que no se redujo toda la emoción. Lo lamentaba profundamente, pues ahora Maurice le inspiraba un asco físico que hacía más difícil el futuro, y él deseaba continuar la amistad con su antiguo amante, y ayudarle en la catástrofe que se aproximaba. Todo era, pues, complicado. Cuando el amor se desvanece se le recuerda no como amor, sino como algo distinto. Bienaventurados los ignorantes que lo olvidan por completo, y no son conscientes de los anhelos y de los absurdos del pasado, de las largas conversaciones sin propósito.

XXV

Clive no telegrafió, ni se puso en camino inmediatamente. Aunque deseaba ser amable, e intentaba pensar en Maurice razonablemente, se negó a obedecer órdenes como antes. Volvió a Inglaterra cuando le apeteció hacerlo. Telegrafió desde Folkestone a la oficina de Maurice, y esperaba encontrarle en Charing Cross; cuando no le vio allí tomó el tren hacia los suburbios, con el fin de hablar con él lo más rápidamente posible. Su actitud era amistosa y tranquila.

Era un atardecer de octubre; las hojas caídas, la neblina, el canto de un búho, le llenaron de placentera melancolía. Grecia había sido luminosa, pero muerta. Le gustaba la atmósfera del norte, cuyo mensaje no es verdad, sino compromiso. Él y su amigo acordarían algo que incluiría a las mujeres. Más tristes y más viejos, pero sin crisis, se deslizarían en una relación, como el ocaso en la noche. Le gustó también la noche. Poseía gracia y calma. No era una oscuridad absoluta.

Justo cuando empezaba a perderse en el camino de la estación, vio otro farol, y después otro. Había eslabones en todas direcciones, y él los seguía hacia su objetivo.

Kitty oyó su voz, y salió de la sala para recibirle. Kitty era la persona de la familia de la que siempre se había ocupado menos —no era una auténtica mujer, como advirtió entonces—, y ella traía la noticia de que Maurice se había quedado en la ciudad por cuestión de trabajo.

—Mamá y Ada están en la iglesia —añadió—. Han tenido que ir andando, porque Maurice necesitaba el coche.

—¿Y dónde ha ido?

—No me lo preguntes. Deja su dirección a los criados. Nosotras sabemos menos de Maurice que cuando estabas aquí, si es que lo crees posible. Se ha transformado en una persona muy misteriosa.

Le sirvió el té, tarareando una melodía.

Su falta de sensibilidad y de encanto produjeron en él una reacción, no desagradable, en favor de su hermano. Ella continuó quejándose de la forma timorata que había heredado de la señora Hall.

—La iglesia sólo está a cinco minutos —subrayó Clive.

—Sí, ellas estarían aquí a recibirte si él nos lo hubiera dicho. Él todo lo mantiene en secreto, y después se ríe de las niñas.

—Fui yo quien no se lo dijo.

—¿Cómo es Grecia?

Él se lo explicó. Le aburría tanto como a su hermano le hubiese aburrido, y no tenía la virtud de leer tras de las palabras. Clive recordó cuántas veces había discurseado para Maurice y sentido al final una sensación de intimidad. Había mucho que salvar en el naufragio de aquella pasión. Maurice era grande, y muy sensible una vez que entendía.

Kitty se puso a hablar, resumiendo sus propios asuntos de una forma algo más inteligente. Había pedido ir a un Instituto para aprender Economía Doméstica, y su madre se lo habría permitido si no hubiera sido por la intervención de Maurice cuando se enteró de que costaba tres guineas a la semana. Las quejas de Kitty eran principalmente financieras: ella quería una asignación. Ada la tenía. Ada, como futura heredera, tenía que «aprender a valorar el dinero, pero yo no tengo que aprender nada». Clive decidió que hablaría a su amigo para que tratase mejor a la muchacha; ya había intervenido en otra ocasión y Maurice, enternecido, le había hecho sentir que podía pedirle cualquier cosa.

Una voz profunda los interrumpió; ya regresaban de la iglesia. Ada entró, ataviada con un jersey, una gorra de cuadros y una falda gris; la niebla del otoño había dejado una delicada escarcha sobre su cabello. Tenía rosadas las mejillas y brillantes los ojos; le saludó con evidente placer, y aunque sus exclamaciones fueron las mismas de Kitty, produjeron un efecto diferente.

—¿Por qué no nos dijo que iba a venir? —exclamó—. No habrá nada más que pastel. Le hubiéramos preparado una auténtica cena inglesa.

Él dijo que tenía que regresar a la ciudad en seguida, pero la señora Hall insistió en que debía quedarse a dormir. A él le alegraba hacerlo. La casa se llenaba ahora de tiernos recuerdos, especialmente cuando hablaba Ada. Él había olvidado que fuese tan distinta de Kitty.

—Creía que era usted Maurice —le dijo—. Sus voces son asombrosamente parecidas.

—Es porque tengo catarro —dijo ella riendo.

—No, son muy parecidas —dijo la señora Hall—. Ada tiene la voz de Maurice, su nariz, y, por supuesto, también la boca, y su buen humor, y su buena salud. Tres cosas, lo pienso, a veces lo pienso. En cuanto a Kitty, tiene su inteligencia.

Todos rieron. Y era evidente que las tres mujeres se querían entre sí. Clive vio relaciones que no había sospechado, pues con la ausencia del hombre de la casa ellas se abrían. La mayoría de las plantas viven gracias al sol, pero hay algunas que florecen a la caída de la noche, y las Hall le recordaban los dondiegos que tachonaban un desierto sendero de Penge. Cuando hablaba con su madre y su hermana, hasta Kitty era bella, y Clive decidió reñir a Maurice por su actitud hacia ella; no excesivamente, pues Maurice también era bello y se agigantaba en aquella nueva visión.

El doctor Barry había incitado a las muchachas a seguir un curso de primeros auxilios, y, después de cenar, Clive sometió su cuerpo a sus vendajes. Ada le vendó la cabeza, Kitty el tobillo, mientras la señora Hall, feliz y despreocupada, repetía:

—Vaya, señor Durham, esta enfermedad es mejor que la última que tuvo.

—Señora Hall, me gustaría que me llamase usted por mi nombre.

—Lo haré así. Pero Ada y Kitty... Vosotras no.

—Yo quiero que Ada y Kitty lo hagan también.

—¡Entonces, Clive! —dijo Kitty.

—¡Kitty, entonces!

—Clive.

—Ada... Eso está mejor —pero se había puesto colorado—. Odio los cumplidos.

—Yo también —dijeron a coro.

—A mí no me preocupa la opinión de nadie... Nunca me ha preocupado —dijo Ada, y fijó en él sus cándidos ojos.

—Maurice, por otra parte —dijo ahora la señora Hall—, es muy especial.

—Maurice es realmente un cursi... ¡Huy!, me hacéis daño en la cabeza.

—¡Huy!, ¡huy! —remedó Ada.

Sonó el teléfono.

—Ha recibido ya el telegrama en la oficina —anunció Kitty—. Quiere saber si estás aquí.

—Dile que estoy.

—Volverá esta noche, entonces. Ahora quiere hablar contigo.

Clive cogió el auricular, pero sólo le llegó un rumor sordo. Habían desconectado. No podían telefonear a Maurice, pues no sabían dónde estaba, y Clive se sintió aliviado, pues la inminencia de la realidad le alarmaba. Se sentía feliz dejándose vendar. Su amigo llegaría demasiado pronto. Ahora Ada se inclinaba sobre él. Vio rasgos que conocía, con una luz tras ellos que los glorificaba. Pasó del cabello y los ojos oscuros a la boca despejada o a las curvas del cuerpo, y halló en ella la necesidad exacta de su transición. Había visto mujeres más seductoras, pero ninguna que prometiese tal paz. Era el compromiso entre recuerdo y deseo, era el ocaso tranquilo que Grecia no había conocido jamás. Ningún conflicto la rozaba, porque ella era la ternura que reconcilia presente y pasado. Él no había supuesto que existiese una criatura tal, salvo en el cielo, y no creía en el cielo. Ahora muchas cosas se habían hecho súbitamente posibles. Él permanecía mirándose en sus ojos, donde algo de su esperanza yacía reflejado. Sabía poder lograr que ella le amara, y este conocimiento le encendía con un templado fuego. Era delicioso... No deseaba nada más, y su única ansiedad era el miedo de que Maurice había de llegar, pues un recuerdo debía permanecer como recuerdo. Mientras las otras salían de la habitación para ver si aquel ruido era el coche, él la retuvo junto a sí, y pronto ella comprendió que él deseaba esto, y se detuvo sin que él se lo mandara.

—¡Si supieses lo que es estar en Inglaterra! —dijo él súbitamente.

—¿No es bonita Grecia?

—Horrible.

Ella estaba afligida, y Clive también suspiró. Sus ojos se encontraron.

—Cuánto lo siento, Clive.

—Bah, ya ha pasado todo.

—¿Qué pasó exactamente...?

—Ada, fue esto. Mientras estuve en Grecia tuve que reconstruir mi vida desde los cimientos. No es una tarea fácil, pero creo que lo he logrado.

—Hablábamos a menudo de ti. Maurice dijo que te gustaría Grecia.

—Maurice no sabe... ¡No sabe tanto como tú! Te he dicho a ti más que a nadie. ¿Puedes guardar un secreto?

—Por supuesto.

Clive se sentía confuso. La conversación se había hecho imposible. Pero Ada nunca esperaba continuidad. Estar sola con Clive, al cual inocentemente admiraba, era suficiente. Ella le dijo lo contenta que se sentía de que hubiese vuelto. Él asintió, con vehemencia. «Especialmente volver aquí.»

—¡El coche! —gritó Kitty.

—¡No vayas! —repitió él, cogiéndola de la mano.

—Debo... Maurice...

—Al cuerno Maurice —la retuvo.

Hubo un tumulto en el vestíbulo.

—¿Dónde se ha metido? —su amigo entraba gritando—. ¿Dónde le habéis puesto?

—Ada, prométeme que saldrás a dar un paseo conmigo mañana. Tenemos que vernos más... Es un trato.

Su hermano entró en la habitación. Al ver los vendajes, pensó que había habido un accidente; después se rió de su error.

—Quítate eso, Clive, ¿cómo las dejaste? Tienes buen aspecto, ¿verdad? Tienes buen aspecto, chico. Bueno, ven y echemos un trago. Yo te lo serviré. No, muchachas, vosotras no.

Clive le siguió, pero, volviéndose, captó un imperceptible gesto de asentimiento de Ada.

Maurice parecía un inmenso animal dentro de su abrigo de piel. Se lo quitó tan pronto como estuvieron solos, y se aproximó a él sonriente.

—¿Así que no me quieres? —dijo con aire de reto.

—Todo esto hemos de hablarlo mañana —dijo Clive, esquivando sus ojos.

—Eso es. Toma un trago.

—Maurice, no quiero una pelea.

—Yo sí.

Giró la mano con el vaso. La tormenta debía estallar.

—No debes hablarme así —continuó—. Eso aumenta las dificultades.

—Yo quiero una pelea, y la tendré —se colocó en la postura de siempre e introdujo una mano en el cabello de Clive—. Siéntate. Ahora dime, ¿por qué me escribiste aquella carta?

Clive no contestó. Observaba con creciente desmayo aquel rostro que una vez había amado. El horror de la masculinidad había retornado, y se preguntaba qué sucedería si Maurice intentaba abrazarle.

—¿Por qué? ¿Eh? Ahora estás bueno otra vez, dime.

—Quítate de mi silla, y lo haré —entonces inició uno de los discursos que había preparado. Era científico e impersonal, a propósito para herir menos a Maurice—. Me he hecho normal... como los otros hombres. No sé por qué, lo mismo que no sé cómo nací. Es algo que queda al margen de la razón, y que es contrario a mis deseos. Pregúntame todo lo que quieras. He venido aquí para contestar a todas tus preguntas, pues no podía entrar en detalles en mi carta. Pero escribí la carta porque lo que en ella decía era verdad.

—¿Verdad, dices?

—Era y es la verdad.

—¿Dices que te interesas sólo por las mujeres, no por los hombres?

—Me interesan los hombres, en el verdadero sentido, Maurice, y siempre será así.

—Ahora todo eso.

Él también fue impersonal, pero no abandonó la silla. Sus dedos permanecieron sobre la cabeza de Clive, acariciando los vendajes; su talante había pasado de la alegría al interés tranquilo. No estaba ni temeroso ni irritado, sólo quería curar, y Clive, en medio de la repulsión, comprendió qué espléndido amor estaba arruinando, y cuán débil e irónico debe ser el poder que gobierna al hombre.

—¿Quién te hizo cambiar?

Le molestaba la forma de la pregunta.

—Nadie. Fue un cambio meramente físico que se operó en mí.

Comenzó a relatar sus experiencias.

—Evidentemente, la enfermera —dijo Maurice, pensativo—. Hubiera sido mejor que me lo hubieses dicho antes... Yo me di cuenta de que algo iba mal y pensé en varias cosas, pero no en esto. Uno no debe mantener cosas en secreto, si no es mucho peor. Uno tiene que hablar, hablar, hablar... Si es que uno tiene algo que decir, como tú y yo tenemos. Si me lo hubieras dicho, todo estaría ya arreglado.

—¿Por qué?

—Porque yo habría logrado que te pusieras bien.

—¿Cómo?

—Ya lo verás —dijo sonriendo.

—No es la única posibilidad. He cambiado.

—¿Puede el leopardo cambiar sus manchas? Clive, estás hecho un lío. Es parte de tu estado general de salud. No estoy preocupado ya, porque por otro lado tú estás bien, por otro lado pareces feliz, y el resto ya llegará. Ya veo que tenías miedo a hablar conmigo, que temías hacerme daño, pero ya hemos aclarado las cosas. Deberías habérmelo dicho. ¿Para qué estoy aquí yo, si no? ¿En quién podrías confiar si no? Tú y yo estamos fuera de la ley. Todo esto —señaló el lujo burgués de la habitación en que se hallaban— nos sería arrebatado si la gente supiera.

Él murmuró:

—Pero he cambiado, he cambiado.

Sólo somos capaces de interpretar a través de nuestras experiencias. Maurice podía entender la confusión, no el cambio.

—Sólo crees que has cambiado —dijo sonriendo—. También yo llegué a pensar lo mismo cuando la señorita Olcott estaba aquí, pero todo cambió cuando volví a reunirme contigo.

—Yo conozco mi propia mente —dijo Clive, acalorándose y liberándose del sillón—. Nunca fui como tú.

—Lo eres ahora. No recuerdas cuando yo pretendía...

—Por supuesto que me acuerdo. No seas infantil.

—Nosotros nos amamos, y lo sabemos. Todo lo demás...

—Oh, por amor de Dios, Maurice, contén tu lengua. Si yo amo a alguien es a Ada —añadió—. La cito al azar, como un ejemplo.

Pero un ejemplo era lo único que Maurice podía comprender.

—¿Ada? —dijo, con un cambio de tono.

—Sólo para poner un ejemplo.

—Pero si tú apenas conoces a Ada.

—Tampoco conocía a la enfermera o a las otras mujeres que he mencionado. Como te dije antes, no se trata de ninguna persona en especial, sino de una tendencia.

—¿Quién estaba aquí cuando llegaste?

—Kitty.

—Pero hablas de Ada, no de Kitty.

—Sí, pero no quiero decir... ¡Oh, no seas estúpido!

—¿Qué quieres decir?

—De cualquier modo, entiendes, ahora —dijo Clive, intentando mantener un tono impersonal, y volviendo a las confortadoras palabras con que debía haber concluido su discurso—: He cambiado. Ahora quiero que tú entiendas también que el cambio no elimina nada de nuestra amistad. De lo que hay de real en ella. Tú me agradas enormemente, más que ningún hombre que haya conocido jamás —no sentía esto cuando lo decía—, te respeto y te admiro inmensamente. Es una afinidad de carácter, no una pasión, éste es el auténtico lazo que nos une.

—¿Le dijiste algo a Ada justo antes de que yo entrara? ¿No oíste llegar mi coche? ¿Por qué Kitty y mi madre salieron a recibirme y vosotros no? Tuvisteis que oír el ruido. Tú sabías que yo abandonaba mi trabajo por ti. Y ni siquiera hablaste conmigo por teléfono. No me escribiste, ni volviste entonces de Grecia. ¿Qué veías en ella cuando estabais aquí antes?

—Mira, chico, yo no puedo permitir que me interrogues.

—Dijiste que sí lo permitirías.

—No acerca de tu hermana.

—¿Por qué no?

—Te digo que debes dejar eso. Volvamos a lo que yo estaba diciendo sobre el carácter... el lazo real que une a los seres humanos. Tú no puedes edificar una casa sobre la arena, y la pasión es arena. Necesitamos un lecho de rosas...

—¡Ada! —dijo Maurice, súbitamente decidido.

Clive gritó horrorizado:

—¿Para qué?

—¡Ada! ¡Ada!

Él se abalanzó hacia la puerta y la cerró.

—Maurice, las cosas no pueden acabar así... Por favor, una pelea no —suplicó. Pero cuando Maurice se aproximó sacó la llave y se la guardó, pues la caballerosidad se había despertado en él al fin—. No puedes meter en esto a una mujer —exclamó—: ¡No lo permitiré!

—Devuélveme eso.

—No debo hacerlo. No empeores las cosas. No... No.

Maurice se abalanzó sobre él. Él se escabulló. Forcejearon alrededor del gran sillón, discutiendo sobre la llave en susurros.

Se rozaron con hostilidad, después se separaron definitivamente; la llave cayó entre ellos.

—Clive, ¿te he hecho daño?

—No.

—Querido, no quería hacerlo.

—Estoy bien.

Se miraron durante un momento antes de comenzar sus nuevas vidas.

—Qué final —suspiró Maurice—. Qué final.

—Yo la amo —dijo Clive, muy pálido.

—¿Qué va a suceder ahora? —dijo Maurice, derrumbándose en el sillón y enjugándose la boca—. Haz lo que quieras... Estoy perdido.

Como Ada estaba en el pasillo, Clive salió a su encuentro: su primer deber era con la Mujer. Después de aplacarla con vagas palabras, volvió al saloncito, pero la puerta estaba ya cerrada entre ellos. Oyó a Maurice apagar la luz eléctrica y desplomarse ruidosamente en el sillón.

—No seas imbécil —dijo nervioso.

No hubo respuesta. Clive no sabía exactamente qué hacer. Le parecía que no podía quedarse en la casa. Utilizando las prerrogativas masculinas, anunció que debía dormir en la ciudad, a pesar de todo, y las mujeres lo aceptaron así. Dejó la oscuridad del interior por la del exterior. Las hojas caían mientras caminaba hacia la estación; cantaban los búhos, le envolvía la niebla. Era tan tarde que las farolas estaban apagadas ya en los caminos suburbanos, y la noche total, sin compromiso, pesaba sobre él, como sobre su amigo. También él sufría y exclamó: «¡Qué final!» Pero a él se le prometía una aurora. El amor de las mujeres surgiría tan seguro como el sol, agostando los brotes inmaduros y anunciando el día humano pleno, y, aun en su dolor, supo esto. No se casaría con Ada —había sido una transición—, sino con alguna diosa del nuevo universo que se había abierto para él en Londres, alguien totalmente distinto de Maurice Hall.

TERCERA PARTE

XXVI

DURANTE TRES AÑOS, Maurice había vivido tan equilibrado y feliz que continuó haciéndolo automáticamente durante un día más. Despertó con la sensación de que todo se arreglaría pronto. Clive volvería, disculpándose o no, según decidiese, y él disculparía a Clive. Clive debía amarlo, porque todo en su vida dependía del amor y todo continuaba igual. ¿Cómo iba a poder él dormir y descansar si no tenía un amigo? Cuando volvió de la ciudad no encontró ninguna noticia, permaneció un rato en calma, y permitió a su familia especular sobre la partida de Clive, pero comenzó a observar a Ada. Parecía triste. Hasta su madre lo había advertido. Con ojos ensombrecidos, la observaba. Si no fuese ella, habría menospreciado la escena como uno de los largos discursos de Clive, pero ella se introducía en aquel discurso como un ejemplo. Y se preguntaba por qué estaría tan triste.

—Oye... —comenzó cuando quedaron solos; no tenía idea de lo que iba a decir, aunque un súbito negror debería haberle prevenido. Ella contestó, pero él no pudo oír su voz.

—¿Qué es lo que te pasa a ti? —preguntó, tembloroso.

—Nada.

—Hay algo... Lo veo. Tú no puedes engañarme.

—Que no... De verdad, Maurice, no pasa nada.

—¿Qué dijo... qué dijo él?

115

—Nada.

—¿Quién no dijo nada? —chilló, aporreando la mesa con ambos puños. La había atrapado.

—Nada... Sólo Clive.

Aquel nombre en labios de ella desencadenó el infierno. Él sufría terriblemente, y antes de que pudiera contenerse había dicho palabras que ninguno de los dos olvidaría jamás. Acusó a su hermana de corromper a su amigo. La dejó suponer que Clive se había quejado de su conducta y había regresado a la ciudad por ese motivo. Y la delicada naturaleza de ella quedó tan afectada que no fue capaz de defenderse, sólo de suspirar y gemir e implorarle que no se lo dijese a su madre, como si realmente fuese culpable. Él asintió. Los celos le habían enloquecido.

—Pero cuando le veas... al señor Durham, dile que yo no quería... Dile que él es la persona a la que menos querría...

—...ofender —concluyó él; hasta después no comprendió su propia infamia.

Ocultando su rostro, Ada se derrumbó.

—No se lo podré decir. Nunca más volveré a ver a Durham para decírselo. Puedes tener la satisfacción de haber roto esta amistad.

Ella suspiró.

—No me importa eso... Siempre has sido tan malo con nosotras. Siempre.

Él despertó al fin. Kitty le había dicho cosas parecidas, pero Ada nunca. Se dio cuenta de que por detrás de su actitud servicial, sus hermanas le detestaban: Ni siquiera en su casa había logrado triunfar nunca. Murmurando «no es culpa mía», la abandonó.

Una persona más refinada habría actuado mejor y quizás habría sufrido menos. Maurice no era un intelectual, ni tenía un temperamento religioso, ni disponía de ese extraño alivio de la autocompasión que algunos se conceden. Salvo en un punto, su temperamento era normal, y actuaba como lo haría un hombre medio al que después de dos años de felicidad su mujer le traiciona. Nada significaba para él que la naturaleza hubiese repasado aquella puntada suelta con el fin de continuar su orden. Mientras duró el amor, había conservado la razón. Ahora veía el cambio de Clive como una traición, y en Ada su causa, y retornaba en unas horas al abismo por el que había errado de niño.

Después de esta explosión, su vida continuó. Cogía el tren habitual para ir a la ciudad, ganaba y gastaba dinero como antes; leía los periódicos atrasados y discutía sobre las huelgas y las leyes del divorcio con sus amigos. Al principio se sentía orgulloso de su capacidad de control. ¿No estaba en sus manos la reputación de Clive? Pero fue amargándose cada vez más, deseó haber golpeado mientras tenía fuerzas y haber abatido aquel frente de mentiras. ¿Qué sucedería si él también se veía envuelto? Su familia, su posición en la sociedad… Nada habían significado para él durante años. Era un proscrito disfrazado. Quizás entre los que antaño se refugiaban en el bosque hubiera dos hombres como él —dos… a veces albergaba este sueño—. Dos hombres pueden derrotar al mundo.

Sí: la cruz de su calvario sería la soledad. Tardó en comprenderlo, era torpe para comprender. Los celos incestuosos, la mortificación, la cólera por su pasada torpeza, todo esto, podía pasar y, tras hacerle gran daño, pasó. Los recuerdos de Clive podían pasar, pero la soledad permanecía. A veces se despertaba y gemía: «¡No tengo a nadie!», o «¡Dios mío, qué mundo!» Clive pasó a visitarle en sueños. Sabía que era falso, pero Clive, sonriendo con aquella expresión dulce que a veces adoptaba, decía: «Soy real esta vez», para torturarle. Una vez tuvo un sueño sobre el antiguo sueño del rostro y de la voz, un sueño sobre un sueño, nada más. También viejos sueños del otro tipo, que intentaban desintegrarle. Los días seguían a las noches. Un inmenso silencio, como de muerte, rodeaba al joven, y cuando se dirigía a la ciudad una mañana, le asaltó la idea de que realmente estaba muerto. ¿Qué sentido tenía ganar dinero, comer y jugar al golf? Esto era todo lo que hacía y había de hacer siempre.

—La vida es un espectáculo sucio y triste —exclamó, arrugando el *Daily Telegraph*.

Los otros ocupantes del vagón, que le estimaban, comenzaron a reír.

—Me tiraría por la ventanilla por dos peniques.

Después de haber dicho esto, comenzó a pensar en el suicidio. Y nada había que lo detuviera. En principio no tenía miedo alguno a la muerte, ni sentido de la existencia de un mundo tras ella, y no le importaba destrozar a su familia. Sabía que la soledad estaba envenenándole, e iba haciéndose más vil al tiempo que más desgraciado. ¿Por qué no hacerlo en tal situación? Comenzó a considerar formas y métodos, y se hubiese pegado un tiro a no ser por un suceso inesperado. Este suceso fue la enfermedad y la muerte de su abuelo, que provocó un cambio en su mente.

Mientras tanto, había recibido cartas de Clive, pero siempre aparecía la frase: «Es mejor que no nos veamos todavía.» Comprendía ya la situación: su amigo haría cualquier cosa para ayudarle, salvo estar con él. Había pasado a ser así desde la enfermedad, y ésa era la amistad que le ofrecía para el futuro. Y Maurice no había dejado de amarle, pero su corazón había quedado destrozado; nunca se entregaba a la loca esperanza de recuperar a Clive. Comprendía su pérdida con una claridad que mentes más refinadas envidiarían, y el puñal del dolor se hundía en él hasta la empuñadura.

Contestaba a estas cartas con asombrosa sinceridad. Contaba aún lo que sentía, y confiaba a su amigo su insoportable soledad y que se levantaría la tapa de los sesos antes de que el año terminase. Pero escribía sin emoción. Era más que nada un tributo a su pasado heroico, y Durham lo aceptaba como tal. Las respuestas de éste carecían también de emoción, y estaba claro que, a pesar de la ayuda que pudiera darle y a pesar del empeño que pusiera en ello, no podría penetrar ya en la mente de Maurice.

XXVII

EL ABUELO DE MAURICE era un ejemplo del crecimiento que puede venir con la vejez. A lo largo de su vida había sido el ordinario hombre de negocios, duro y quisquilloso, pero se retiró no demasiado tarde y con sorprendentes resultados. Se dedicó a «la lectura», y aunque los efectos directos de tal dedicación fuesen grotescos, nació en él una mansedumbre que transformó su carácter. Las opiniones de los demás —que en otro tiempo sólo tenían la función de ser contradecidas o ignoradas— parecían ahora dignas de atención, y sus deseos merecedores de simpatías. Ida, su hija soltera, que se ocupaba de la casa, había temido el momento «en que mi padre no tenga nada que hacer», e, impermeable, no comprendió que él había cambiado hasta que estaba ya a punto de dejarla.

El viejo caballero dedicó sus ocios a desarrollar una nueva religión, una nueva cosmogonía más bien, pues sus ideas no se oponían a la Iglesia. La cuestión principal era que Dios vivía dentro del Sol, cuyo brillante halo formaban las almas de los bienaventurados. Las manchas del Sol revelaban a Dios ante los hombres, de modo que cuando se presentaban, el señor Grace se pasaba las horas en su telescopio, escudriñando la oscuridad interior. La encarnación era una especie de mancha solar.

Le gustaba hablar de su descubrimiento con todo el mundo, pero no hacía proselitismo, afirmando que cada uno debía aclarar las cosas por sí mismo. Clive Durham, con el que en una ocasión había mantenido una larga charla, conocía sus ideas mejor que nadie. Eran las típicas del hombre práctico que intenta pensar espiritualmente: absurdas y materialistas, pero originales. El señor Grace había rechazado los atractivos informes de lo desconocido que manejaban las iglesias, y, por esta razón, el helenista había congeniado con él.

Ahora se moría. Un pasado de discutible honestidad se había desvanecido, y él miraba hacia delante esperando unirse con los que amaba y que en el momento adecuado se le unieran aquellos que dejaba tras sí. Avisó a sus antiguos empleados, hombres sin ilusiones, pero que «tenían simpatía al viejo hipócrita». Avisó a su familia, a la que siempre había tratado bien. Sus últimos días fueron muy bellos. Inquirir las causas de tal belleza era inquirir demasiado, y sólo un cínico menospreciaría la mezcla de aflicción y de paz que perfumó Alfriston Gardens mientras aquel entrañable viejo agonizaba.

Los parientes acudieron por separado, en grupos de dos y de tres. Todos, salvo Maurice, estaban impresionados. No había ninguna intriga, pues el señor Grace había sido franco sobre su testamento, y todos sabían lo que podían esperar. Ada, como nieta favorita, compartiría la fortuna con su tía. Para el resto había legados. Maurice se proponía prescindir del suyo. No hacía nada para acelerar la llegada de la muerte, pues esperaba encontrarse con ella en el momento justo, probablemente cuando volviese.

Pero la visión de un compañero de viaje le desconcertó. Su abuelo estaba preparándose para su jornada hacia el Sol, y, parlanchín por causa de la enfermedad, le dijo una tarde de diciembre: «Maurice, ¿leíste los periódicos? ¿Has visto la nueva teoría?...» Se trataba de un meteoro que giraba incidiendo en los anillos de Saturno y hacía desprenderse fragmentos de ellos que caían en el Sol. Como el señor Grace localizaba el mal en los planetas más alejados de nuestro sistema, y como no creía en el mal eterno, no veía modo de desembarazarse de ellos. La nueva teoría lo explicaba todo. ¡Eran despedazados, y el bien los absorbía de nuevo! Cortés y grave, el joven le escuchó hasta que sintió que se apoderaba de él el miedo a que aquel disparate fuese cierto. El miedo fue momentáneo, pero inició uno de esos reajustes que afectan a todo el carácter. Le dejó con la convicción de que su abuelo estaba convencido. Un ser humano más había nacido. El anciano había logrado un acto de creación, y ante él la muerte apartó su cabeza.

—Es una gran cosa creer como tú crees —dijo Maurice con tristeza—. Desde Cambridge, yo no creo en nada... salvo en una especie de oscuridad.

—Ay, cuando yo tenía tu edad... Y ahora veo una luz brillante... Ninguna luz eléctrica puede comparársele...

—¿Cuando tú tenías mi edad, qué, abuelo?

Pero el señor Grace no respondía a preguntas. Dijo:

—Más brillante que el filamento de magnesio... La luz interior... —Después trazó un estúpido paralelo entre Dios, la oscuridad interior del sol resplandeciente, y el alma, invisible en el interior del cuerpo visible—. Del poder interior... El alma. Déjala en libertad, pero aún no, no hasta el anochecer. —Hizo una pausa—. Maurice, sé bueno con tu madre, con tus hermanas, con tu mujer y tus hijos, con tus empleados. Como yo he sido.

De nuevo hizo una pausa, y Maurice gruñó, pero no sin respeto. Había quedado impresionado por la frase: «No hasta el anochecer, no la dejes en libertad hasta el anochecer.» Continuaba divagando. Uno debía ser bueno, compasivo, valiente: toda la vieja retahíla. Sin embargo era sincero. Aquello venía de un corazón sincero.

—¿Por qué? —interrumpió—. Abuelo, ¿por qué?

—La luz interior...

—Yo no tengo. —Se rió por miedo a que la emoción le dominase—. Una luz que yo tenía se desvaneció hace seis semanas. Yo no quiero ser bueno ni compasivo ni valiente. Si he de continuar viviendo seré... ninguna de esas cosas: lo contrario a ellas. Yo no quiero nada de eso; yo no quiero nada.

—La luz interior...

Maurice había iniciado confidencias, pero no habían sido escuchadas. Su abuelo no entendía, no podía entender. A él sólo le interesaba alcanzar «la luz interior... Sé compasivo», pero la frase continuó el reajuste que había iniciado en su interior. ¿Por qué *debía* uno ser bueno y compasivo? Por alguien... ¿Por Clive, o por Díos, o por el Sol? Pero él no tenía a nadie, nadie salvo su madre le importaba, y ella sólo un poco. Estaba prácticamente solo, y ¿por qué debía continuar viviendo? No había realmente ninguna razón, aunque tenía la melancólica sensación de que debía continuar, porque aún no había logrado la muerte. Ella, como el amor, le había mirado durante un instante. Después se había vuelto y lo había abandonado para que «jugara el juego». Y él tendría que jugarlo durante tanto tiempo como su abuelo. Y retirarse igual de absurdamente.

XXVIII

SU CAMBIO, PUES, NO PUEDE DESCRIBIRSE como una conversión. No hubo en él nada edificante. Cuando volvió a casa y examinó la pistola que nunca usaría, le invadió el disgusto; cuando se encontró con su madre no afloró de su interior ningún amor insondable. Continuó viviendo, miserable e incomprendido, como antes, y cada vez más solo. Y aunque pareciera ya imposible, la soledad de Maurice aumentó.

Pero se había producido un cambio. Maurice se adaptó a adquirir nuevos hábitos, y en particular aquellas artes menores de la vida que había menospreciado cuando vivía unido a Clive. Puntualidad, cortesía, patriotismo, caballerosidad incluso... he aquí unas cuantas. Practicaba un severo control sobre sí. Era no sólo necesario adquirir el arte, sino saber cuándo aplicarlo, y gradualmente modificar su conducta. Al principio, poco pudo hacer. Había adoptado unos hábitos a los que su familia y su mundo estaban acostumbrados, y cualquier desviación resultaba molesta. Esto quedó bien patente en una conversación con Ada.

Ada se había comprometido con su viejo camarada Chapman, y su odiosa rivalidad con ella podía darse por terminada. Aun después de la muerte de su abuelo, Maurice había temido que Clive pudiese casarse con ella, y los celos le devoraban. Clive se casaría con alguien. Pero el solo pensamiento de verle unido a Ada le enloquecía, y apenas si podía controlarse cuando no lograba apartar este pensamiento.

Aquel compromiso resultaba excelente, y, habiéndolo aprobado en público, la llamó aparte y le dijo:

—Ada, me porté tan mal contigo, querida, después de la visita de Clive. Quiero decírtelo ahora y pedirte que me perdones. Me ha hecho sufrir tanto eso desde entonces. Lo siento mucho.

Ella pareció sorprendida y no complacida del todo; vio que aún le detestaba. Murmuró:

—Aquello se acabó... Ahora quiero a Arthur:

—Desearía no haberme desquiciado de aquel modo, pero estaba preocupado por otra cosa. Clive no dijo nunca lo que yo dejé que pensaras que había dicho. No dijo nada malo de ti.

—No me preocupa el que lo hiciera o no. No significa nada ya.

Las disculpas de su hermano eran tan raras que aprovechó la oportunidad para atraparle.

—¿Cuándo le viste por última vez?

Kitty había sugerido que habían tenido una pelea.

—Hace tiempo que no lo veo.

—Aquellos fines de semana y aquellos viernes parece que se acabaron ya.

—Te deseo que seas feliz. El amigo Chappie es un buen muchacho. El que dos personas se quieran y se casen es algo que me llena de alegría.

—Te agradezco mucho que me desees buena suerte, Maurice, desde luego. Espero tenerla, me la deseen o no. (Esto fue descrito a Chapman después como una buena réplica.) Desde luego te deseo lo mismo que tú has estado deseándome durante este tiempo.

Su rostro enrojeció. Había sufrido mucho, y no era en modo alguno indiferente a Clive, cuya desaparición la había herido.

Maurice se dio cuenta de todo y la miró con aire lúgubre. Después cambió de tema y, carente de memoria, ella recobró el ánimo. Pero no podía perdonar a su hermano: realmente no era lógico que una persona de su carácter lo hiciese, puesto que la había insultado en lo más profundo y había destrozado el alborear de un amor.

Dificultades similares surgieron con Kitty. También ella pesaba sobre su conciencia, pero lo trató con displicencia cuando intentó reparar el mal. Maurice se ofreció a pagar el importe de las clases del Domestic Institute, al que ella había deseado tanto asistir, y, aunque aceptó, lo hizo sin agradecimiento, y subrayando: «Supongo que soy ya demasiado vieja para aprender nada adecuadamente.» Ella y Ada se empujaban mutuamente a fastidiarle en pequeñas cosas. La señora Hall se sorprendió al principio y las reñía, pero viendo que su hijo se mostraba demasiado indiferente para protegerse a sí mismo, se hizo también indiferente. Le quería, pero no lucharía por él más de lo que había luchado contra él cuando se enfrentó al decano. Y así vino a resultar que su consideración en la casa disminuyó, y durante el invierno perdió en gran parte la posición que había ganado en Cambridge. Comenzó a oírse: «Oh, Maurice no importa... él puede ir andando... Puede dormir en el catre... Se arreglará sin chimeneas.» Él no hacía ninguna objeción... no le importaban ya estas cosas..., pero advirtió aquel cambio sutil y cómo coincidía con el advenimiento de su soledad.

Su mundo se sorprendió del mismo modo. Se incorporó a los Territorials, cuando hasta entonces se había mantenido apartado con el pretexto de que el país sólo podía salvarse por el reclutamiento. Apoyó las obras sociales, incluso las de la Iglesia. Abandonó el golf del sábado para jugar al fútbol con los jóvenes del College Settlement de South London, y sus veladas del viernes para enseñarles aritmética y boxeo. Sus compañeros de viaje del ferrocarril se extrañaron un tanto. ¡Caramba, qué serio se había vuelto Hall! Redujo sus gastos con el fin de poder aportar más a sus obras de caridad —caridad preventiva: él no daría ni medio penique para obras de socorro—. Con todo esto y con su trabajo, se las arreglaba para mantenerse en movimiento.

Sin embargo, estaba haciendo algo admirable, probando con qué poco puede vivir el alma. Sin que la alimentara ni el cielo ni la tierra, continuaba hacia delante, lámpara que debería haberse extinguido, proclamando la verdad del materialismo. No tenía Dios, no tenía ningún amante, los dos incentivos usuales de la virtud. Pero luchaba con tesón porque así se lo exigía su dignidad. Nadie lo contemplaba, ni él se contemplaba a sí mismo, pero las luchas como la suya son los triunfos supremos de la humanidad, sobrepasan cualquier leyenda sobre el Cielo.

Ninguna recompensa le aguardaba. Aquel trabajo, como la mayoría del que había hecho antes, estaba destinado a derrumbarse, pero él no se derrumbaría a la vez, y los músculos que había desarrollado se conservarían para otros fines.

XXIX

EL ESTALLIDO LLEGÓ un domingo de primavera; hacía un día delicioso. Estaban sentados alrededor de la mesa del desayuno, de luto por el abuelo, pero en una atmósfera mundana, por lo demás. Junto a su madre y sus hermanas, estaban la imposible tía Ida, que vivía ahora con ellos, y una tal señorita Tonks, una amiga que Kitty había hecho en el Domestic Institute, y que parecía realmente el único fruto tangible de él. Entre Ada y Maurice había una silla vacía.

—Oh, el señor Durham va a casarse —gritó la señora Hall, que estaba leyendo una carta—. Qué amable su madre comunicándolo. Es de Penge, una posesión —explicó a la señorita Tonks.

—Eso no impresionará a Violet, madre. Ella es socialista.

—¿De veras lo soy, Kitty? Una buena noticia.

—Querrá usted decir una mala noticia, señorita Tonks —repuso tía Ida.

—Bueno, madre; sigue, ¿quién es ella? —preguntó Ada, después de ahogar un suspiro.

—Lady Anne Woods. Podéis leer la carta. Él la conoció en Grecia. Lady Anne Woods. Hija de Sir H. Woods.

Hubo una exclamación entre las bien informadas. Se descubrió a continuación que la frase de la señora Durham era: «Le diré ahora el nombre de la dama: Anne Woods, hija de Sir H. Woods.» Pero aun así era notable debido a lo romántico de Grecia.

—¡Maurice! —dijo su tía por encima del guirigay.

—¡Hola!

—Ese muchacho se retrasa.

Echándose hacia atrás en su silla gritó: «¡Dickie!», mirando al techo: tenían durmiendo arriba al joven sobrino del doctor Barry durante el fin de semana, por hacerle un favor a éste.

—Ni siquiera puede dormir ahí arriba, así que no está bien —dijo Kitty.

—Yo lo levantaré.

Fumó medio cigarrillo en el jardín, y regresó. La noticia casi le había trastornado por completo. Había llegado de un modo tan brutal, y —lo que aún le dolía más— nadie parecía pensar que él tuviese algo que ver en el asunto. No lo tenía. La señora Durham y su madre eran las principales ahora. Su amistad había sobrevivido a los héroes.

Estaba pensando: «Clive podría haberme escrito; en honor del pasado podía haberlo hecho», cuando su tía interrumpió su meditación:

—¿Es que nunca va a venir ese muchacho?

Él se levantó con una sonrisa.

—Perdón. Me olvidé.

—¡Se olvidó! —Todos se centraron en él—. Lo olvidó y se levantó especialmente para eso. Oh, Morrie, eres un chico gracioso.

Dejó la habitación, perseguido por las burlas de todos, y casi se olvidó de nuevo. «Ahí está mi tarea», caviló, y una laxitud mortal le invadió.

Subió las escaleras con el paso de un hombre más viejo de

lo que era, y tomó aliento al final. Extendió los brazos. La
mañana era deliciosa. Pero deliciosa para otros: para otros murmuraban las hojas y se derramaba el sol por la casa. Llamó en
la puerta de Dickie Barry y, como esto no parecía dar resultado, la abrió.

El muchacho, que había estado en un baile la noche anterior, dormía. Allí estaba su cuerpo casi al descubierto. Yacía
sin recato, abrazado y penetrado por el sol. Los labios entre-
abiertos. En el superior una sombra dorada. Su cabello se arre-
molinaba en innumerables y gloriosos bucles. Su cuerpo era
delicado ámbar. A cualquiera le hubiese parecido bello, y para
Maurice, que llegaba a él por dos senderos distintos, era la primera maravilla del mundo.

—Ya pasa de las nueve —dijo, en cuanto pudo hablar.

Dickie gruñó algo y se tapó con las sábanas hasta la barbilla.

—A desayunar... Levántate.

—¿Cuánto hace que estás aquí? —preguntó, abriendo los
ojos, que era la única parte visible de él, y mirando a los de
Maurice.

—Un poco —dijo éste, tras una pausa.

—Lo siento mucho.

—Puedes quedarte todo lo que quieras... Sólo que no me
gustaría que te perdieses este magnífico día.

Abajo continuaban chismorreando. Kitty le preguntó si sabía algo sobre la señorita Woods. Él respondió:

—Sí —una mentira que marcaba época.

Después llegó la voz de su tía: ¿es que nunca iba a llegar
aquel muchacho?

—Le dije que no se apresurara —repuso Maurice, tembloroso.

—Maurice, no es que seas muy práctico, querido —dijo la
señora Hall.

—Es un invitado.

La tía subrayó que el primer deber de un invitado es adap-
tarse a las reglas de la casa.

Hasta entonces, nunca se había opuesto a ella, pero ahora
dijo:

—La regla de esta casa es que cada uno haga lo que le
plazca.

—El desayuno es a las ocho y media.

—Para los que quieren. Los que tienen sueño prefieren desayunarse a las nueve o a las diez.

—Ninguna casa puede llevarse así, Maurice. Ningún criado pararía, como tú bien sabes.

—Prefiero que se vayan los criados a que se trate a los huéspedes como colegiales.

—¡Un colegial! ¡Él es un colegial!

—El señor Barry está ya en Woolwich —dijo Maurice inmediatamente.

La tía Ida refunfuñó, pero la señorita Tonks le dirigió una mirada de respeto. Los demás habían apenas prestado atención, pensando como estaban en la pobre señora Durham, que tendría ahora que abandonar su casa. Su cambio de humor le puso muy feliz. En unos minutos Dickie se unió a ellos, y él se levantó para dar la bienvenida a su dios. El cabello del muchacho estaba ahora aplastado por el baño, y su cuerpo grácil oculto bajo las ropas, pero continuaba siendo extraordinariamente bello. Le rodeaba una gran frescura —él podría haber llegado con las flores— y daba una impresión de modestia y de buena voluntad. Cuando se disculpó con la señora Hall, el tono de su voz hizo a Maurice estremecerse. ¡Y éste era el niño al que él no había querido proteger en Sunnington! Éste era el huésped cuya llegada la noche anterior le había hecho sentirse más bien fastidiado.

Tan fuerte era la pasión, mientras duró, que Maurice creyó que había llegado la crisis de su vida. Rompió todos sus compromisos, como en los viejos tiempos. Después del desayuno, llevó a Dickie a casa de su tío, cogiéndole del brazo, y logró que se comprometiera a tomar el té con él. El muchacho aceptó. Maurice se entregó a la alegría. Su sangre hervía. No atendió a la conversación, y hasta esto le dio ventaja, pues cuando dijo «¿qué?», Dickie fue a sentarse al sofá junto a él. Maurice le rodeó con su brazo... La entrada de la tía Ida hubo de evitar el desastre; sin embargo él creyó ver que aquellos cándidos ojos le respondían.

Se encontraron una vez más, a medianoche. Maurice no se sentía feliz ya, pues durante las horas de espera su emoción se había hecho física.

—Tenía una llave —dijo Dickie, que se sorprendió al ver a su anfitrión levantado.

—Ya lo sé.

Hubo una pausa. Ambos se sintieron incómodos, se miraban uno a otro, pero tenían miedo a sostener la mirada.

—¿Está fría la noche?

—No.

—¿Necesitas algo, quieres algo de mí antes de irme a la cama?

—No, gracias.

Maurice se dirigió a los interruptores y encendió la luz del exterior, después apagó las luces del vestíbulo y subió tras Dickie, alcanzándole en silencio.

—Ésta es mi habitación —murmuró—; quiero decir, generalmente lo es. Me han echado de ella por causa tuya. —Añadió—: Duermo aquí solo.

Tenía plena conciencia de que las palabras se le escapaban. Habiendo ayudado a Dickie a quitarse el abrigo, continuaba sosteniéndolo en la mano, sin decir nada. La casa estaba tan silenciosa que podían oír la respiración de las mujeres en las otras habitaciones.

El muchacho no dijo nada tampoco. Las variedades del desarrollo son innumerables, y sucedió así que el muchacho comprendió perfectamente la situación. Si Hall hubiese insistido, él no le hubiese pegado, no hubiese provocado una pelea, pero preferiría que no lo hiciese: ésta era su actitud respecto a aquello.

—Yo estoy arriba —dijo entrecortadamente Maurice, sin valor para atreverse a más—. En el ático, encima de éste... Si tú quieres algo... Estoy toda la noche solo. Siempre lo estoy.

El impulso de Dickie fue echar el cerrojo a la puerta tras él, pero desechó esta idea por juzgarla una falta de consideración, y se despertó al sonido de la campanilla del desayuno, con el sol bañándole el rostro y la mente limpia y despejada.

XXX

ESTE EPISODIO DESTROZÓ LA VIDA de Maurice. Interpretándo-
lo por el pasado, tomó erróneamente a Dickie por un segundo
Clive, pero tres años no se viven en un día, y las llamas se
apagaron con la misma rapidez que habían surgido, dejando
ciertas sospechosas cenizas tras ellas. Dickie se fue el lunes, y el
viernes su imagen se había desvanecido. Vino entonces un
cliente a la oficina, un joven francés vivaz y guapo, que implo-
raba a Monsieur 'All que no le engañara. Mientras charlaban,
surgió una sensación familiar, pero esta vez advirtió efluvios
concomitantes que surgían del abismo. «No, la gente como
yo debe andar con cuidado, lo siento», replicó, en respuesta
a la petición del francés de comer con él, y el tono de su voz
fue tan británico que produjo en el otro un acceso de risa y
una mueca.

Cuando el joven se fue se enfrentó con la verdad. Su sentimiento hacia Dickie requería un nombre muy primitivo. Lo
había idealizado inmediatamente y le había llamado adoración,
pero el hábito de la honestidad se había desarrollado en él con
fuerza. ¡Qué torpe había sido! ¡Pobrecito Dickie! Vio al muchacho huyendo de su abrazo, arrojarse por la ventana y quebrarse los miembros o gritar como un loco hasta que llegaran
a auxiliarle. Vio a la policía...

«Lujuria.» Dijo la palabra en voz alta.

La lujuria puede menospreciarse cuando no está presente.
En la calma de su oficina, Maurice esperaba someterla, ahora
que había descubierto su nombre. Su mente, siempre práctica,
no perdía el tiempo en la desesperación teológica, sino que iba
directamente al grano. Había recibido un aviso claro, y estaría
prevenido; a partir de entonces, sólo tendría que mantenerse
apartado de los muchachos y de los jóvenes para asegurarse
el triunfo. Sí, de los demás jóvenes. Ciertas oscuridades de los
últimos seis meses se aclaraban. Por ejemplo, un alumno del
Settlement... Arrugó la nariz, como alguien que no necesita
ninguna prueba más. El sentimiento que puede impulsar a un

caballero hacia una persona de una clase inferior, se condena a sí mismo.

No sabía lo que le esperaba. Estaba penetrando en un estado que sólo concluiría con la impotencia o con la muerte. Clive había pospuesto aquello. Clive había influido en él, como siempre. Había quedado sobrentendido entre ellos que su amor, aunque incluía el cuerpo, no implicaba ninguna gratificación a través de él, y la idea de este pacto había partido —sin que dijera una palabra— de Clive. Él había estado más próximo a las palabras en la primera noche de Penge, cuando rehusó el beso de Maurice, o en la última tarde allí, cuando estuvieron tendidos entre los helechos. Entonces se había establecido la regla que llevaría a la edad de oro, y habría sido suficiente hasta la muerte. Mas para Maurice, pese a su felicidad, había existido algo hipnótico respecto a ello. Aquello expresaba a Clive, no a él, y ahora que estaba solo explotaba odiosamente, como una vez en el colegio. Y no fue Clive quien le curó. Aquella influencia, aunque la hubiese ejercido, habría fracasado, pues una relación como la de ellos no podía quebrarse sin transformar a ambos para siempre.

Pero él no podía comprender todo esto. Aquel etéreo pasado le había cegado, y la felicidad más sublime que podía soñar era un retorno a él. Sentado en su oficina, trabajando, no podía ver la vasta curva de su vida, y aún menos el espectro de su padre sentado frente a él. El viejo señor Hall no había luchado ni pensado; no había tenido jamás ocasión de hacerlo; había apoyado a la sociedad y había pasado sin ninguna crisis del amor ilícito al lícito. Ahora, contemplando a su hijo, le asaltaba la envidia, el único dolor que sobrevive en el mundo de las sombras. Pues veía a la carne educando al espíritu, de una forma en que el suyo no había sido educado jamás, y espoleando al corazón indolente y a la mente perezosa contra su voluntad.

Entonces Maurice oyó el teléfono. Se lo llevó al oído y, después de seis meses de silencio, oyó la voz de su único amigo.

—Hola —comenzó—, hola, sabrás las novedades, Maurice.

—Sí, pero tú no me escribiste y por eso yo tampoco lo hice.

—Ya, ya.

—¿Dónde estás ahora?

—Vamos a un restaurante. Queremos que vengas por allí. ¿Vendrás?

—Lo siento, pero no puedo. Acabo de rechazar una invitación a comer.

—¿Estás demasiado ocupado, o puedes charlar un poco?

—Claro que puedo.

Clive prosiguió, evidentemente aliviado por el tono.

—Mi novia está conmigo. Ahora hablarás con ella también.

—Oh, muy bien. Cuéntame tus planes.

—La boda será el mes próximo.

—Buena suerte.

A ninguno de los dos se le ocurría nada que decir.

—Ahora te paso a Anne.

—Soy Anne Woods —dijo una voz de muchacha.

—Mi nombre es Hall.

—¿Cómo?

—Maurice Christopher Hall.

—El mío es Anne Clare Wilbraham Woods, pero no sé qué decir.

—Pues a mí tampoco se me ocurre nada.

—Es usted el octavo amigo de Clive con el que hablo de esta manera esta mañana.

—¿El octavo?

—No oigo nada.

—Dije el octavo.

—Oh, sí, ahora le toca el turno a Clive. Adiós.

Clive continuó:

—Oye, ¿puedes venir a Penge la semana próxima? Todavía lo sabe poca gente, pero dentro de poco aquello será el caos.

—Lo siento, pero no me va bien. El señor Hill va a casarse también, así que estaré más o menos ocupado aquí.

—¿Cómo? ¿Tu viejo socio?

—Sí, y después de él, Ada con Chapman.

—Sí, ya me he enterado. ¿Y qué te parece en agosto? En setiembre no, que es casi seguro que empiecen las elecciones. Pero ven en agosto y ayúdanos en ese horrible partido de críquet.

—Gracias, probablemente podré. Es mejor que me escribas cuando se acerque el momento.

—Claro, por supuesto. Otra cosa, Anne tiene cien libras en el bolsillo, ¿querrías invertirlas por ella?

—Desde luego. ¿Qué es lo que quiere?

—Es mejor que escojas tú. No le está permitido querer más de un cuatro por ciento.

Maurice citó unos cuantos valores.

—Prefiero el último —dijo la voz de Anne—. No pude coger bien su nombre.

—Ya lo verá en el contrato. ¿Me da su dirección, por favor?

Ella le informó.

—Muy bien. Envíe el cheque cuando tenga noticias nuestras. Quizá sea mejor que cuelgue y se lo compre inmediatamente.

Lo hizo así. Su relación había de desenvolverse en esta base. Por muy amables que Clive y su mujer fueran con él, siempre sentía que estaban al otro lado del teléfono. Después de la comida, eligió su regalo de bodas. Su impulso era hacer un regalo rumboso, pero puesto que era sólo el octavo de la lista de los amigos de los novios, parecería fuera de lugar. Mientras pagaba tres guineas, se contempló en el cristal de detrás del mostrador. Qué sólido ciudadano parecía: joven, tranquilo, digno, próspero sin vulgaridad. En personas como él confiaba Inglaterra. ¿Podía concebirse que el domingo anterior hubiese estado a punto de asaltar a un muchacho?

XXXI

CUANDO ACABÓ LA PRIMAVERA, decidió consultar a un médico. La decisión —era lo más ajeno a su temperamento— se la impuso una espantosa experiencia que tuvo en el tren. Había estado cavilando con aire desventurado, y su expresión despertó las sospechas y las esperanzas del único pasajero que compartía con él el departamento. Este individuo, grueso y de rostro grasiento, le hizo un gesto lascivo, y, desprevenido, Maurice respondió. Inmediatamente, ambos se levantaron. El otro sonrió, y entonces Maurice lo derribó de un puñetazo. Esto fue muy duro para el individuo, que era más viejo y que comenzó a sangrar por la nariz, manchando el asiento, y sobre todo porque le asediaba el miedo y la idea de que Maurice tocase la alarma. Balbució disculpas, ofreció dinero. Maurice permaneció en pie mirándole, con el rostro ensombrecido, y se vio a sí mismo en aquel viejo repugnante e indigno.

Detestaba la idea de acudir a un médico, pero había fracasado en su intento de eliminar la lujuria por sí solo. Tan cruda como en su niñez, era mucho más fuerte, y bramaba en su alma vacía. Podía «apartarse de los jóvenes», como había resuelto ingenuamente, pero no podía apartarse de sus imágenes, y éstas le hacían pecar constantemente en su corazón. Cualquier castigo era preferible, porque él suponía que un médico le castigaría. Podía seguir cualquier tipo de tratamiento si había posibilidad de cura, y aunque no la hubiese, se mantendría ocupado y tendría pocos instantes para cavilar.

¿A quién consultar? El joven Jowitt era el único médico a quien conocía bien, y el día siguiente del incidente del ferrocarril se las arregló para decir con un tono casual: «Oye, en tus visitas, ¿no te has topado nunca con individuos del tipo Oscar Wilde?» Pero Jowitt replicó: «No, eso es cosa de siquiátrico, gracias a Dios», lo que fue desalentador, y quizá sería mejor consultar a alguien a quien no hubiese visto nunca. Pensó en especialistas, pero no sabía si existía alguno de su mal, ni si podía tener confianza en su discreción. Sobre todas las cuestiones podía obtener información, pero sobre esto que le afectaba tan directamente, la civilización guardaba silencio.

Al final se atrevió a visitar al doctor Barry. Sabía que sería un mal trago, pero el viejo, aunque fanfarrón y fastidioso, era totalmente digno de confianza, y se hallaba mejor dispuesto hacia él desde sus deferencias con Dickie. No eran en modo alguno amigos, lo cual hacía más fáciles las cosas, y Maurice iba tan pocas veces a su casa que poco importaba si tenía que dejar de hacerlo para siempre.

Fue allí un frío atardecer de mayo. La primavera se había convertido en una burla, y un triste verano se anunciaba. Hacía exactamente tres años del día que fue allí bajo un cielo embalsamado, a recibir su lección sobre Cambridge, y su corazón latía agitado, recordando lo severo que había sido entonces el anciano. Lo encontró de buen humor, jugando al bridge con su mujer y su hija, y deseoso de que Maurice se incorporase a la partida.

—Lo siento, pero no puedo; tengo que hablar con usted —dijo, con una emoción tan intensa que tuvo la sensación de que no lograría dar con las palabras precisas.

—Bien, anda, habla.

—Quiero hablarle como médico.

—Pero por Dios, hombre, me he retirado de la práctica hace ya seis años. Vete a ver a Jericho o a Jowitt. Siéntate, Maurice. Qué alegría verte por aquí; ya pensábamos que te habías muerto. Polly, whisky para esta flor marchita.

Maurice permaneció de pie, y después se volvió de un modo tan extraño que el doctor Barry le siguió al vestíbulo y dijo:

—¿Qué pasa, Maurice? ¿De verdad puedo ayudarte en algo?

—¡Ojalá que pueda!

—Ni siquiera tengo consultorio.

—Es una enfermedad demasiado íntima para Jowitt... Preferí venir a usted... Es usted el único médico a quien me atrevo a contárselo. En una ocasión le dije que esperaba aprender a hablar claro. Es acerca de eso.

—Un problema secreto, ¿eh? Bien, adelante.

Entraron en el comedor, donde había aún restos de la merienda. La Venus de Médicis, en bronce, descansaba en la repisa de la chimenea; de las paredes colgaban reproducciones de Greuze. Maurice intentó hablar y no lo logró, se sirvió un poco de agua, fracasó de nuevo, y rompió en sollozos.

—Ten calma —dijo el viejo compasivamente—. Y recuerda que, por supuesto, esto es profesional. Nada de lo que digas llegará a oídos de tu madre.

La fealdad de la entrevista le abrumaba. Era como estar de nuevo en el tren. Lamentaba el horror en que se había metido, pues se había jurado no hablar de aquello con nadie más que con Clive. Incapaz de decir las palabras justas, murmuró:

—Se trata de las mujeres...

El doctor Barry llegó a una conclusión; realmente había llegado a ella desde que hablaron en el vestíbulo. También él había tenido un pequeño problema en su juventud y esto le hacía ver el asunto con simpatía.

—Eso lo arreglaremos en seguida —dijo.

Maurice detuvo sus lágrimas, no sin que se derramaran algunas, y sintió el resto amontonarse en una dolorosa ola en su cerebro.

—Oh, ayúdeme, por amor de Dios —dijo, y se hundió en un sillón, dejando caer los brazos—; estoy al borde del desastre.

—¡Ay, las mujeres! Qué bien me acuerdo de aquel día en que recitaste en el escenario del colegio... Fue el año en que murió mi pobre hermano... Tú mirabas con la boca abierta a la mujer de un profesor... Cuánto tiene uno que aprender y qué dura escuela es la vida, recuerdo que pensaba. Sólo las mujeres pueden enseñarnos, y hay mujeres buenas y mujeres malas. ¡Querido, querido! —carraspeó—. Bueno, muchacho, no tengas miedo de mí. No tienes más que decirme la verdad, y te pondré bien. ¿Cuándo cogiste esa maldita cosa? ¿En la universidad?

Maurice no comprendió. Después su frente se ensombreció.

—No es nada tan sucio como eso —dijo abruptamente—. A mi cochina manera me he mantenido limpio.

El doctor Barry pareció ofendido. Cerró la puerta, diciendo con cierto desdén:

—Impotente, ¿eh? Echemos un vistazo.

Maurice se desvistió, arrojando sus ropas con rabia. Había sido insultado lo mismo que él había insultado a Ada.

—Estás perfectamente —fue el veredicto.

—¿Qué quiere decir con eso?

—Lo que digo. Que eres un hombre normal. No hay nada de que preocuparse.

Se sentó junto al fuego, y aunque estaba embotado para las impresiones, el doctor Barry advirtió su pose. No era estética, aunque podía haberse considerado soberbia. Estaba sentado en la posición usual, y su cuerpo y su rostro parecían contemplar las llamas con una firmeza indomable. No iba a rendirse; había algo en él que daba esta impresión. Podía ser torpe y lento, pero si comprendía una vez lo que quería, se mantendría firme aunque se hundieran cielo y tierra.

—Estás perfectamente —repitió el otro—. Puedes casarte mañana, si quieres, y si quieres hacer caso del consejo de un anciano, cásate. Vístete ya, aquí hay corriente. ¿Quién te metió todo eso en la cabeza?

—Así que ni siquiera lo ha sospechado nunca —dijo, con

135

un tono de burla en su terror—. Soy un sujeto indigno, del tipo de Oscar Wilde.

Sus ojos se cerraron, y, llevándose a ellos los puños cerrados, se sentó inmóvil, tras haber apelado al César.

Al fin su juicio llegó. Maurice apenas podía creer lo que oía. Era:

—¡Bobadas, bobadas!

Él había esperado muchas cosas, pero no esto, porque si sus palabras eran bobadas, su vida era un sueño.

—Doctor Barry, quizá no le haya explicado...

—Ahora escúchame, Maurice, no dejes nunca que esas alucinaciones malignas, esas tentaciones del diablo, te asalten otra vez.

Aquella voz se le imponía, ¿no estaba hablando la Ciencia?

—¿Quién te metió ese cuento en la cabeza? ¡A ti, a quien conozco de siempre, y sé que eres un muchacho decente! No vuelvas a hablar de eso. No... No quiero hablar de ese asunto. No hablaré. Lo peor que podría hacer sería discutirlo.

—Yo quiero un consejo —dijo Maurice, luchando contra aquella actitud imperativa—. Para mí no es una bobada, sino mi vida.

—Bobadas —volvió a oír en tono autoritario.

—He sido así desde que puedo recordar, sin saber por qué. ¿De qué se trata? ¿Estoy enfermo? Si lo estoy, quiero curarme, no puedo soportar más la soledad; los últimos seis meses, sobre todo, han sido espantosos. Haré cualquier cosa que me diga. Eso es todo. Debe usted ayudarme.

Se dejó caer de nuevo en su posición original, contemplando el fuego con cuerpo y alma.

—¡Vamos, vístete!

—Lo siento —murmuró, y obedeció.

Después el doctor Barry abrió la puerta y dijo:

—¡Polly! ¡Whisky!

La consulta había terminado.

XXXII

EL DOCTOR BARRY le había dado el mejor consejo que era capaz de darle. No había leído ninguna obra científica sobre el problema de Maurice. No existía ninguna cuando él andaba por los hospitales, y las publicadas después eran en alemán, y por tanto sospechosas. Contrario al asunto por temperamento, se sumaba muy gustosamente al veredicto de la sociedad; es decir, su veredicto era teológico. Sostenía que sólo los más depravados podían mirar hacia Sodoma, y así, cuando una persona de buenos antecedentes y físico correcto confesaba tal tendencia, «¡bobadas, bobadas!», era su respuesta natural. Era totalmente sincero. Creía que Maurice había oído alguna observación por casualidad sobre el asunto, que había generado en él pensamientos morbosos, y que el silencio displicente de un médico sería el mejor modo de disiparlos inmediatamente.

Y Maurice no dejó de sentirse afectado por aquello. El doctor Barry era una persona importante en su casa. Había salvado por dos veces a Kitty y había atendido al señor Hall durante su postrera enfermedad, y era al tiempo honesto e independiente y nunca decía lo que no sentía. Había sido su máxima autoridad durante casi veinte años; raras veces apeló a ella, pero sabía que existía y que su juicio era justo, y ahora que sentenciaba «bobadas», Maurice se preguntaba si no podrían ser en verdad bobadas, aunque cada fibra de su ser protestaba. La mentalidad del doctor Barry le resultaba odiosa. El tolerar la prostitución le parecía inconcebible. Sin embargo, lo respetaba y se sentía también inclinado hacia otro argumento contra el destino.

Era el que más influía en él por una razón que no podía explicarle al doctor. Clive se había vuelto hacia las mujeres poco después de cumplir los veinticuatro años. El propio Maurice cumpliría veinticuatro en agosto. Era posible que también a él le sucediera lo mismo... Y además, ahora que lo pensaba, pocos hombres se casan antes de los veinticuatro. Maurice tenía la incapacidad inglesa para concebir la variedad. Sus problemas le habían enseñado que los demás estaban vivos, pero aún no que eran diferentes, e intentaba considerar la evolución de Clive como un precedente de la suya propia.

Sería estupendo sin duda casarse, y ser un miembro más de la sociedad dentro de la ley. El doctor Barry, al encontrarle otro día, le dijo: «Maurice, consigue la chica adecuada. Entonces acabarán los problemas.» Vino a su mente Gladys Olcott. Por supuesto, él no era ya un bisoño estudiante. Había sufrido y se había analizado a sí mismo, y sabía que era anormal. Pero, ¿sin remisión? ¿Y si encontraba a una mujer con la que en las demás cosas congeniase? Él quería tener hijos. Era capaz de procrear, el doctor Barry se lo había dicho. ¿Era después de todo imposible el matrimonio? La cuestión estaba en el aire en casa, debido a Ada, y su madre sugería a menudo que él debía encontrar una pareja para Kitty y Kitty una compañera para él. Sin embargo, el despego de la señora Hall era sorprendente. Las palabras «matrimonio», «amor», «una familia», habían perdido todo sentido para ella durante su viudez. Una entrada para un concierto, enviada por la señorita Tonks a Kitty, abrió nuevas salidas. Kitty no podía utilizarla, y se la ofreció a los demás. Maurice dijo que le gustaría ir. Ella le recordó que era su noche de club, pero él dijo que prescindiría de eso. Acudió, y dio la casualidad de que interpretaban la sinfonía de Chaikovski, que Clive le había enseñado a apreciar. Gozó de los agudos y los quiebros y las suavidades de la melodía —la música no significaba más que esto para él—, y ello le provocó un cálido sentimiento de gratitud hacia la señorita Tonks. Por desgracia, después del concierto se encontró con Risley.

—Sinfonía sodomítica —dijo Risley alegremente.

—Sinfonía patética —corrigió, sin comprender.

—Sinfonía incestuosa y sodomítica. —E informó a su joven amigo que Chaikovski se había enamorado de su propio sobrino, y le había dedicado su obra maestra—. Vine a ver a todo el rebaño respetable de Londres. ¡No es *soberbio*!

—Extrañas cosas sabes tú —dijo Maurice, mohíno.

Resultaba curioso que cuando hallaba un confidente, no lo deseaba. Pero se procuró en seguida una biografía de Chaikovski en la biblioteca. El episodio del matrimonio del compositor significa poco para un lector normal, que asume vagamente la incompatibilidad, pero conmovió a Maurice. Se dio cuenta de lo que significaba el desastre, y lo cerca que el doctor Barry le había colocado de él. Al continuar leyendo, trabó conocimiento con «Bob», el maravilloso sobrino al que Chaikovski se volvió después del desastre, y gracias al cual se produjo su resurrección espiritual y artística. El libro aventó el polvo amontonado, y Maurice lo respetó como la única obra literaria que le había ayudado. Pero sólo le ayudó a retroceder. Volvía a estar de nuevo en la misma posición en que estaba en el tren, sin haber ganado nada, salvo la creencia de que los médicos eran idiotas.

Ahora todas las vías parecían bloqueadas, y en su desesperación volvió a las prácticas que había abandonado de muchacho y halló que le traían un degradado género de paz, que silenciaban la urgencia física en la que todas sus sensaciones estaban embotadas, y le permitían hacer su trabajo. Él era un hombre corriente, y podría haber salido victorioso de una lucha corriente, pero la naturaleza le había enfrentado a lo extraordinario, que sólo los santos pueden superar sin ayuda, y comenzaba a perder terreno. Poco antes de su visita a Penge, alboreó una nueva esperanza, vaga y desagradable. Era el hipnotismo. El señor Cornwallis, le había dicho Risley, había sido hipnotizado. Un médico le había dicho: «¡Vamos, vamos, tú no eres ningún eunuco!» Y, ¡sorpresa!, había dejado de serlo. Maurice se procuró la dirección de aquel médico, pero no suponía que pudiese obtener gran cosa de aquello; una entrevista con la ciencia le parecía bastante, y siempre tenía la sensación de que Risley sabía demasiado; el tono de su voz cuando le dio la dirección era amistoso, pero ligeramente socarrón.

XXXIII

Ahora que Clive Durham se sentía a salvo de cualquier intimidad, se proponía ayudar a su amigo, que suponía habría pasado una época bastante dura desde que se separaron en el saloncito de su casa. Su correspondencia había cesado hacía varios meses. La última carta de Maurice, escrita después de Birmingham, anunciaba que no se suicidaría. Clive nunca llegó a suponer que lo hiciera, y se alegró al ver concluido el melodrama. Cuando hablaron por teléfono, oyó la voz de un hombre al que podría respetar al otro extremo del hilo, un camarada que parecía desear dar lo pasado por pasado y ver la pasión como amistad. No había naturalidad fingida; el pobre Maurice parecía avergonzado, un poco irritado aún, exactamente la condición que Clive juzgaba natural, y por ello creía que podía mejorar.

Ansiaba hacer cuanto en su mano estuviera. Aunque la esencia del pasado se le escapaba, recordaba sus proporciones, y reconocía que Maurice le había sacado una vez del esteticismo al sol y al viento del amor. Si no hubiese sido por Maurice nunca habría evolucionado hasta hacerse digno de Anne. Su amigo le había ayudado durante tres años baldíos, y sería un ingrato si no le ayudaba a su vez. A Clive no le gustaba la gratitud. Prefería que la ayuda fuese por pura amistad. Pero tenía que usar el único instrumento que poseía, y si todo iba bien, si Maurice se mantenía sereno, si permanecía al otro lado del teléfono, si era correcto con Anne, si no era desagradable, o demasiado serio o demasiado áspero, entonces podían ser amigos de nuevo, aunque por una vía diferente y de una forma diferente. Maurice poseía admirables cualidades, él lo sabía, y llegaría de nuevo el momento en que también lo creería.

Tales pensamientos asaltaban a Clive raras veces y muy débilmente. El centro de su vida era Anne. ¿Congeniaría Anne con su madre? ¿Le gustaría Penge a Anne, que había sido educada en Sussex, cerca del mar? ¿No lamentaría la falta de funciones religiosas allí? ¿Y la presencia de la política? Embrutecido por el amor, entregaba a ella su cuerpo y su alma, derramaba a sus pies todo lo que su primera pasión le había enseñado, y sólo con un esfuerzo podía recordar por quién había sentido aquella pasión.

En los primeros albores de su noviazgo, cuando ella constituía todo el mundo para él, incluida la Acrópolis, pensó en confesarle lo de Maurice. Ella le había confesado a él un pecadillo, pero la lealtad a su amigo se lo impidió. Y se alegraba ahora de ello, pues aunque Anne fuese inmortal, no era Palas Atenea, y había muchos puntos que él no podía tocar. Su propia unión se convirtió en el principal de éstos. Cuando llegó a la habitación de ella después de la boda, ella no sabía lo que él quería. Pese a una esmerada educación, nadie le había hablado del sexo. Clive fue tan considerado como pudo, pero la asustó terriblemente, y quedó con la sensación de que le odiaba. No era así. Ella le recibió de buena gana las noches siguientes. Pero siempre sin hablar una palabra. Se unían en un mundo que no guardaba ninguna relación con lo cotidiano, y este secreto arrastró tras sí gran parte de sus vidas. Y aquello no podía mencionarse. Él jamás la vio desnuda, ni ella a él. Ignoraban el proceso reproductivo y las funciones digestivas. Así que nunca se planteó la cuestión de aquel episodio anterior a su madurez.

No era mencionable. No se interponía entre ellos. Ella se alzaba entre él y aquello y, en su interior, él estaba contento, pues aunque no desgraciado, había sido un episodio un tanto sensiblero y merecía el olvido.

El secreto se ajustaba a él, al menos lo adoptó sin pesar. Nunca había deseado llamar a las cosas por su nombre, y aunque valoraba el cuerpo, el acto sexual en concreto le parecía falto de imaginación y propio de la oscuridad de la noche. Entre hombres era algo inexcusable; entre mujer y hombre debía practicarse, puesto que la naturaleza y la sociedad lo aprobaban, pero jamás hablar de ello ni cacarearlo. Su ideal de matrimonio era equilibrado y grácil, como todos sus ideales, y encontraba en Anne una compañera adecuada, refinada también, y que admiraba el refinamiento en los demás. Se amaban tiernamente entre sí. Bellas convenciones los recibían, mientras al otro lado de la barrera erraba Maurice, con las malas palabras en sus labios, y los malos deseos en su corazón, abrazando el aire.

XXXIV

EN AGOSTO, Maurice se tomó unas vacaciones de una semana y acudió a Penge de acuerdo con la invitación, tres días antes del partido de críquet. Llegó con un humor extraño y amargo.

Había estado pensando en el hipnotizador de Risley, y cada vez se sentía más inclinado a consultarle. Aquello era un fastidio. Por ejemplo, mientras cruzaba en coche el parque, vio a un guardabosque que retozaba con dos de las criadas y sintió una punzada de envidia. Las muchachas eran condenadamente feas, al contrario que el hombre: esto empeoraba aún las cosas, y él miró fijamente al trío, sintiéndose cruel y respetable; las muchachas desaparecieron entre risas, el hombre le devolvió la mirada furtivamente y después juzgó más seguro llevarse la mano a la gorra; él había acabado con aquel jugueteo. Pero ellos volverían a reunirse cuando él se fuera, y por todo el mundo habría muchachas que se unirían a los hombres, para besarlos y para ser besadas. ¿No sería mejor variar su personalidad y unirse a la fila? Decidiría después de aquella visita, pues, contra toda esperanza, aún esperaba algo de Clive.

—Clive está fuera —dijo la joven anfitriona—. Me dijo que le diera la bienvenida, y que regresaría para cenar. Archie London quiere verle, pero no creo que usted quiera verle a él.

Maurice sonrió y aceptó un té. El salón tenía el aire de siempre. Había en él grupos de personas que parecían estar arreglando algo, y aunque la madre de Clive no presidía ya, aún continuaba residiendo allí, hasta que se acondicionara la otra casa. La sensación de decadencia había aumentado. A través de la lluvia había advertido los pilares de la verja ladeados, los árboles sin podar, y dentro, algunos luminosos regalos de boda que parecían remiendos en un traje raído. La señorita Woods no había traído dinero a Penge. Era encantadora y distinguida, pero pertenecía a la misma clase social que los Durham, e Inglaterra se sentía cada año menos inclinada a rendirles pleitesía.

—Clive está reclutando partidarios —continuó—. Va a haber una elección parcial en el otoño. Él tiene que convencerlos a ellos de que le convenzan para presentarse a la elección —tenía la habilidad aristocrática de anticiparse a la crítica—. Pero hablando en serio, será algo maravilloso para los pobres que él resulte elegido. Es el amigo más auténtico que tienen, ojalá se den cuenta.

Maurice asintió. Se sentía dispuesto a hablar de problemas sociales.

—Ellos quieren progresar algo —dijo.

—Sí, ellos necesitan un dirigente —dijo una voz dulce, pero distinguida—, y mientras no encuentren uno sufrirán.

Anne presentó al nuevo rector, el señor Borenius. Ella misma le había importado. Clive no se preocupaba mucho del nombramiento, con tal de que el individuo fuese un caballero y se consagrase al pueblo. El señor Borenius satisfacía ambas condiciones. Y como pertenecía a la High Church, podía significar un equilibrio frente al saliente, que pertenecía a la Low Church.

—Oh señor Borenius, qué interesante! —exclamó la señora desde el otro lado del salón—. Pero supongo que en su opinión todos queremos un dirigente. Estoy completamente de acuerdo. —Ella lanzó miradas a un lado y a otro.

—Todos ustedes quieren un dirigente, repito —y los ojos del señor Borenius siguieron a los suyos, quizá buscando algo que no encontró, pues pronto se fue.

—No tiene nada que hacer en la rectoría —dijo Anne, pensativa—, pero siempre se porta así. Viene a quejarse a Clive por la vivienda, y no quiere quedarse a cenar. Es tan sensible, ¿sabe usted? Le preocupan los pobres.

—Yo también he tenido relación con los pobres —dijo Maurice, tomando un trozo de pastel—, pero no puedo preocuparme por ellos. Uno debe echar una mano en pro de la tranquilidad del país de un modo general, eso es todo. Ellos no tienen nuestros sentimientos. No sufren lo que nosotros sufriríamos si estuviéramos en su lugar.

Anne parecía desaprobar aquello, pero tuvo la sensación de que había confiado sus cien libras al agente de bolsa indicado.

—Los botones y una escuela parroquial de un barrio pobre es todo lo que conozco. Pero de todos modos he aprendido algo. Los pobres no quieren que les compadezcan. Sólo me estiman cuando me pongo los guantes y boxeo con ellos.

—Oh, ¿les enseña a boxear?

—Sí, y a jugar al fútbol... Son unos condenados deportistas.

—Supongo que sí. El señor Borenius dice que lo que quieren es amor —dijo Anne tras una pausa.

—No dudo de que lo quieran, pero no lo conseguirán.

—¡Señor Hall!

Maurice se acarició el bigote y sonrió.

—Es usted horrible.

—No lo creo. Quizá lo parezca.

—¿Pero a usted le gusta ser horrible?

—Uno se acostumbra a todo —dijo él, girándose bruscamente, pues la puerta se había abierto tras ellos.

—Esto sí que es bueno; yo riño a Clive por su cinismo, pero usted le supera.

—Yo logro acostumbrarme a ser horrible, como dice usted, igual que los pobres se acostumbran a sus barrios. Es sólo cuestión de tiempo.

Estaba hablando con despreocupación; una mordaz despreocupación le había invadido desde su llegada. Clive no se había molestado en quedarse a recibirle. ¡Muy bien!

—Después de que uno da unos cuantos traspiés se acostumbra a su agujero particular. Todos ladran al principio como un rebaño de cachorros, ¡guau!, ¡guau! —Su inesperada imitación la hizo reír—. Al final te das cuenta de que todos están demasiado cansados para escucharte, y dejas de ladrar. Ésa es la realidad.

—Un punto de vista masculino —dijo ella moviendo la cabeza—. Nunca permito a Clive que lo mantenga. Yo creo en la fraternidad... En que cada uno ayude a llevar la carga del prójimo. Sin duda soy anticuada. ¿Es usted discípulo de Nietzsche?

—¡Pregúnteme otra cosa!

A Anne le gustaba aquel señor Hall, respecto al que Clive la había prevenido de que podría resultar antipático. Lo era en cierto modo, pero evidentemente tenía personalidad. Comprendía por qué su marido había encontrado en él un buen compañero de viaje en Italia.

—Dígame, ¿por qué no le gustan los pobres? —preguntó súbitamente ella.

—No me desagradan. Sólo que no pienso en ellos, salvo que me vea obligado a hacerlo. Esos barrios miserables, el sindicalismo y todo lo demás, son una amenaza pública, y todos tenemos que hacer algo contra ellos. Pero no por amor. Su señor Borenius no quiere afrontar los hechos.

Ella quedó en silencio; después le preguntó qué edad tenía.

—Cumplo veinticuatro mañana.

—Vaya, es usted muy duro para su edad.

—Hace un momento decía usted que era horrible. ¡No me está tratando muy bien, señora Durham!

—De cualquier modo, es usted rígido, lo que es peor aún.

Ella advirtió que fruncía las cejas, y, temiendo haber sido impertinente, llevó la conversación hacia Clive. Ella había esperado que Clive estuviera ya de vuelta, según dijo, y era una lástima, porque al día siguiente Clive no tendría más remedio que estar fuera de nuevo. El agente, que conocía el distrito, estaba mostrándoselo. El señor Hall debía disculparles, y tenía que ayudarles en el partido de críquet.

—La verdad es que depende de otros planes... Quizá tenga que...

Ella le miró a la cara con una súbita curiosidad; después dijo:

—¿No le gustaría ver su habitación?... Archie, lleva al señor Hall a la habitación roja.

—Gracias. ¿Hay aquí oficina de correos?

—Esta noche está cerrada, pero puede poner un telegrama. El telegrama puede esperar... ¿O no debería meterme en eso?

—Debo poner un telegrama... Aunque no estoy completamente seguro. Muchas gracias.

Después siguió al señor London a la habitación roja, pensando: «Clive debería haber... En honor del pasado, debería haber estado aquí para recibirme. Tenía que haberse hecho cargo de lo deprimido que me sentiría.» No es que desease estar con Clive, pero aún podía sufrir por su causa. La lluvia caía de un cielo plomizo sobre el parque, el bosque estaba silencioso. Al oscurecer, entró en un nuevo círculo de torturas.

Permaneció en la habitación hasta la hora de cenar, luchando con fantasmas que había amado. Si aquel nuevo médico podía alterar su ser, ¿no tenía el deber de ir, aunque su cuerpo y su alma quedasen violados? Siendo el mundo tal cual es, uno debe casarse o perecer. Aún no estaba totalmente libre de Clive, y jamás lo estaría hasta que algo más importante interviniese.

—¿Ha regresado el señor Durham? —preguntó, cuando la sirvienta trajo agua caliente.

—Sí, señor.

—¿Acaba de llegar ahora?

—No. Hace una media hora, señor.

Ella corrió las cortinas y ocultó la vista, pero no el sonido de la lluvia. Mientras tanto, Maurice redactó un telegrama. «Lasker Jones, 6 Wigmore Place, W.» Y el texto: «Resérveme hora para el jueves. Hall. Sr. Durham, Penge, Wiltshire.»

—Sí, señor.

—Muchas gracias —dijo con deferencia, e hizo una mueca en cuanto quedó solo.

Había ahora una completa ruptura entre sus acciones públicas y privadas. En el salón saludó a Clive sin un temblor. Se estrecharon las manos cálidamente, y Clive le dijo: «Pareces totalmente asentado. ¿Sabes a quién vas a conocer?», y le presentó a una muchacha. Clive se había convertido en un perfecto señor rural. Todos sus agravios contra la sociedad se habían desvanecido desde su matrimonio. Estando de acuerdo políticamente, tenían muchas cosas de que hablar.

Por su parte, Clive se sentía complacido con su huésped. Anne lo había descrito como «brusco, pero encantador», una condición satisfactoria. Había una tosquedad esencial en él, pero esto no importaba ya: aquella horrible escena de Ada podía olvidarse. Maurice también se llevaba bien con Archie London, cosa importante, pues Archie aburría a Anne y era un tanto torpe. Clive los emparejó para el tiempo de su estancia allí.

En el salón hablaron de política de nuevo, convencidos todos de que los radicales no eran de fiar y de que los socialistas eran unos dementes. La lluvia caía afuera con una monotonía que nada podía alterar. En las pausas de la conversación, su murmullo penetraba en la habitación, y hacia el final de la velada se oyó un «tap, tap» en la tapa del piano.

—Otra vez el fantasma de la familia —dijo la señora Durham con una luminosa sonrisa.

—Hay un delicioso agujero en el techo —gritó Anne—. Clive, ¿no podemos dejarlo?

—Tendremos que hacerlo —subrayó él, tocando la campanilla—. Pero de todos modos hemos de quitar de ahí el piano. No soportará mucho más.

—¿Y qué tal un platito? —dijo el señor London—. Clive, ¿qué tal un platito? En el club una vez caló la lluvia. Yo toqué el timbre y el criado trajo un platito.

—Yo toco la campanilla y el criado no trae nada —dijo Clive, repiqueteando de nuevo—. Sí, colocaremos un platito,

Archie, pero debemos correr el piano también. Esa goterita que tanto le agrada a Anne puede crecer durante la noche. Sólo hay un techo de mediagua sobre esta parte de la habitación.

—¡Pobre Penge! —dijo su madre.

Todos se habían puesto de pie, y miraban la gotera. Anne comenzó a colocar papel secante sobre el piano. La velada había terminado, y todos estaban muy contentos de hacer bromas con la lluvia, que les había enviado aquella prueba de su presencia.

—Traiga una palangana, por favor —dijo Clive, cuando llegó el criado—, y un plumero, por favor, y dígale a alguno de los hombres que le ayude a mover el piano y enrollen la alfombra. La lluvia ha calado otra vez.

—Tenemos que llamar dos veces, dos veces —subrayó su madre.

—*Le délai s'explique* —añadió luego, pues cuando la doncella volvió, lo hizo con el guarda, además del criado—. *C'est toujours comme ça quand...* tenemos nuestros pequeños idilios en la zona de servicio también, ¿saben?

—Y ustedes, ¿qué quieren hacer mañana? —dijo Clive a sus huéspedes—. Yo debo proseguir con mi campaña. No resulta fácil. Es más pesado de lo que se imaginan. ¿No les gustaría salir a pegar unos tiros?

—Muy bien —dijeron Maurice y Archie.

—Scudder, ¿ha oído usted?

—*Le bonhomme est distrait* —dijo su madre.

El piano había arrugado la alfombra, y los criados, no queriendo alzar la voz ante los señores, entendían mal las órdenes que se daban entre sí, y murmuraban, «¿qué?»

—Scudder, los señores irán de caza mañana. Esté preparado sobre las diez. ¿Nos retiramos ya?

—Irse temprano a la cama es una regla aquí, como usted sabe, señor Hall —dijo Anne.

Después deseó buenas noches a los tres criados y encabezó el cortejo escaleras arriba. Maurice se quedó a elegir un libro. ¿Podría servirle la *Historia del racionalismo* de Lecky? La lluvia repiqueteaba en la palangana, los hombres enrollaban la alfombra, y, arrodillados, parecían celebrar algún rito fúnebre.

—Maldición. ¿No habrá nada, nada?

—...schsss, chssss, no está hablando con nosotros —dijo el ayuda de cámara al guarda.

Escogió a Lecky, pero no fue capaz de leerlo, y después de cinco minutos lo dejó a un lado y se puso a cavilar sobre el telegrama. En la frialdad de Penge, su propósito se hacía más firme. La vida había resultado un callejón sin salida con un montón de estiércol al fondo, y debía volver atrás y comenzar de nuevo. Uno puede transformarse por completo, afirmaba Risley, si prescinde del pasado. Adiós belleza y ternura. Acababan en estiércol y debían abandonarse. Corriendo las cortinas, lanzó una profunda mirada a la lluvia, y suspiró, y se golpeó el rostro, y se mordió los labios.

XXXV

EL DÍA SIGUIENTE fue aún más triste, y lo único que podía decir en su favor era que había tenido la irrealidad de una pesadilla. Archie London parloteaba, la lluvia repiqueteaba, y en el sagrado nombre del deporte corrieron tras los conejos por las tierras de Penge. A veces acertaban a los conejos, a veces no, a veces probaban con el hurón y la red. Los conejos debían ser mantenidos a raya, y quizá por este motivo se les había impuesto aquella diversión: había en Clive siempre una vena calculadora. Volvieron a comer, y Maurice tuvo un estremecimiento. Había llegado un telegrama para él, del señor Lasker Jones, dándole hora para el día siguiente. Pero aquel estremecimiento pasó pronto. Archie pensó que era mejor seguir tras los conejos, y él estaba demasiado deprimido para rehusar. La lluvia había amainado, aunque por otra parte la niebla era más espesa, el barro más abundante, y hacia la hora del té perdieron un hurón. El guarda probó que era culpa de ellos, Archie sabía más y se lo explicó a Maurice en el saloncito con la ayuda de un croquis. La cena se sirvió a las ocho, y a esa hora llegaron los políticos, y después de la cena el techo del salón goteó en platitos y palanganas. Después, en la habitación roja, la misma lluvia, la misma desesperación, y el hecho de que ahora Clive, sentado en su cama, le hablase confidencialmente no hacía en absoluto las cosas diferentes. La charla podía haberle conmovido si se hubiese producido antes, pero le había afectado tanto la falta de hospitalidad, había sido aquél un día tan estúpido y desolado, que ya no podía responder al pasado. Todos sus pensamientos iban tras el señor Lasker Jones; deseaba estar solo para redactar una declaración escrita sobre su caso.

Clive percibió que la visita había sido un fracaso, pero, como él repetía, «la política no puede esperar, y ha dado la casualidad de que has coincidido con el momento de las apreturas». Se sentía mal también por haber olvidado que aquél era el día de cumpleaños de Maurice… y era preciso que su huésped les ayudase en el partido. Maurice dijo que lo sentía muchísimo, pero que ya no podía pues tenía aquel urgente e inesperado compromiso en la ciudad.

—¿No puedes volver después de cumplir con él? Somos unos anfitriones espantosos, pero es un placer tenerte con nosotros. Considera la casa como un hotel… Haz tú lo tuyo y nosotros haremos lo nuestro.

—El caso es que estoy preparando mi matrimonio —dijo Maurice. Las palabras huían de él como si tuviesen vida independiente.

—Me alegro muchísimo —dijo Clive, bajando los ojos—. Maurice, me alegro muchísimo. Es la mejor noticia del mundo, quizá la única…

«Ya, ya.» Se estaba preguntando por qué había hablado. Su frase se perdía en la lluvia; él era siempre consciente de la lluvia y de los tejados en decadencia de Penge.

—No te molestaré con mi charla, pero sólo quiero decirte que Anne se lo imaginó. Las mujeres son extraordinarias. Ella dijo desde el primer momento que tenías algo en la manga. Y yo me reí, pero ahora no tengo más remedio que darle la razón —alzó la vista—. Oh, Maurice, cuánto me alegro. Te agradezco mucho que me lo digas… Es lo que siempre he deseado para ti.

—Ya lo sé.

Hubo un silencio. Aparecían de nuevo los antiguos gestos de Clive. Era generoso, amable.

—Es maravilloso, ¿verdad? Estoy tan contento… Me gustaría saber decirte algo. ¿Te importa si se lo digo sólo a Anne?

—No me importa nada. Díselo a todo el mundo —exclamó Maurice, con una brutalidad que pasó inadvertida—. A cuantos más, mejor. —Solicitaba la presión externa—. Si la muchacha que yo prefiero no quiere, hay otras.

Clive se sonrió un poco al oír esto, pero estaba demasiado alegre para ser escrupuloso. Estaba alegre en parte por Maurice, pero también porque aquel hecho afirmaba su propia posición. Odiaba la anormalidad, Cambridge, la habitación azul; ciertos calveros del parque estaban... no viciados, pues nada indigno había sucedido, pero resultaban sutilmente ridículos. Hacía poco había encontrado un poema escrito durante la primera visita de Maurice a Penge, que debió brotar del mundo del otro lado del espejo, tan fatuo, tan perverso era. «Sombra de los viejos barcos helenos.» ¿Se había dirigido en aquellos términos al tosco estudiante? Y el conocimiento de que Maurice había prescindido también de tales sensiblerías lo purificaba todo, y también de él surgían las palabras como si tuvieran vida propia.

—He pensado en ti más veces de las que te imaginas, Maurice querido. Como te decía el otoño pasado, me interesas en un sentido auténtico, y siempre será así. Éramos jóvenes estúpidos, ¿verdad?... Pero se puede sacar fruto hasta de la estupidez. Evolución. No, más que eso, intimidad. Tú y yo nos conocemos y confiamos uno en otro precisamente porque sabemos lo idiotas que fuimos en un tiempo. El matrimonio no ha creado ninguna diferencia. Oh, esto es estupendo, creo que...

—¿Me das tu bendición, entonces?

—¡Cómo no iba a dártela!

—Gracias.

Los ojos de Clive se suavizaron. Quería hablar de algo más tierno que la evolución. ¿Se atrevería a acudir a un gesto del pasado?

—Piensa en mí todo el día de mañana —dijo Maurice—, y en cuanto a Anne... Debe pensar en mí también...

Una alusión tan graciosa le decidió a besar gentilmente a su camarada en su gran mano morena.

Maurice se estremeció.

—¿No te importa?

—¡Oh, no!

—Maurice querido, sólo quería mostrarte que no he olvidado el pasado. Completamente de acuerdo... No mencionemos el asunto más, pero quiero hacer esto aunque sólo sea una vez.

—Muy bien.

—¿No te alegra que acabe todo de modo tan perfecto?

—¿Cómo perfecto?

—Sí, no aquel lío del año pasado.

—Vaya contigo.

—En paz pues, me voy.

Maurice aplicó sus labios al puño almidonado de una camisa. Habiendo cumplido su propósito, se iba, dejando a Clive más amistoso que nunca, e insistiendo en que debería volver a Penge tan pronto como las circunstancias se lo permitieran. Clive habló hasta tarde, mientras el agua gorgoteaba sobre el dormitorio. Cuando se hubo ido, Maurice corrió las cortinas y cayó de rodillas, apoyando su barbilla en el antepecho de la ventana y dejando que las gotas de lluvia salpicaran su cabello.

«¡Ven!», gritó de pronto, asombrándose a sí mismo. ¿A quién había llamado? No pensaba en nada y la palabra había brotado de él. Apresuradamente se apartó del aire y de la oscuridad, y encerró de nuevo su cuerpo en la habitación roja. Y después escribió su confesión. Le llevó algún tiempo y, aunque estaba lejos de ser imaginativo, se acostó preocupado. Estaba convencido de que alguien miraba por encima de su hombro mientras escribía, de que no estaba solo, de que no había escrito personalmente aquello. Desde que había llegado a Penge, le parecía no ser Maurice, sino un lío de voces, y ahora casi podía oírlas discutiendo en su interior. Pero ninguna de aquellas voces pertenecía a Clive: aquello había quedado atrás.

XXXVI

ARCHIE LONDON también volvía a la ciudad, y al día siguiente, muy temprano, ambos estaban en el vestíbulo, esperando la berlina, mientras el hombre que le había guiado tras los conejos aguardaba fuera su propina.

—Puede irse al diablo —dijo Maurice, enojado—. Le ofrecí cinco chelines y no quiso tomarlos. ¡Qué descaro!

El señor London estaba escandalizado. ¿A dónde querían llegar los criados? ¿No iban a aceptar más que monedas de oro? Si así fuera, uno podría mandarlo todo al cuerno. Y comenzó a contar una pequeña historia sobre la niñera de su mujer. Pippa había tratado a aquella mujer más que como a una igual, pero ¿qué puede esperar uno de la gente que está educada a medias? Una educación a medias es peor que ninguna.

—Y tanto, y tanto —dijo Maurice, bostezando.

De todos modos, el señor London le preguntaba si en realidad nobleza obligaba.

—Oh, inténtelo si quiere.

Él extendió una mano hacia la lluvia.

—Hall, lo cogió sin problema, ¿sabe?

—¡Ah sí?, ¡el condenado! ¿Por qué no cogió lo mío? Supongo que usted le dio más.

Con vergüenza, el señor London confesó que así era. Había aumentado la cuantía de la propina por miedo al desaire. El tipo era el colmo, sin duda, pero a él no le parecía de buen gusto el que Hall se lo tomase en serio. Cuando los criados son groseros, uno debe sencillamente ignorarlos.

Pero Maurice se sentía enojado, cansado e inquieto por su cita en la ciudad, y consideraba el episodio parte de la atmósfera desagradable de Penge. Movido por un espíritu de venganza, salió a la puerta, y dijo de un modo familiar en él, pero alarmante:

—¡Hola! ¡Así que cinco chelines no son suficientes! ¡Así que usted sólo coge monedas de oro!

Fue interrumpido por Anne, que había venido a despedirles.

—Buena suerte —dijo a Maurice con una expresión muy dulce, haciendo después una pausa como invitándole a hacer confidencias. No llegó ninguna, pero ella añadió—: Me siento muy contenta de que usted no sea terrible.

—¿De verdad?

—A los hombres les gusta parecer terribles. Clive hace lo mismo. ¿No es verdad, Clive? Señor Hall, los hombres son unas criaturas divertidas —se llevó una mano al collar y sonrió—. Muy divertidas. Le deseo buena suerte. —Se sentía encantada con Maurice. Su situación y la forma que tenía de abordarla, le parecían muy masculinas—. De aquí a poco una mujer enamorada —explicó a Clive en el quicio de la puerta—, de aquí a poco una mujer enamorada sin duda... Deseo saber el nombre de la muchacha.

Adelantándose a los criados, el guarda llevó la maleta de Maurice a la berlina, evidentemente avergonzado. «Colóquela dentro», dijo Maurice fríamente. En medio de los adioses de Anne, Clive y la señora Durham, partieron, y London recomenzó la historia de la niñera de Pippa.

—¿Qué tal un poco de aire? —sugirió la víctima.

Abrió la ventana y miró el parque que la lluvia cubría. ¡Qué estupidez, tanta lluvia! ¿Qué falta hacía que lloviese tanto? ¡La indiferencia del universo hacia el hombre! Avanzando cuesta abajo hacia el bosque, la berlina se arrastraba a duras penas. Parecía imposible que lograsen llegar a la estación, o que las desgracias de Pippa cesasen.

No lejos de la casa del guarda había un pequeño y sucio repecho, y la carretera, siempre en malas condiciones, estaba bordeada de rosas silvestres que rozaban el coche. Brote tras brote fueron pasando, agobiadas por un año cruel: algunas estaban roídas, otras nunca florecerían; de cuando en cuando la belleza triunfaba, pero desesperadamente, vacilando en un mundo de sombras. Maurice fue mirándolas una tras otra, y aunque no le interesaban las flores, aquel fracaso le irritaba. No había ninguna perfecta. Unas estaban mutiladas, las siguientes llenas de orugas o de insectos. ¡La indiferencia de la naturaleza! ¡Y su incompetencia! Se inclinó fuera de la ventana para ver si ella podía salvar algo, y chocó con los luminosos ojos castaños de un joven.

—¡Dios mío, de nuevo ahí el guarda ese!

—No puede ser, no puede haber llegado hasta aquí. Le dejamos en la casa.

—Pudo si corrió.

—¿Y por qué tenía que correr?

—Es verdad, ¿por qué habría de hacerlo? —dijo Maurice; después alzó la cortinilla de atrás y miró hacia los rosales borrados ya por la neblina.

—¿Era él?

—No pude verlo.

Su compañero prosiguió inmediatamente su relato, y habló casi sin cesar hasta que se pararon en Waterloo.

En el taxi, Maurice volvió a leer su confesión, cuya franqueza le alarmó. Él, que no había podido confiar en Jowitt, estaba poniéndose en manos de un charlatán; pese a las seguridades de Risley, relacionaba el hipnotismo con las sesiones espiritistas y con el chantaje, y había refunfuñado a menudo al leer sobre él en el *Daily Telegraph*. ¿No sería mejor retirarse?

Pero la casa le pareció bien. Cuando se abrió la puerta, los pequeños Lasker Jones jugaban en las escaleras —eran unos niños encantadores, que le confundieron con «el tío Peter» y se colgaron de sus manos; y cuando fue introducido en la sala de espera y se puso a leer *Punch,* la sensación de normalidad se hizo más firme. Fue a su destino tranquilo. Él quería una mujer que le asegurase socialmente y aplacase su lujuria y le diese hijos. No pensaba en ningún momento que aquella mujer pudiese ser una verdadera alegría —en el peor de los casos, Dickie había sido esto—, pues durante la larga lucha había olvidado lo que era el Amor, y no buscaba la felicidad, sino el reposo.

El caballero le tranquilizó aún más, pues correspondía perfectamente a la idea de lo que, según él, debía ser un científico. Pálido y sin expresión, estaba sentado en una gran habitación sin ningún cuadro, ante un buró.

—¿Señor Hall? —dijo, y le ofreció una mano sin sangre. Su acento era ligeramente americano—. Bien, señor Hall, ¿cuál es el problema?

Maurice quedaba así al margen. Era como si se reunieran para discutir algo relativo a un tercero.

—Está todo aquí —dijo entregándole la confesión—. He consultado a un médico y él no podía hacer nada. No sé si usted puede.

Leyó la declaración.

—Espero no haberme equivocado viniendo a verle a usted...

—En modo alguno, señor Hall. El setenta y cinco por ciento de mis pacientes son de su tipo. ¿Es esta confesión reciente?

—La escribí la noche pasada.

—¿Y exacta?

—Bueno, nombres y lugares están un poco cambiados, naturalmente.

El señor Lasker Jones no parecía considerarlo natural. Le hizo varias preguntas acerca del señor «Cumberland», seudónimo que Maurice utilizaba para designar a Clive, y quiso saber si se habían unido alguna vez: en sus labios aquello resultaba curiosamente inofensivo. No manifestaba ni orgullo, ni repulsa, ni piedad: no prestó la menor atención a un súbito exabrupto de Maurice contra la sociedad. Y aunque Maurice pedía simpatía —no había recibido ni un ápice de ella durante un año—, se alegró de que no llegase, pues habría quebrantado sus designios.

Preguntó:

—¿Cuál es el nombre de mi mal? ¿Lo tiene?

—Homosexualidad congénita.

—¿Congénita hasta qué punto? Es decir, ¿puede hacerse algo?

—Oh, desde luego, si usted consiente.

—El hecho es que yo tengo algunos trasnochados prejuicios contra el hipnotismo.

—Temo que posiblemente pueda retener esos prejuicios después de intentarlo, señor Hall. No puedo prometerle una cura. Le hablé de mis otros pacientes (setenta y cinco por ciento), pero sólo en un cincuenta por ciento he tenido éxito.

Aquella confesión dio aún mayor confianza a Maurice. Ningún charlatán la hubiese hecho.

—Debemos intentarlo —dijo, sonriendo—. ¿Qué debo hacer?

—Simplemente quedarse donde está. Haré un experimento para ver hasta qué punto está enraizada la tendencia. Usted volverá (si lo desea) para un tratamiento regular después. Señor Hall, intentaré ponerle a usted en trance, y, si lo logro, le haré sugerencias que según espero subsistirán, y serán parte de su estado normal cuando despierte. No debe usted resistirse.

—Muy bien. Adelante.

Entonces, el señor Lasker Jones dejó su mesa y se sentó de un modo impersonal sobre el brazo del sillón de Maurice.

Maurice tuvo la sensación de que iban a sacarle una muela. Durante un rato no sucedió nada. Pero al poco, sus ojos captaron una mancha de luz sobre el atizador de la chimenea, y el resto de la habitación se hizo confuso. Podía ver cualquier cosa que mirase, pero poco más, y podía oír la voz del médico y la suya.

Era evidente que estaba cayendo en trance, y el hecho de lograrlo le producía un sentimiento de orgullo.

—No está usted totalmente dormido aún, me parece.

—No, no lo estoy.

Hizo unos pases más.

—¿Cómo se siente ahora?

—Estoy más cerca ya.

—¿Del todo?

Maurice asintió, pero no estaba seguro.

—Ahora que está usted totalmente hipnotizado, ¿qué le parece mi consultorio?

—Es una habitación muy agradable.

—¿No está demasiado oscura?

—Más bien oscura.

—¿Puede ver el cuadro? Dígame.

Maurice entonces vio un cuadro en la pared opuesta, aunque sabía que no había ninguno.

—Échele una ojeada, señor Hall. Venga más cerca. Tenga cuidado con la hendidura de la alfombra.

—¿Qué anchura tiene?

—Puede usted saltarla.

Maurice inmediatamente localizó una hendidura, y la saltó, pero no estaba convencido de que fuera necesario.

—Admirable... Ahora dígame de quién supone que es ese retrato, ¿de quién es?

—De quién es...

—Edna May.

—Señor Edna May.

—No, señor Hall; señorita Edna May.

—Es el señor Edna May.

—¿No es hermosa?

—Yo quiero irme a casa con mi madre.

Ambos se rieron ante esta observación. El doctor se inclinó.

—La señorita Edna May no sólo es hermosa, sino también atractiva.

—A mí no me atrae —dijo Maurice ásperamente.

—Oh, señor Hall, qué observación más poco galante. Mire su maravilloso cabello.

—A mí me gusta más el pelo corto.

—¿Por qué?

—Porque puedo acariciarlo... —Y comenzó a llorar. Se dirigió espontáneamente al sillón. Las lágrimas humedecían sus mejillas. Pero se sentía perfectamente, y comenzó a hablar de nuevo.

—Verá, tuve un sueño cuando usted me hizo levantar. Es mejor que se lo cuente. Creí ver un rostro y oír a alguien decir: «ése es tu amigo». ¿Está bien eso? A veces lo siento (no puedo explicarlo) como si caminase hacia mí a través del sueño, aunque nunca llega hasta donde yo estoy, ese sueño.

—¿Está cerca ahora?

—Muy cerca. ¿Es un mal signo?

—No, oh, no... Está usted abierto a la sugestión. Está usted abierto, le hice ver un cuadro en la pared...

Maurice asintió: lo había olvidado completamente. Hubo una pausa durante la cual pagó dos guineas, y quedó de acuerdo para una segunda visita. Decidieron que telefoneara la semana siguiente, y mientras el señor Lasker Jones quería que permaneciese donde estaba, en el campo, tranquilamente.

No dudaba de que Clive y Anne le darían la bienvenida, y su influencia le parecía adecuada. Penge era un emético. Le ayudaba a separarse de su vieja vida envenenada que le había parecido tan dulce, le curaba de la ternura y de la humanidad. Sí, volvería, dijo. Pondría un telegrama a sus amigos y cogería el tren de la tarde.

—Haga ejercicio con moderación, señor Hall. Un poco de tenis, o dése una vuelta con la escopeta.

Maurice dijo lentamente:

—En el fondo pienso que quizá no quiera ir.

—Pero ¿por qué?

—Bueno, me parece demasiado estúpido hacer un viaje tan largo dos veces al día.

—¿Preferiría entonces quedarse en su propia casa?

—Sí... No... No, muy bien, volveré a Penge.

XXXVII

A su vuelta, se encontró con que los jóvenes se iban por veinticuatro horas a causa de las elecciones. Se preocupaba ahora menos por Clive que Clive por él. Aquel beso le había desilusionado. Era un beso tan trivial y tan ñoño, y, ¡ay!, tan típico. Cuanto más difícil resulta algo, más valor se le da, ésta era la lección de Clive. No ya la mitad —en Cambridge Maurice se hubiese conformado con esto—, sino que ahora se le ofrecía un cuarto y se le decía que era mayor que la mitad. ¿Acaso suponía su amigo que él era de piedra?

Clive explicó que no lo habría preparado todo para irse si Maurice le hubiese dado esperanzas de retorno, y que volvería de todos modos para el partido. Anne murmuró: «¿Hubo buena suerte?» «Más o menos», contestó Maurice. Después de lo cual, ella le cubrió con su ala y se ofreció a invitar a su prometida a Penge. «Señor Hall, ¿es muy bonita? Estoy convencida de que tiene unos maravillosos ojos castaños.» Pero Clive la distrajo y Maurice se vio obligado a pasar una velada con la señora Durham y el señor Borenius.

Sentía una anormal inquietud. Recordaba aquella noche de Cambridge en que fue a la habitación de Risley. La lluvia había cesado durante su estancia en la ciudad. Quiso dar un paseo al atardecer y contemplar la puesta de sol y oír el gotear de los árboles. Espectrales pero perfectos, los dondiegos se abrían en la enramada, y le hacían estremecerse con su aroma. Clive le había mostrado los dondiegos en el pasado, pero no le había hablado de su olor. Le gustaba estar allí, al aire libre, entre los petirrojos y los murciélagos, deslizándose de un lado a otro con la cabeza descubierta, hasta que la campana le avisó que tenía que vestirse para una comida más, y las cortinas de la habitación roja se cerraron. No, él no era el mismo; se había iniciado sin duda alguna un reajuste de su ser, como en Birmingham, cuando la muerte se apartó de él, y todo se debía al señor Lasker Jones. Se había producido un cambio por debajo de la conciencia, que podría venturosamente llevarle a los brazos de la señorita Tonks.

Mientras paseaba, apareció el hombre al que había reñido por la mañana, se llevó la mano a la gorra, y preguntó si querría cazar al día siguiente. Evidentemente, no lo haría, puesto que era el día del partido de críquet, pero la pregunta era un medio de facilitar una disculpa.

—Señor, siento mucho no haber dado una completa satisfacción al señor London y a usted.

Maurice, ya sin ánimos de venganza, dijo:

—Está bien, Scudder.

Scudder era una importación, parte de aquel mundo más amplio que había arribado a Penge con la política y con Anne; era más listo que el viejo señor Ayres, el guardabosque jefe, y lo sabía. Dijo que no había aceptado los cinco chelines porque era demasiado; ¡no dijo en cambio por qué había aceptado los diez! Añadió:

—Me alegro mucho de verle de nuevo aquí tan pronto, señor.

Esto sorprendió a Maurice como ligeramente inadecuado, así que repitió:

—Está bien, Scudder —y se fue.

Era una cena de esmoquin —no frac, porque sólo serían tres—, y aunque había respetado tales nimiedades durante años, las encontró de pronto ridículas. ¿Qué importaba la ropa si uno tenía su comida, y los demás eran personas respetables?... ¿O es que no lo eran? Y cuando acarició el peto de su camisa le invadió una sensación de ignominia, y pensó que no tenía derecho a criticar a nadie que viviese al aire libre. ¡Qué seca parecía la señora Durham!... Era Clive con la vitalidad agotada. Y el señor Borenius..., ¡qué seco! Aunque, respecto al señor Borenius, había que admitir que no era tan simple como parecía. Por menospreciar a todos los eclesiásticos, Maurice había prestado escasa atención a aquél. Y quedó sorprendido al ver la firmeza con que habló después de la cena. Había supuesto que como rector de la parroquia ayudaría a Clive en las elecciones, pero «yo no voto por nadie que no sea practicante, como el señor Durham comprenderá».

—Los radicales atacan a su iglesia, como sabe —fue todo lo que pudo ocurrírsele.

—Ése es el motivo de que no vote por el candidato radical. Él es cristiano, así que, naturalmente, debería haberlo hecho.

—Resulta un tanto extraño, señor, si me permite decirlo. Clive hará todo lo que usted desea hacer. Debe dar gracias a Dios de que no sea ateo. Hay bastantes ateos por ahí, ya lo sabe usted.

Como respuesta, el eclesiástico sonrió, diciendo:

—El ateo está más cerca del reino de Dios que el helenista. «Si no sois como los niños...» ¿Y qué es el ateo, sino un niño?

Maurice se miró las manos, pero antes de que pudiese preparar una respuesta, el criado entró para preguntarle si tenía algún encargo para el guardabosque.

—Ya le vi antes de cenar, Simcox. Nada, gracias. Mañana es el partido. Ya se lo dije.

—Sí, pero él pregunta si le gustaría ir al pozo que hay en el ribazo, señor, ahora que el tiempo ha cambiado. Acaba de achicar el bote.

—Muy amable de su parte.

—¿Hablan ustedes del señor Scudder? Yo quiero hablar con él —dijo el señor Borenius.

—¿Se lo dirá usted, Simcox? Dígale también que no iré a bañarme —cuando se marchó el criado, añadió—: ¿Quiere usted hablar con él aquí? Dígale que venga, a mí no me importa.

—Gracias, señor Hall, pero saldré. Él preferirá la cocina.

—La preferirá, sin duda. Hay hermosas jovencitas en la cocina.

—¡Ay! ¡Ay! —Tenía el aire de alguien a quien se menciona el sexo por primera vez—. ¿No sabrá usted por casualidad si tiene relaciones con alguna, con vistas matrimoniales?

—Me temo que no... Le vi besando a dos muchachas a la vez a mi llegada, si es que esto puede serle útil.

—A veces estos hombres se ponen a contar sus cosas. El aire libre, el sentido de compañerismo...

—No sucedió así conmigo. Archie London y yo quedamos un tanto molestos con él ayer, la verdad. Se le vio demasiado el plumero. Nos pareció un tanto cerdo.

—Perdone la curiosidad.

—¿Qué es lo que tengo que perdonarle? —dijo Maurice, molesto con el rector por aludir tan afectadamente al aire libre.

—Hablando con franqueza, me alegraría mucho ver a ese joven en concreto con una compañera antes de que embarcara —sonriendo gentilmente, añadió—: Y a todos los jóvenes.

—¿Por qué se embarca?

—Emigra —dijo, entonando la palabra de un modo particularmente irritante, y se encaminó a la cocina.

Maurice salió a pasear un rato por el jardín. La comida y el vino le habían excitado y pensaba, con cierta inconsecuencia, que hasta el amigo Chapman había corrido sus aventurillas. Sólo él, según Clive, combinaba un pensamiento elevado con la conducta de un colegial en domingo. No era Matusalén... Tenía derecho a correrla un poco. ¡Oh aquellos deliciosos aromas, aquellas enramadas donde podías ocultarte, aquel cielo tan oscuro como las enramadas! Pero se apartaban de él. Dentro de la casa estaba su lugar, y allí se moldearía, se transformaría en un respetable pilar de la sociedad que nunca tiene la posibilidad de portarse mal. El sendero que recorría daba acceso, a través de una cancela giratoria, al parque, pero la yerba húmeda que había en éste le empaparía el calzado, así que se sintió forzado a regresar. Cuando lo hacía, chocó con unos pantalones de pana, y se vio cogido un instante por los codos; había sido Scudder, que escapaba del señor Borenius. Liberado, continuó con sus sueños. La sesión del día anterior, que por el momento había hecho poca impresión en él, comenzó a brillar débilmente, y comprendió que aun durante su aburrimiento había estado viva. A través de ello pasó a recordar incidentes de su llegada, como el del traslado del piano; después continuó los incidentes del día, comenzando con la propina de cinco chelines y acabando con el último incidente. Y cuando llegó aquí, fue como si una corriente eléctrica atravesase la cadena de sucesos insignificantes, y él se desprendió de ellos y los dejó hundirse en la oscuridad. «Demonios, maldita sea, vaya noche», continuó, mientras ráfagas de aire le golpeaban y se arremolinaban a su alrededor. Entonces la cancela, al fondo del sendero, que había estado balanceándose un rato, pareció cerrarse de golpe bloqueando la ruta hacia la libertad, y él volvió a la casa.

—¡Oh, señor Hall! —exclamó la vieja dama—. Qué maravilloso peinado lleva usted.

—¿Qué peinado? —resultaba que su cabeza estaba toda amarilla con el polen de las flores.

—Oh, no lo quite usted. Me gusta mucho sobre su cabello negro. Señor Borenius, ¿no parece preparado para una bacanal?

El clérigo alzó la vista sin fijarla. Había sido interrumpido en medio de una conversación seria.

—Pero señora Durham —insistió—. La entendí claramente que todos sus criados estaban confirmados.

—Y yo creía que lo estaban, señor Borenius, creía que lo estaban.

—Sin embargo, yo fui a la cocina, e inmediatamente descubrí a Simcox, a Scudder y a la señora Wetherall. Con Simcox y con la señora Wetherall puedo arreglar las cosas. Scudder es el problema serio, porque no tengo tiempo para prepararle adecuadamente antes de que embarque, aunque pueda solucionarlo con el obispo.

La señora Durham intentó ponerse seria, pero Maurice, al que tenía bastante simpatía, se reía. Sugirió ella que el señor Borenius diese a Scudder una carta para algún sacerdote de ultramar, tenía que haber alguno.

—Sí, pero ¿se presentará él? No es que muestre hostilidad hacia la Iglesia, pero ¿se molestará en hacerlo? Con que usted me hubiese dicho cuáles de sus criados habían sido confirmados y cuáles no, este problema no se habría planteado.

—Los criados son tan poco considerados... —dijo la vieja dama—. No me dicen nada. Porque Scudder le soltó la noticia a Clive del mismo modo. Su hermano lo invitó, y por eso se va. Ahora, señor Hall, ¿qué es lo que usted aconseja para resolver el problema? ¿Qué es lo que haría usted?

—Nuestro joven amigo condena a la Iglesia entera, militante y triunfante.

Maurice se irguió. Si el párroco no hubiese sido tan condenadamente feo no se hubiese molestado, pero no podía soportar ver aquel rostro avieso mofándose de la juventud. Scudder limpiaba la escopeta, transportaba una maleta, achicaba un bote, emigraba, hacía algo siempre, mientras que los señores, arrellanados en sus sillones, se dedicaban a buscar pecados en su alma. Si andaba a la caza de propinas era natural, y si no lo hacía, si sus disculpas eran auténticas, entonces era un gran muchacho. Hablaría de cualquier forma.

—¿Cómo sabe usted que comulgará si se confirma? —dijo—. Yo no comulgo.

La señora Durham se puso a canturrear; aquello estaba yendo demasiado lejos.

—Pero usted ha tenido la oportunidad. El sacerdote hizo lo que pudo por usted. Sin embargo, no ha hecho todo lo posible por Scudder, y en consecuencia la Iglesia es responsable. Ése es el motivo de que insista tanto en una cuestión que a usted debe parecerle bastante trivial.

—Soy bastante tonto, pero creo entender al fin: usted quiere estar seguro de que sea él y no la Iglesia el culpable en el futuro. Bueno, señor, ésa puede ser su idea de la religión, pero no es la mía y no era la de Cristo.

Era una argumentación hábil, jamás había hecho una que lo fuese tanto; desde la sesión de hipnosis su cerebro había conocido momentos de inusitada lucidez. Pero el señor Borenius era inatrapable. Replicó pacientemente:

—Los incrédulos tienen siempre una idea muy clara de lo que ha de ser la fe; yo me conformaría con la mitad de su seguridad.

Después se levantó y se fue, y Maurice le siguió por un camino lateral que atravesaba el jardín de la cocina. Apoyado en la pared estaba el objeto de sus discusiones, sin duda esperando a una de las criadas; parecía andar continuamente rondando por la casa aquella noche. Maurice no había visto nada, tan espesa era la oscuridad; fue el señor Borenius quien impuso un suave «buenas noches, señor», para ambos. Un delicado aroma de fruta perfumaba el aire; parecía probable que el joven hubiese robado un albaricoque. Los olores lo invadían todo aquella noche, pese al frío, y Maurice retornó a través del jardín, para poder aspirar el aroma de los dondiegos.

De nuevo oyó el circunspecto «buenas noches, señor», y sintiéndose amistoso con el reprobado, replicó:

—Buenas noches, Scudder; me han dicho que emigra usted.

—Ésa es mi idea, señor —repuso la voz.

—Pues le deseo buena suerte.

163

—Gracias, señor, se me hace un poco extraño.

—Canadá o Australia, supongo.

—No. La Argentina.

—Ah, bello país.

—¿Lo ha visitado usted?

—Desde luego que no, para mí Inglaterra —dijo Maurice, y prosiguió su paseo, chocando de nuevo con los pantalones de pana.

Charla estúpida, encuentro intrascendente; sin embargo, armonizaban con la oscuridad, con la tranquilidad de la hora, le sentaron bien y, al irse, le siguió una sensación de bienestar que permaneció con él hasta que alcanzó la casa. A través de la ventana pudo ver a la señora Durham toda relajada y fea. Su rostro se recompuso cuando él entró, y también lo hizo el suyo, e intercambiaron unos cuantos comentarios de pura fórmula sobre su estancia en la ciudad antes de marcharse a la cama.

Durante todo el año le había resultado difícil dormir, y advirtió nada más acostarse que aquélla sería una noche de desasosiego. Los sucesos de las últimas doce horas le habían excitado y se debatían en su mente. Unas veces era su marcha por la mañana, otras su viaje con London, la entrevista, la vuelta; y tras todo esto, acechaba el miedo de no haber dicho al médico algo que debería haber dicho, algo que había omitido en su confesión y que era vital. ¿Pero qué era exactamente? Había redactado su declaración el día anterior en aquella misma habitación, y entonces se había sentido satisfecho. Comenzó a preocuparse, lo cual el señor Lasker Jones le había prohibido hacer, pues los introspectivos son más difíciles de curar: él había de dejar limpia su mente para que pudieran germinar las sugestiones sembradas durante el trance, sin preguntarse nunca si darían fruto o no. Pero no podía evitar aquella preocupación, y Penge, en lugar de adormecerle, parecía más estimulante que ningún otro lugar. ¡Qué vívidas y complejas eran sus impresiones, cómo aquella mañana de flores y frutos se enredaba en su mente! Objetos que no había visto, como el agua de lluvia achicada de un bote, podía verlos aquella noche, aunque se encerrara tras pesadas cortinas. ¡Ah, si pudiera escapar de aquello! ¡Ah, quién lograra la oscuridad, no la oscuridad de una casa que encarcela a un hombre entre muebles, sino la oscuridad en la que el hombre puede ser libre! ¡Vano deseo! Había pagado dos guineas a un doctor por hacer más tupidas sus cortinas, y pronto, en el oscuro interior de un aposento así, la señorita Tonks yacería aprisionada a su lado. Y, como el fermento del trance continuaba su tarea, Maurice tuvo la ilusión de un retrato que cambiaba, unas veces según su voluntad, otras en contra de ésta, de varón a hembra, y bajaba saltando por el campo de fútbol adonde él se bañaba. Gimió medio dormido. Había algo mejor en la vida que aquellas bobadas, si pudiera lograrlo. Amor, nobleza, grandes espacios donde pasión incluía paz, espacios que ninguna ciencia podía alcanzar, pues eran intemporales, llenos de bosques algunos de ellos, y bajo el arco de un cielo majestuoso y con un amigo...

Estaba realmente dormido cuando se incorporó y corrió las cortinas con el grito de «¡Ven!» El acto le despertó; ¿qué sentido tenía aquello? Una niebla cubría la yerba del parque, y los troncos de los árboles emergían de ella como los trazos del canal en el estuario, junto de su antiguo colegio. Hacía un frío delicioso. Se estremeció y apretó los puños. La luna había salido. Bajo él estaba el comedor, y los hombres que reparaban el techo del desván habían dejado apoyada su escalerilla en el antepecho de su ventana. ¿Por qué habían hecho aquello? Movió la escalera y miró entre los árboles, pero el deseo de bajar hasta ellos se desvaneció en cuanto vio que podía hacerlo. ¿Qué utilidad tenía? Era demasiado viejo para corretear entre la niebla.

Pero cuando volvía a la cama, soñó un pequeño ruido, un ruido tan íntimo que podría haber sonado dentro de su propio cuerpo. Le pareció que todo su ser crujía y se incendiaba. La parte superior de la escalera se balanceó bajo la luz de la luna. La cabeza y los hombros de un hombre brotaron, pausadamente, y vio que con todo cuidado alguien apoyaba una escopeta en el antepecho de la ventana, alguien a quien apenas podía distinguir, y que avanzaba hacia él y que se arrodillaba a su lado, y que murmuraba: «Señor, ¿estaba usted llamándome?... Señor, yo sé... yo sé.» Y que unas manos le acariciaron.

CUARTA PARTE

XXXVIII

—¿DEBO IRME AHORA, SEÑOR?

Espantosamente avergonzado, Maurice pretendió no oír.

—No debemos dormirnos, sería terrible si alguien viniese —continuó, con una risa torpe y grata que hizo que Maurice se sintiese afable pero al mismo tiempo tímido y triste.

Logró responder:

—No debes llamarme señor —y la risa brotó de nuevo, como si barriese a un lado tales problemas.

Había en aquello perspicacia y encanto; sin embargo, su incomodidad aumentó.

—¿Puedo preguntarte tu nombre? —dijo torpemente.

—Soy Scudder.

—Ya sé que eres Scudder... Quiero decir tu otro nombre.

—Alec, a secas.

—Un bonito nombre.

—Es sólo mi nombre.

—Yo me llamo Maurice.

—Le vi la primera vez que vino, señor Hall; fue el jueves, ¿verdad? Me pareció que me miraba con enfado y con simpatía a la vez.

—¿Quiénes eran las que estaban contigo? —dijo Maurice después de una pausa.

—Oh, sólo Mill, y la otra era la prima de Milly. Después, ¿se acuerda usted que tuvimos que cambiar el piano, aquella misma noche, y usted no sabía qué libro escoger, y no leyó el que escogió de todos modos?

—¿Cómo puedes saber tú que no leí el libro?

—Le vi asomado a la ventana, en lugar de estar leyendo. Y también le vi la noche siguiente. Yo estaba fuera, en el jardín.

—¿Quieres decir que estabas fuera con aquella lluvia infernal?

—Sí... mirando... Oh, eso no es nada, uno tiene que mirar, no sabe... ver, no hace mucho que estoy en esta región, así que ando viendo las cosas.

—¡Qué mal me porté contigo esta mañana!

—Oh, no se preocupe... Perdone la pregunta, pero ¿está la puerta cerrada con llave?

—La cerraré.

Al hacerlo, la sensación de embarazo reapareció. ¿En qué estaba cayendo, de Clive a qué compañía?

Al poco quedaron dormidos.

Dormían separados al principio, como si la proximidad les incomodara, pero hacia el alba se inició un movimiento, y despertaron estrechamente abrazados.

—¿No sería mejor que me marchara ahora? —repitió Alec.

Pero Maurice, que durante toda la noche anterior había estado torturado por su obsesión, podía al fin descansar plenamente, y murmuró:

—No, no.

—Señor, en la iglesia han dado las cuatro, debe dejar que me vaya.

—Maurice, soy Maurice.

—Pero en la iglesia...

—Al cuerno la iglesia.

El otro dijo:

—Tengo que preparar las cosas para el partido —pero no se movió, y pareció sonreír orgulloso bajo la lánguida luz gris—. Tengo que ocuparme también de los pájaros... El bote está listo... El señor London y el señor Fetherstonhaugh se tiran de cabeza entre los nenúfares... Me contaron que todos los caballeros saben tirarse de cabeza... Yo no aprendí nunca... Parece más natural no meter la cabeza bajo el agua. A eso yo le llamo querer ahogarse uno antes de que le llegue su día.

—A mí me enseñaron que me pondría malo si no me mojaba el pelo.

—Bueno, pues lo que le han enseñado no es cierto.

—Así lo espero... Eso va unido a todas las demás cosas que me enseñaron. Un profesor en el que yo confiaba cuando era niño, me lo enseñó. Aún puedo acordarme de cuando paseaba por la playa con él... ¡Ay, querido! Y subió la marea, horriblemente gris... —se despertó del todo, sintió que su compañero se separaba de él—. No, ¿por qué te vas?

—Tengo el partido de críquet...

—No, no hay críquet... Te vas al extranjero.

—Bueno, ya encontraremos otra ocasión de vernos antes de que me vaya.

—Si te quedas, te contaré mi sueño. Soñé con un abuelo mío. Era un tipo un poco extravagante. Me pregunto qué te hubiese parecido a ti. Él creía que los muertos se iban al Sol, pero trataba muy mal a sus empleados.

—Yo soñé que el reverendo Borenius estaba intentando ahogarme, pero no tengo más remedio que irme ahora. No puedo ponerme a hablar de sueños, porque si me entretengo, el señor Ayres me cazará.

—¿No has soñado nunca que tenías un amigo, Alec? Nada más que eso, «mi amigo», que él procuraba ayudarte a ti y tú a él, un amigo —repitió, poniéndose sentimental súbitamente—. Alguien a quien entregar tu vida entera y que te entregara también la suya. Supongo que algo así no puede suceder fuera de los sueños.

Pero el momento de hablar había pasado. La clase reclamaba, la hendidura del suelo debía abrirse de nuevo a la salida del sol. Cuando alcanzó la ventana, Maurice le llamó, «Scudder», y él se volvió como un perro bien amaestrado.

—Alec, eres un muchacho maravilloso, y hemos sido muy felices.

—Duerma un poco más, en su caso no hay prisa —dijo amablemente, y cogió de nuevo la escopeta que había velado por ellos durante toda la noche. Los bordes superiores de la escalera se balancearon mientras descendía bajo la luz del alba; después quedaron inmóviles. Hubo un leve crujir en la grava, un leve chasquido de la cerca que dividía el jardín y el parque:

después todo quedó como si nada hubiese sucedido, y un silencio absoluto invadió la habitación roja, roto al poco por los sonidos de un nuevo día.

XXXIX

TRAS ABRIR LA PUERTA, Maurice se hundió de nuevo en la cama.

—Cortinas fuera, señor, hermoso señor, hermoso día para el partido —dijo Simcox introduciendo con el té cierta inquietud.

Observó la cabeza de negro cabello que era todo lo que el huésped mostraba. No obtuvo respuesta alguna, y, al verse desairado en su charla matutina, que el señor Hall había aceptado hasta entonces, cogió el esmoquin y las demás prendas y se las llevó para limpiarlas.

Simcox y Scudder; dos criados. Maurice se incorporó y tomó una taza de té. Tendría que hacerle un buen regalo a Scudder, le gustaría realmente hacerlo, pero ¿qué le regalaría? ¿Qué puede uno darle a un hombre de esa posición? No una motocicleta, claro está. Entonces recordó que iba a emigrar, lo cual facilitaba las cosas. Pero la expresión de ansiedad permanecía en su rostro, pues empezaba a preguntarse si Simcox se habría sorprendido al encontrar cerrada la puerta. ¿Querría decir algo, además, con «cortinas fuera, señor»? Sonaron voces bajo la ventana. Intentó zambullirse de nuevo en el sueño, pero habían interferido los actos de otros hombres.

—¿Qué se pondrá hoy el señor? —dijo Simcox, de nuevo en la habitación—. Quizá quiera ponerse sus pantalones de franela para el críquet, directamente; mejor que el *tweed*.

—Está bien.

—¿La chaquetilla de la universidad con ellos, señor?

—No... no se moleste.

—Muy bien, señor —desdobló un par de calcetines y continuó meditabundo—: Vaya, al fin han quitado esa escalera, según parece. Ya era hora. —Maurice vio entonces que había desaparecido el extremo de la escalera que se recortaba contra

169

el cielo—. Juraría que estaba ahí cuando le traje el té, señor. Pero uno no puede estar seguro de nada.

—No, uno no puede estar seguro —aceptó Maurice, hablando con dificultad y con la sensación de que había perdido su presencia de ánimo.

Sintió alivio cuando Simcox se fue, pero le abrumaba la idea de enfrentarse a la señora Durham y a la mesa del desayuno, y el problema de un regalo adecuado para su reciente compañero. No podía ser un cheque, pues despertaría sospechas cuando fuera a cobrarlo. Al vestirse, la sensación de inquietud aumentó. Aunque no era un dandi, tenía la serie habitual de útiles de aseo propia de un caballero burgués, y todos le parecieron ajenos. Sonó entonces la llamada al desayuno, y justo cuando bajaba vio un pedazo de barro junto al antepecho de la ventana. Scudder había sido cuidadoso pero no lo bastante. Cuando, todo vestido de blanco, descendió al fin a ocupar su puesto en sociedad, le dolía la cabeza y se sentía débil.

Cartas. Un montón de ellas, y todas sutilmente importunas. Ada, la más afable. Kitty, diciendo que su madre parecía acabada. Tía Ida —una postal—, deseando saber si el chófer debía obedecer las órdenes que se le daban o había un malentendido. Nimiedades del negocio, circulares del *College Mission,* del *Territorial Training,* del club de golf y de la Asociación para la Defensa de la Propiedad. Se inclinó cómicamente ante ellas, para su anfitriona. Cuando vio que ella apenas respondía, torció el gesto. Se trataba tan sólo de que a la señora Durham hasta sus propias cartas la fastidiaban. Pero él no sabía esto, y dejó que la corriente le arrastrara más allá. Cada ser humano le parecía desconocido y le aterraba: hablaba para una raza cuya naturaleza y número no conocía, y hasta cuya comida parecía envenenada.

Después del desayuno, Simcox volvió a la carga.

—Señor, en ausencia del señor Durham, los criados pensamos... Nos sentiríamos muy honrados si usted fuera nuestro capitán en el partido contra el pueblo.

—Yo no soy un buen jugador de críquet, Simcox. ¿Quién es el mejor de ustedes?

—No tenemos a nadie mejor que al ayudante del guardabosque.

—Entonces háganle capitán.

Simcox hizo una pausa y dijo:

—Las cosas siempre van mejor con un caballero.

—Dígale que me coloque al fondo del campo... y que no quiero jugar el primero: el octavo, si le parece... el primero no. Dígaselo usted, pues yo no bajaré hasta el momento del partido.

Cerró los ojos, sintiéndose enfermo. Había creado algo cuya naturaleza ignoraba. Si hubiese tenido inquietudes teológicas, le habría llamado remordimiento, pero poseía un alma libre, pese a su confusión.

Maurice detestaba el críquet. Exigía una minuciosa pulcritud que él no podía lograr; y, aunque lo había hecho a menudo por Clive, le desagradaba jugar con sus inferiores sociales. En el fútbol era diferente, en él podía dar y tomar, pero en el críquet podía verse humillado o castigado por algún patán, y lo consideraba impropio. Oyendo que su equipo había ganado la mano, tardó media hora en bajar. La señora Durham y uno o dos amigos estaban ya allí, sentados en las gradas. Estaban todos muy tranquilos. Maurice se acuclilló y observó el juego. Era exactamente como otros años. El resto de su equipo eran criados, y se habían reunido a una docena de yardas alrededor del viejo señor Ayres que estaba marcando: el viejo señor Ayres siempre marcaba.

—El capitán se ha puesto él el primero —dijo una dama—. Un caballero nunca hubiese hecho eso. Los detalles son lo más importante para mí.

Maurice dijo:

—El capitán es nuestro mejor hombre, por lo visto.

Ella bostezó y continuó criticándole: tenía la intuición de que aquel hombre era presuntuoso. Su voz se derramaba perezosamente en el aire estival. La señora Durham dijo que iba a emigrar —los más animosos lo hacían—, lo que les llevó a la política y a Clive. Con el mentón sobre las rodillas, Maurice cavilaba. Una tormenta de inquietud estaba formándose en su interior, y no sabía contra qué dirigirla. Si las damas hablaban, si Alec bloqueaba los tiros del señor Borenius, si los pueblerinos sacaban ventaja o no la sacaban, se sentía inexplicablemente agobiado: había ingerido una droga desconocida, había perturbado su vida hasta las raíces, y no podía saber qué era lo que iba a derrumbarse.

Cuando se puso a jugar, se iniciaba una nueva serie, por lo que Alec recibió la primera bola. Su estilo cambió. Abandonando sus precauciones, lanzó la bola entre los helechos. Alzando los ojos, topó con los de Maurice y sonrió. Bola perdida. La vez siguiente consiguió acertar. No estaba entrenado, pero llevaba el críquet dentro y el juego adquirió un aire de autenticidad. Maurice se puso también a tono. Su mente se había aclarado, y tenía la sensación de que los dos estaban contra el mundo entero, de que no sólo el señor Borenius y el campo, sino el público que estaba en las gradas, y toda Inglaterra se hallaban frente a ellos. Jugaron uno para el otro y en honor de su frágil relación: si uno caía, el otro le seguiría. No pretendían causar al mundo daño alguno, pero si eran atacados, debían golpear, debían estar sobre aviso y descargar sus golpes con toda fuerza, debían mostrar que cuando dos se unen, las mayorías no triunfan. Y a medida que el juego transcurría, se conectaba con la noche, y la explicaba. Clive acabó en seguida con aquello. Cuando llegó al campo, ellos dejaron de ser la fuerza principal: todos volvieron la cabeza, el juego languideció y cesó. Alec cedió su puesto. Lo propio y lo adecuado era que el señor entrara a jugar inmediatamente. Sin mirar a Maurice, se retiró. Él también estaba vestido de blanco, y su soltura le hacía parecer un caballero o algo parecido. Quedó de pie frente a las gradas, con dignidad, y una vez que Clive habló, le ofreció su palo. Clive lo tomó con naturalidad: Alec se echó en el suelo junto al viejo Ayres.

Maurice saludó a su amigo, abrumado por una falsa ternura.

—Clive... Oh, querido, ¿estás ya de vuelta? ¿No estás horriblemente cansado?

—Reuniones hasta medianoche... Otra esta tarde. Debo jugar unos minutos para complacer a esta gente.

—Cómo, ¿me dejas de nuevo? Qué lata.

—Puedes decirlo, desde luego, pero realmente volveré esta noche, y entonces comenzará tu visita. Tengo montones de cosas que preguntarte, Maurice.

—Ya, caballero —dijo una voz. Era el maestro socialista, desde el extremo.

—Nos están riñendo —dijo Clive, pero no se movió—. Anne no irá a la reunión de la tarde, así que te hará compañía. Ah, caramba, ya han arreglado aquel agujerito del techo del comedor. ¡Maurice! No, no puedo recordar lo que iba a decirte. Vamos a los Juegos Olímpicos.

Maurice lanzó la primera bola. «Espera por mí», dijo Clive, pero él se dirigió directamente a la casa, pues estaba seguro de que el derrumbamiento era inminente. Cuando pasó junto a los criados, la mayoría de ellos se pusieron de pie y le aplaudieron con entusiasmo, y el hecho de que Scudder no lo hiciera le alarmó. ¿Era una impertinencia? La frente fruncida, la boca... posiblemente una boca cruel; la cabeza demasiado pequeña quizá... ¿Por qué llevaba abierto el cuello de la camisa de aquel modo? Y en el vestíbulo de Penge se encontró con Anne.

—Señor Hall, no habrá reunión —entonces ella vio el rostro de él, verdoso y pálido, y exclamó—: Oh, usted no se encuentra bien.

—Ya lo sé —dijo él temblando.

Los hombres detestan que los inquieten, así que sólo replicó:

—Lo siento muchísimo, le enviaré algo de hielo a su habitación.

—Ha sido usted siempre muy amable conmigo.

—Oiga, ¿qué le parece si llamo a un médico?

—No más médicos —gritó fuera de sí.

—No queremos más que complacerle... Naturalmente... Cuando uno es feliz, desea la misma felicidad para los demás.

—Nada es lo mismo.

—¡Señor Hall!

—Nada es lo mismo para nadie. Por eso la vida es un infierno; si haces una cosa estás condenado, y si no la haces estás condenado también —hizo una pausa, y continuó—: Demasiado sol... me vendría bien un poco de hielo.

Ella fue a traérselo y, liberado, Maurice huyó hacia la habitación roja. Esto le permitió considerar detalladamente la situación, y se sintió muy enfermo.

XL

SE SINTIÓ MEJOR EN SEGUIDA, pero comprendió que debía dejar Penge. Se cambió de ropa, hizo el equipaje, y pronto estuvo de nuevo abajo con una pequeña excusa.

—Me sentó mal el sol —dijo a Anne—, pero además es que he recibido una carta que me inquieta y creo que debo irme a la ciudad.

—Hágalo, hágalo —exclamó ella, toda comprensión.

—Sí, claro —dijo Clive, que había vuelto del partido—. Esperábamos que pudieras arreglar las cosas ayer, Maurice, pero lo entendemos perfectamente, y si tienes que irte, vete.

Y la señora Durham también asintió. Había un divertido secreto a voces sobre una muchacha de la ciudad que casi había aceptado su oferta de matrimonio, pero no del todo. No importaba lo enfermo que pareciese o lo extraño de su conducta, era oficialmente un enamorado, y todos lo interpretaban a su gusto y encontraban a Maurice encantador.

Clive le acompañó en coche hasta la estación, pues tenía que ir también en aquella dirección. El camino bordeaba el campo de críquet antes de entrar en el bosque. Scudder jugaba en aquel momento, y su actitud era gallarda y despreocupada. Estaba próximo al camino y arrastraba un pie como si amontonase algo. Ésta fue la visión final, y Maurice no sabía si era la de un diablo o la de un camarada. La situación era desagradable, no cabía duda, y lo seguiría siendo toda su vida. Pero estar seguro de una situación no es estar seguro de un ser humano. Una vez fuera de Penge quizá viese claro; y de todos modos estaba el señor Lasker Jones.

—¿Qué clase de individuo es ese guarda que hacía de capitán? —preguntó a Clive, pronunciando las palabras antes para sí mismo, asegurándose de que no sonarían extrañas.

—Se va este mes —dijo Clive, pensando que estaba dando una respuesta. Afortunadamente pasaban delante de las perreras en aquel momento, y añadió—: Le echaremos bastante de menos por los perros, desde luego.

—¿Y por lo demás?

—Supongo que el que le suceda será peor. Siempre pasa eso. Trabajador, desde luego, y bastante inteligente; mientras que el hombre que ocupará su lugar...

Y, contento de que Maurice se interesara por la organización de Penge, se puso a hablarle de ella.

—¿Honrado? —tembló al formular esta pregunta suprema.

—¿Scudder? Demasiado listo para ser honrado. Sin embargo, Anne diría que soy injusto. Uno no puede esperar en los criados un tipo de honestidad semejante al nuestro, ya no se puede esperar lealtad, ni gratitud.

—Yo no sería capaz de controlar algo como Penge —prosiguió Maurice tras una pausa—. Nunca sabría qué tipo de criado escoger. Ese Scudder, por ejemplo. ¿De qué clase de familia procede? No tengo la menor idea.

—No sé si es hijo del carnicero de Osmington. Sí. Creo que sí.

Maurice tiró su sombrero al suelo del coche con toda su fuerza. «Esto es insoportable», pensó, y hundió ambas manos en su pelo.

—¿De nuevo el dolor de cabeza?

—Es un infierno.

Clive mantuvo un comprensivo silencio, que ninguno de los dos rompió ya hasta separarse; Maurice permaneció durante todo el camino inclinado, tapándose los ojos con las palmas de las manos. Toda su vida había sabido cosas, pero no las había sabido realmente; era el gran defecto de su carácter. Había advertido que era peligroso volver a Penge, porque podía surgir de entre aquellos árboles la tentación de cometer un desatino, y sin embargo había vuelto. Se había estremecido cuando Anne le dijo: «¿Tiene unos bonitos ojos color castaño?» Había advertido de alguna forma que era mejor no asomarse a la ventana de su dormitorio una y otra vez por la noche y decir «¡Ven!» Su espíritu interior era tan sensible a los dictados de la conciencia como en la mayoría de los hombres, pero él no era capaz de interpretarlos. Hasta que no se presentó la crisis no vio las cosas claramente. Parecía ya demasiado tarde para poder desenredar aquel embrollo, tan diferente al de Cambridge. La habitación de Risley tenía su contrapartida en los rosales silvestres y en los dondiegos del día anterior, la moto lanzada entre los marjales preludiaba sus actuaciones en el partido de críquet.

Pero Cambridge le había dejado en la postura del héroe, y Penge en la de traidor. Había abusado de la confianza de su anfitrión y había mancillado su casa en su ausencia, había ofendido a la señora Durham y a Anne. Y cuando llegó a casa le aguardaba un golpe aún peor; se sentía también culpable frente a su familia. Hasta entonces, ellas no habían contado. Cómo preocuparse de aquellas estúpidas. Continuaban siendo estúpidas, pero no se atrevía a acercarse a ellas. Entre él y aquellas mujeres normales se abría un abismo que las santificaba. Su charla, sus disputas pidiendo prioridad, sus quejas del chófer, parecían aludir a un pecado aún mayor. Cuando su madre dijo: «Morrie, vamos a dar un paseíto», se le paró de golpe el corazón. Dieron un paseo por la huerta, como habían hecho diez años antes, y ella murmuraba los nombres de las hortalizas. Entonces él alzaba la vista, ahora la bajaba; ahora sabía muy bien lo que quería hacer con el pequeño jardinero. Y entonces Kitty, siempre portadora de mensajes, salió de la casa y en su mano llevaba un telegrama.

Maurice se estremeció de rabia y de miedo. «Vuelva, esta noche espero en la cabaña del embarcadero, Penge, Alec.» ¡Bonito mensaje para ponerlo en la oficina del pueblo! Probablemente uno de los criados le había proporcionado la dirección, pues el telegrama la traía completa. ¡Una estupenda situación! Parecía llena de promesas de chantaje, y en el mejor de los casos constituía una increíble insolencia. Por supuesto, no respondería, ni podía pensar ya en hacer un regalo a Scudder. Se había salido de su clase y ahora pagaba las consecuencias.

Pero durante toda la noche su cuerpo deseó al de Alec, a pesar suyo. Llamó a aquello lujuria, una palabra fácil de pronunciar, y opuso a aquel impulso su trabajo, sus amigos, su familia, su posición en la sociedad. En aquella coalición debe sin duda incluirse su voluntad. Pues si la voluntad pudiera saltar por encima de la clase, la civilización, tal como la hemos edificado, saltaría en pedazos. Pero no convencería con eso a su cuerpo. Las circunstancias lo habían ajustado con demasiada perfección. Ni argumentos ni amenazas podían silenciarlo, así que por la mañana, sintiéndose exhausto y avergonzado, telefoneó al señor Lasker Jones y acordó una segunda visita. Antes de acudir a ella llegó una carta. Llegó a la hora del desayuno y la leyó bajo la mirada de su madre. Decía así:

Señor Maurice. Querido señor. Le esperé dos noches en la cabaña del embarcadero. Le dije la cabaña del embarcadero porque la escalera la han quitado y el bosque está demasiado mojado para echarse en él. Así que por favor venga a «la cabaña del embarcadero» mañana por la noche o pasado mañana; diga a los otros señores que va a dar un paseo, será fácil, después venga al embarcadero. Querido señor, déjeme estar con usted una vez más antes de dejar la vieja Inglaterra, si no es pedir mucho. Yo tengo llave y se la dejaré en el cuarto. Salgo en el Normannia el 29 de agosto. Desde el partido de críquet tengo muchas ganas de hablarle rodeándole con uno de mis brazos, y de abrazarle después, y no digo más porque son cosas tan dulces que no pueden decirse con palabras. Sé perfectamente que soy sólo un criado y no voy a abusar de sus amables atenciones ni a tomarme otra clase de libertades.

Respetuosamente suyo,

A. SCUDDER.
(Guardabosque de C. Durham Esq.)

Maurice, ¿se marchó porque se puso malo, como dijeron los criados de la casa? Espero que se encuentre ya bien ahora. Procure escribir si no puede venir, pues yo no puedo dormir esperando todas las noches, así que venga sin falta al «Embarcadero de Penge» mañana por la noche, o si no puede, al día siguiente.

Bien, ¿qué significaba aquello? La frase en que se detuvo Maurice, olvidando todas las demás, fue «Yo tengo la llave». Sí, él la tenía, y había un duplicado en la casa, y por tanto un cómplice, probablemente Simcox... A la luz de esto interpretó toda la carta. Su madre y su tía, el café que estaba bebiendo, las copas del colegio en la estantería, todo estaba diciéndoselo en diferentes formas: «Si vas estás perdido, si contestas tu carta será usada para presionarte. Te hallas en una desdichada situación, pero tienes una ventaja: él no tiene absolutamente nada escrito por ti y va a abandonar Inglaterra dentro de diez días. Escóndete y aguarda que pase todo.» Hizo un gesto hosco. Los hijos de los carniceros y las demás personas por el estilo aparentan ser inocentes y cordiales, pero leen las reseñas policiacas, saben... Si volvía a dar señales de vida debía consultar a un abogado de confianza, del mismo modo que acudía a Lasker-Jones para resolver sus problemas emocionales. Había sido muy estúpido, pero si jugaba cuidadosamente sus cartas en los diez días siguientes podía salir a flote.

XLI

—BUENOS DÍAS, DOCTOR. ¿Cree usted que podrá arreglarme esta vez? —comenzó él, con aire desenvuelto. Después se arrellanó en el sillón, semicerró los ojos y dijo—: Bien, adelante.

Estaba ansioso de cura. El saber que iba a ir a aquella consulta le había ayudado a resistir contra el vampiro. Una vez curado, todo se arreglaría. Anhelaba el trance en el que su personalidad se moldearía y sería sutilmente reformada. Al fin logró un olvido de cinco minutos, mientras la voluntad del doctor luchaba por penetrar en la suya.

—Empezaré en seguida, señor Hall. Pero dígame primero cómo le ha ido.

—Bueno, como siempre. Aire fresco y ejercicio, como usted me dijo. Todo en calma.

—¿Ha frecuentado usted la compañía de mujeres con algún placer?

—Había algunas mujeres en Penge. Sólo estuve una noche allí. Al día siguiente de verme usted, el viernes, volví a Londres... es decir, a casa.

—Tenía pensado quedarse más tiempo con sus amigos, según creo.

—Sí, eso pensaba.

Lasker Jones se sentó entonces al lado de su sillón.

—Déjese ir ahora —dijo suavemente.

—Muy bien.

Repitió los pases. Maurice miró el atizador de la chimenea como la otra vez.

—Señor Hall, ¿ha entrado usted en trance?

Hubo un largo silencio, que Maurice rompió diciendo gravemente:

—No estoy completamente seguro.

Lo intentaron de nuevo.

—¿Está la habitación completamente a oscuras, señor Hall?

Maurice dijo:

—Un poco —con la esperanza de que al decirlo lo estuviera.

—¿Qué es lo que ve?

—Bueno, si está todo oscuro no puede esperarse que vea nada.

—¿Qué vio usted la otra vez?

—Un cuadro.

—Exactamente, ¿y qué más?

—¿Qué más?

—Sí, qué más. Una hen... una hendi...

—Una hendidura en el suelo.

—¿Y después?

Maurice cambió de posición y dijo:

—Salté sobre ella.

—¿Y después?

Permaneció en silencio.

—¿Y después? —repitió una voz persuasiva.

—Le oigo muy bien —dijo Maurice—. Lo malo es que no he conseguido entrar. Me sentí un poco adormilado al principio, pero ahora estoy tan despierto como usted. Debería intentarlo por segunda vez.

Probaron de nuevo, sin éxito.

—¿Qué diablos puede haber sucedido? La semana pasada me dormía a la primera. ¿Cómo se explica usted esto?

—Entonces no se resistiría.

—Pero demonios, si no me resisto.

—Es usted menos sugestionable de lo que era.

—Yo no sé lo que eso puede significar, no soy experto en la jerga, pero le juro que en el fondo de mi corazón deseo que me cure. Quiero ser como los demás hombres, no este paria a quien nadie quiere...

Lo intentaron de nuevo.

—¿Entonces pertenezco a su veinticinco por ciento de fallos?

—Pude hacer un poco con usted la semana pasada, pero ahora nos encontramos con estos súbitos desajustes.

—Súbitos desajustes. ¿Soy yo la causa? Bueno, no se desespere, no abandone —dijo él, riendo con afectada fanfarronería.

—No me propongo abandonar, señor Hall.

De nuevo fracasaron.

—Y ¿qué voy a hacer ahora? —dijo Maurice, con un súbito quiebro en la voz.

Hablaba con desesperación, pero el señor Lasker Jones tenía una respuesta para cualquier pregunta.

—Me temo que lo único que puedo aconsejarle es que se vaya a vivir a un país que haya adoptado el Código napoleónico —dijo.

—No comprendo.

—Francia o Italia, por ejemplo. Allí la homosexualidad no es ya un delito.

—¿Quiere decir que un francés puede vivir con un amigo y no le meten en la cárcel?

—¿Vivir? ¿Quiere decir tener relaciones? Si ambos son mayores de edad y respetan la decencia pública, desde luego.

—¿Se impondrá esa ley en Inglaterra?

—Lo dudo. Inglaterra ha sido siempre reacia a aceptar la naturaleza humana.

Maurice comprendió. Era también un inglés, y sólo a causa de sus problemas se había mantenido despierto. Sonrió con tristeza.

—Entonces éste es el resumen: siempre ha habido personas como yo y siempre las habrá, y generalmente han sido perseguidas.

—Así es, señor Hall; o, como siquiatra, prefiero decir ha habido, hay y siempre habrá todo tipo concebible de persona. Y debe usted recordar que en Inglaterra hubo una época en que se condenaba a muerte a las personas como usted.

—¿De verdad? Pero podían huir. Inglaterra no estaba entonces toda poblada ni vigilada. Los hombres de mi clase podían huir al bosque.

—¿Era posible? Bueno, no había caído en ello.

—Oh, es sólo una idea mía —dijo Maurice, sacando el importe de la consulta—. Me sorprende que fuese más frecuente entre los griegos... el Batallón Sagrado de Tebas... y demás. Bueno, esto no era distinto. No veo, por otra parte, cómo podían vivir juntos... especialmente cuando procedían de clases diferentes.

—Una interesante teoría.

Las palabras se le escaparon de nuevo, y dijo:

—No he sido honrado con usted.

—Realmente, señor Hall.

¡Qué consuelo era aquel hombre! La ciencia es mejor que la simpatía, si sólo es ciencia.

—Después de la última vez que estuve aquí tuve un desliz con un... bueno, no es más que un guardabosque. Y la verdad, no sé qué hacer.

—Poco puedo aconsejarle en esa cuestión.

—Ya sé que no puede. Pero puede en cambio decirme si es él quien me impide entrar en trance. Estaba preguntándomelo.

—Nadie puede impedirle tal cosa en contra de su voluntad, señor Hall.

—Yo tengo la impresión de que es él quien me lo impide, y querría no haber traído (esto parece una estupidez) esta carta suya en el bolsillo... Léala, ya le he dicho mucho. Francamente, tengo la sensación de estar caminando sobre un volcán. Es un hombre rústico; me tiene en su poder. ¿Podría llevarme ante un tribunal?

—No soy abogado —dijo aquella voz inalterable—, pero no creo que pueda pensarse que esta carta contiene una amenaza. Es una cuestión sobre la que usted debería consultar a su abogado, no a mí.

—Lo siento, pero es un alivio. Me pregunto si sería usted tan amable de hipnotizarme otra vez. Tengo la sensación de que ahora sería posible, después de habérselo dicho todo. Yo esperaba poder curarme sin tener que hacerlo. ¿Es posible que una persona se apodere de la voluntad de otra a través de los sueños?

—Lo intentaré de nuevo, con la condición de que su con-

fesión sea esta vez exhaustiva. En caso contrario no haremos
más que perder su tiempo y el mío.

Fue exhaustiva. Nada excusó a su amante ni a sí mismo.
Una vez detallado todo, la perfección de la noche se transformó en una torpeza pasajera, tal como las que su padre se había
permitido treinta años antes.

—Siéntese de nuevo.

Maurice oyó un ligero ruido y se volvió.

—Son mis hijos jugando arriba.

—Casi he llegado a creer en aparecidos.

—Son sólo los niños.

Volvió el silencio. La claridad de la tarde caía amarillenta
a través de la ventana sobre el buró. Esta vez Maurice cen-
tró su atención en éste. Antes de empezar, el doctor cogió la
carta de Alec, y solemnemente la quemó y la redujo a cenizas
ante sus ojos.

Nada sucedió.

XLII

POR DAR PLACER al cuerpo, Maurice había confirmado —esta
misma palabra era la usada en el veredicto final—, había confirmado su espíritu en su perversión, y se había separado de
la congregación del hombre normal. En su irritación, balbucía:
«Lo que yo quiero saber... Lo que yo no puedo decirle a
usted ni usted a mí, es ¿cómo un rústico campesino como éste
sabe tanto acerca de mi persona? ¿Por qué cayó sobre mí
aquella noche especial en que yo era más débil? Jamás me
permití un contacto con mi amigo en la casa, porque, demonios, soy más o menos un caballero (colegio privado, universidad, etc.) y aún no puedo creer que lo hiciera con él.» La-
mentando no haber poseído a Clive en el momento de su pasión, salió, abandonó su último cobijo, mientras el doctor decía formulariamente: «El aire fresco y el ejercicio pueden hacer
maravillas aún.» El doctor quería pasar a la visita siguiente,
y no le interesaba el problema de Maurice. No es que le tur-

bara como al doctor Barry, sino que le aburría, y nunca más volvió a pensar en el joven invertido.

En la puerta, algo se incorporó a Maurice —su viejo yo, quizá—, pues mientras caminaba una voz expresaba su calvario y sus acentos recordaban Cambridge; una despreocupada voz juvenil que se burlaba de él por ser tan estúpido. «Te la has buscado esta vez», parecía decir, y cuando se detuvo junto al parque, porque la reina y el rey pasaban, los despreció en el momento de quitarse el sombrero. Era como si la barrera que le separaba de sus compañeros hubiese tomado otro aspecto. Ya no se sentía asustado y avergonzado. Después de todo, los bosques y la noche estaban de su parte, no de la de ellos. Ellos, no él, se hallaban cercados por la valla. Él había actuado mal, y por eso recibía aquel castigo, pero había actuado mal porque había intentado lograr lo mejor de ambos mundos. «Pero debo mantenerme fiel a mi clase, eso está decidido», insistió.

«Muy bien —dijo su viejo yo—. Ahora a casa, y mañana por la mañana a coger el tren de las 8,36 para la oficina, porque tu fiesta ha terminado, recuérdalo, y cuídate de no volver nunca la cabeza hacia Sherwood.»

«Yo no soy un poeta. No soy ese tipo de imbécil...»

El rey y la reina desaparecieron en su palacio, el sol se hundía tras los árboles del parque que se fundían en una inmensa criatura con dedos y puños de verdor.

«La vida de la tierra, Maurice. ¿No perteneces a ella?»

«Bien, lo que tú llamas la "vida de la tierra", debe ser lo mismo que mi vida diaria... lo mismo que la sociedad. Lo uno debe fundamentarse en lo otro, como dijo Clive una vez.»

«Muy bien. Pero desgraciadamente eso no le importa a Clive.»

«Es lo mismo, yo debo permanecer fiel a mi clase.»

«Ya es de noche... Has de darte prisa... Coge un taxi... Date prisa como tu padre, antes de que se cierren las puertas.»

Llamó uno y cogió el tren de las 6,20. Otra carta de Scudder le aguardaba en la bandeja de cuero del vestíbulo. Conoció la letra inmediatamente, el «Mister M. Hall» en lugar de «Esq.», los sellos torcidos. Se sintió asustado e irritado, pero no tanto como se hubiera sentido por la mañana, pues aunque la ciencia desesperaba de él, él no desesperaba de sí mismo. ¿No es mejor, después de todo, un infierno real que un cielo prefabricado? No sentía haber eludido las manipulaciones del señor Lasker Jones. Se metió la carta en el bolsillo de su esmoquin, donde la llevó sin leer mientras jugó a las cartas y oía enumerar las faltas del chófer; uno no sabe a dónde van a llegar los criados: a su sugerencia de que los criados podían ser de carne y hueso como ellos, su tía opuso un enérgico «no es verdad». Al irse a la cama, besó a su madre y a Kitty sin miedo a mancillarlas. Su efímera santidad había concluido, y todo lo que hacían y decían había vuelto a hundirse en la insignificancia. Cerró la puerta sin ninguna sensación de traición, y contempló durante cinco minutos la noche suburbana. Oyó a los búhos, oyó el rumor de un tranvía distante y oyó a su corazón que sonaba por encima de ellos. La carta era tremendamente larga. La sangre comenzó a agitarse en todo su cuerpo mientras la abría, pero su mente se mantenía fría, y logró leerla como un todo, y no sólo frase por frase.

Señor Hall, el señor Borenius acaba de hablar conmigo. Señor, no me trata usted decentemente. Embarco la semana próxima en el Normannia. Ya le dije que me iba, no es decente que usted no me escriba. Yo procedo de una familia respetable, y no me parece decente que me trate usted como a un perro. Mi padre es un respetable comerciante. Me voy por mis propios medios a la Argentina. Usted dice: «Alec, eres un chico encantador», pero no me escribe. Sé lo de usted con el señor Durham. ¿Por qué me dice «llámame Maurice», y me trata después tan indecentemente? Señor Hall, iré a Londres el martes. Si no quiere usted que vaya a su casa, dígame dónde puedo verle en Londres; haría usted bien en verme, podría lamentar el no hacerlo. Nada importante ha ocurrido desde que usted salió de Penge. El críquet parece que se acabó. Algunos de los grandes árboles han perdido muchas hojas, y es muy temprano para eso aún. ¿Le ha hablado el señor Borenius de ciertas muchachas? No puedo evitar ser un poco ligero, es algo que está en la naturaleza del hombre, pero no debía usted tratarme como a un perro. Fue antes de que usted viniera. Es natural querer a una muchacha. Uno no puede ir contra la naturaleza humana. El señor Borenius descubrió lo de las muchachas por la clase de primera comunión. Acaba de decírmelo. Nunca me había pasado esto con un caballero. ¿Está usted molesto por haberle escrito? Fue culpa suya, usted estaba por encima de mí. Yo tenía mi trabajo, yo era criado del señor Durham, no suyo, yo no soy su criado y no permitiré que me trate como su criado, y no me importa que todo el mundo lo sepa. Mostraré respeto únicamente donde es debido, *es decir, con un caballero que es caballero. Simcox dijo: El señor Hall dice que lo coloque en el octavo lugar. Le puse en el quinto, pues yo era el capitán y usted no tenía derecho a tratarme injustamente por eso.*

Respetuosamente suyo,

A. SCUDDER.

P.S. Sé cosas.

Esto último era el punto más importante, pero Maurice podía analizar la carta como un todo. Era evidente que se habían producido desagradables chismorreos entre la servidumbre, sobre él y Clive, pero ¿qué importaba eso ahora? ¿Qué importaba si les habían espiado en la habitación azul o entre los helechos y habían interpretado mal su conducta? Lo que a él le importaba era el presente. ¿Por qué habría mencionado Scudder tal murmuración? ¿Qué es lo que quería? ¿Por qué había escrito toda aquella sarta de frases, unas indecentes, otras estúpidas y otras graciosas? Mientras leía la carta, le parecía repugnante y pensaba que debía acudir a un abogado; pero cuando la dejó y cogió su pipa, le pareció el tipo de carta que podría haber escrito él mismo. ¿Confusión? ¿Cómo hablar de confusión? ¡Si era así, estaba en su propia línea! No le gustaba aquella carta, no sabía exactamente cuál era su objetivo —había media docena de posibilidades—, pero lo que no podía era ser frío y duro como lo había sido Clive cuando lo del *Symposium*, y dijo: «Aquí hay una afirmación segura, te ataré a ella.» Y contestó: «De acuerdo. Martes a las cinco en punto entrada Museo Británico. M.B. Gran edificio. Cualquiera puede indicarle. M.C.H.» Esto le pareció lo mejor. Ambos eran unos proscritos, y si aquello acababa en el desastre debía ser sin beneficio de la sociedad. Si había elegido aquel lugar para encontrarse, era por lo improbable de encontrar allí a un conocido. ¡Pobre M.B., tan solemne y casto! El joven sonrió, y en su rostro se dibujó una expresión maliciosa y feliz. Sonreía también al pensar que Clive no se había librado por completo del barro, después de todo, y aunque su rostro se endurecía ya en rasgos menos placenteros, demostraba que era un atleta, que había logrado superar un año de sufrimiento sin menoscabo.

Aquel nuevo vigor persistía a la mañana siguiente, cuando volvía al trabajo. Antes de su fracaso con Lasker Jones, había considerado su trabajo un privilegio del que no era casi merecedor. Era su medio de rehabilitarse, de poder mantener en alto la cabeza en casa, pero ahora también se derrumbaba, y de nuevo quería reír, y se preguntaba por qué se había identificado con él durante tanto tiempo. La clientela de los señores Hill & Hall pertenecía a la clase media-media, cuyo más acuciante deseo parecía el de cobijarse —cobijarse continuamente— no en un cubil en la oscuridad contra el miedo, sino cobijarse en todas partes y siempre, hasta olvidar la existencia del cielo y de la tierra, cobijarse contra la pobreza y la enfermedad, y la violencia y la mala educación, y en consecuencia contra la alegría; Dios introducía esta retribución. Veía en sus rostros, como en los de sus empleados y socios, que jamás habían conocido la verdadera alegría. La sociedad les había abastecido con demasiada largueza. Jamás habían luchado, y sólo en la lucha se engarzan el sentimentalismo y la lujuria para dar amor. Maurice habría sido un buen amante. Podía haber dado y tomado auténtico placer. Pero en aquellos hombres los impulsos estaban desligados; eran fatuos u obscenos; y en aquel momento, él despreciaba menos lo último. Allí venían a pedirle la tranquila seguridad de un seis por ciento. Él replicaba: «No puede usted combinar el alto porcentaje con la seguridad... Eso no puede lograrse»; y al final, dirían: «¿Qué le parece si invierto la mayoría del dinero al cuatro por ciento, y dejo unos cien para arriesgar?» Hasta de la especulación hacían un pequeño vicio; no en gran escala, por miedo a desorganizar su mundo doméstico, pero sí lo suficiente para demostrar que su virtud era fingida. Y hasta ayer se había rebajado ante ellos.

¿Para qué servían tales hombres? Empezó a poner en entredicho la ética de su profesión, como un estudiante listo, pero sus compañeros del departamento del tren no le tomaron en serio. «El joven Hall está de buen humor —fue el veredicto—. No perderá un solo cliente, desde luego.» Y diagnosticaban un

cinismo no indecoroso en un hombre de negocios. «Siempre
invierte sobre seguro, puede apostarlo. ¿Recuerdas aquellos
comentarios pesimistas suyos de la primavera?»

XLIII

LA LLUVIA CONTINUABA CAYENDO como siempre, repiqueteando sobre millones de techos y logrando a veces calar en ellos.
Y con su golpear hacía que los humos del petróleo y el olor
de las ropas mojadas vagasen mezclados por las calles de Londres. En el gran patio exterior del museo podía caer sin
trabas, a plomo sobre las sucias palomas y los cascos de los
policías. Tan oscura era la tarde, que en algunos lugares del
interior habían encendido las luces, y el gran edificio sugería
una tumba milagrosamente iluminada por los espíritus de los
muertos.

Alec llegó primero, no ya vestido de pana, sino con un traje azul nuevo y un hongo, parte de su equipo para la Argentina. Procedía, tal como se había jactado, de una respetable
familia —posaderos, pequeños comerciantes— y sólo por accidente había aparecido como un indómito hijo de los bosques.
Realmente amaba los bosques, y el aire fresco y el agua le gustaban más que cualquier otra cosa, y le gustaba proteger o
destruir la vida, pero en los bosques no hay «salidas», y los
jóvenes que quieren llegar a algo deben abandonarlos. Estaba
ciegamente decidido a seguir adelante ahora. El destino había
puesto un lazo en sus manos, y quería tenderlo. Recorrió el
patio. Después subió los escalones en una serie de saltos; tras
hallar cobijo bajo el pórtico, se detuvo allí, inmóvil salvo por
el aletear de sus ojos. Aquellos bruscos cambios eran típicos
de él; siempre había avanzado como un guerrillero, estaba
siempre «en la brecha», como Clive había certificado en su
informe escrito; «durante los cinco meses que A. Scudder estuvo a mi servicio, lo hallé siempre pronto y asiduo»; cualidades que se proponía desplegar ahora. Cuando la víctima
salió del porche, se sintió cruel y asustado a un tiempo. Conocía a los señores, a sus iguales también; pero ¿qué clase de

187

individuo era el señor Hall, que decía «llámame Maurice?» Achicando los ojos hasta transformarlos en ranuras, permaneció quieto como cuando esperaba órdenes en el porche principal de Penge.

Maurice se aproximaba al día más peligroso de su vida, sin ningún plan en absoluto, aunque algo agazapado en su mente se ondulaba como los músculos bajo una piel brillante. No se apoyaba en el orgullo, pero se sentía preparado, ansioso de jugar el juego, y, tal como corresponde a un inglés, esperando que su adversario estuviese preparado también. Quería ser decente, no tenía miedo. Cuando vio el rostro de Alec resplandeciendo a través del aire sucio, sintió un ligero hormigueo en el suyo, y decidió no golpear hasta no ser golpeado.

—Ya estás aquí —dijo, alzando un par de guantes hasta su sombrero—. Esta lluvia es el colmo. Hablemos dentro.

—Donde usted quiera.

Maurice le miró con cierta cordialidad, y entraron en el edificio. Cuando lo hacían, Alec alzó la cabeza y estornudó como un león.

—¿Has cogido un catarro? Es el tiempo.

—¿Qué lugar es éste? —preguntó.

—Cosas antiguas que pertenecen a la nación —se detuvieron en el corredor de los emperadores romanos—. Sí, el tiempo es malo. Sólo ha habido dos días agradables. Y una noche —añadió maliciosamente, sorprendiéndose a sí mismo.

Pero Alec no hizo caso. No era la apertura lo que él deseaba. Estaba esperando señales de miedo, que el siervo que había en él pudiese golpear. Pretendió no entender la alusión, y estornudó de nuevo. El estruendo hizo eco en los vestíbulos, y su rostro, convulso y crispado, adquirió una súbita apariencia de ansiedad.

—Me gustó que me escribieses la segunda vez. Me gustaron las dos cartas. No estoy ofendido. No hiciste nada malo. Todo lo del críquet y lo demás es un error tuyo. Te diré claramente que me gustó mucho estar contigo, si éste es el problema. ¿Lo es? Quiero que me lo digas. No lo sé exactamente.

—¿Qué es esto? *Esto* no es un error —se tocó el bolsillo del pecho significativamente—. Su mensaje. Y usted y el *squire*... *Esto* no es un error... Hay gente a la que le gustaría saber cómo fue.

—No me vengas con eso —dijo Maurice, pero sin indignación, y le sorprendió el no tener a nadie, y el que aun el Clive de Cambridge hubiese perdido su santidad.

—Señor Hall... reconozca que no le haría mucha gracia que se supieran ciertas cosas, ¿verdad?

Maurice se vio a sí mismo intentando leer por detrás de las palabras.

El otro continuó, procurando apretar el lazo.

—Y además, yo he sido siempre un chico respetable, hasta que usted me llamó a su habitación para divertirse. No me parece decente que un caballero le trate a uno así. Por lo menos así lo ve mi hermano —vaciló al decir estas últimas palabras—. Mi hermano está esperando fuera ahora. Quería venir y hablar con usted él mismo, ha estado echándome una bronca, pero yo dije: «No, Fred, no, el señor Hall es un caballero y podemos confiar en que se portará como un caballero, así que déjamelo a mí», dije yo, «y el señor Durham es también un caballero, siempre lo fue y siempre lo será».

—Respecto al señor Durham —dijo Maurice, sintiéndose inclinado a hablar sobre aquel punto—, es totalmente correcto que yo me interesé por él y él por mí en tiempos, pero él cambió, y ya no se interesa por mí ni yo por él. Ése fue el final.

—¿El final de qué?

—De nuestra amistad.

—Señor Hall, ¿ha oído lo que yo le decía?

—Oigo todo lo que dices —dijo Maurice, pensativo, y continuó exactamente en el mismo tono—. Scudder, ¿por qué crees tú que es «natural» interesarse tanto por los hombres como por las mujeres? Me lo decías en tu carta. Para mí no es natural. Yo he llegado a creer que «natural» sólo significa uno mismo.

El otro pareció interesado.

—¿Entonces no puede hacer nada con una chica? —preguntó bruscamente.

—He tratado con dos médicos de eso. Nada positivo resultó.

—¿Así que no puede?

—No, no puedo.

—¿Quiere una? —preguntó el otro, como con hostilidad.

—No sirve de mucho querer.

—Yo podría casarme mañana si quisiese —se ufanó. Mientras hablaban, detuvo su mirada en un toro alado asirio, y su expresión adquirió un aire de ingenuo asombro—. Es enorme, ¿verdad? —subrayó—. Debían tener una maravillosa maquinaria, para hacer cosas como ésta.

—Eso supongo —dijo Maurice, también impresionado por el toro—. No podría decírtelo. Aquí parece que hay otro.

—Una pareja, pues. ¿Serían adornos?

—Éste tiene cinco patas.

—El mío también. Qué idea más curiosa —cada uno ante su monstruo, se miraron y sonrieron. Después el rostro de Alec se endureció de nuevo, y él dijo—: No, señor Hall. Ya veo su juego, pero no se va a burlar de mí dos veces, y será mejor para usted tener una charla amistosa conmigo que hablar con Fred, se lo aseguro. Ha tenido su diversión, y ahora debe pagar.

Era hermoso cuando amenazaba, incluyendo las pupilas de sus ojos, que tenían un aire malvado. Maurice las contempló dulce pero firmemente. Y nada resultó del estallido. Se deshizo como un pedazo de barro. Murmurando algo acerca de «dejarle a usted pensar que esto se acabó», se sentó en un banco. Maurice se juntó con él al poco rato. Y después, durante casi veinte minutos, anduvieron vagabundeando de sala en sala, como si buscaran algo. Escudriñaban una diosa o una vasija, después continuaban con un impulso único, y su unisonancia era aún más extraña porque en la superficie estaban en guerra. Alec reinició sus alusiones —horribles, rastreras—, pero lo cierto era que no mancillaban los silencios intermedios, y Maurice no logró ni asustarse ni encolerizarse, y sólo lamentaba que un ser humano hubiese de enfangarse así. Cuando decidía contestar, sus ojos se encontraban, y su sonrisa se reflejaba a veces en los labios de su rival. Iba haciéndose progresivamente más fuerte la creencia de que aquella situación era una cortina —casi una broma— y ocultaba algo real, que ambos deseaban. Serio y tranquilo, él continuaba controlándose, y si no hacía ninguna ofensiva era porque su sangre no estaba agitada. Para que lo estuviera, se requería un golpe exterior, y la casualidad lo administró.

Estaba inclinado sobre un modelo de la Acrópolis, con la

frente un poco fruncida y los labios en movimiento, murmurando: «Ya veo, ya. Ya veo.» Un caballero próximo le oyó, le miró fijamente, escudriñándole desde detrás de unas gruesas gafas, y dijo:

—¡Sin duda! Puedo olvidar una cara, pero nunca una voz. ¡Desde luego que sí! Usted es uno de mis antiguos muchachos.

Era el señor Ducie.

Maurice no replicó. Alec se aproximó, colocándose a un lado para participar.

—Seguramente usted estuvo en la escuela del señor Abrahams. ¡Pero espere! ¡Espere! No me diga su nombre. Quiero recordarlo. Lo recordaré. Usted no es Sanday, ni tampoco Gibbs. Ya sé. Ya sé. Su nombre es Wimbleby.

¡Cómo le gustaba al señor Ducie dar datos equivocados! A su propio nombre Maurice hubiese respondido. Pero ahora sentía la inclinación de mentir. Estaba cansado de las interminables inexactitudes, había sufrido demasiado a causa de eso. Replicó:

—No, mi nombre es Scudder.

La corrección brotó formulada del modo que primero se le ocurrió. Estaba preparada para el uso, y cuando la pronunció supo por qué. Pero en el instante de la iluminación, el propio Alec habló.

—Su nombre no es ése —le dijo al señor Ducie—, y yo tengo una grave acusación contra este caballero.

—Sí, espantosamente grave —subrayó Maurice, y apoyó su mano sobre el hombro de Alec, de modo que sus dedos tocaron su cuello, haciendo esto únicamente porque deseaba hacerlo, no por otra razón.

El señor Ducie no se dio cuenta. Hombre confiado, supuso que se trataba de una grosera broma. Aquel caballero de oscuro no podía ser Wimbleby si decía que no lo era. Repuso:

—Lo siento muchísimo, señor, es muy raro que yo cometa un error.

Y después, decidido a demostrar que no era un viejo estúpido, se puso a hablar a la silenciosa pareja sobre el Museo Británico, no meramente una colección de reliquias, sino un lugar que podía resultar, cuando menos, estimulante; que planteaba problemas aun en la mente de los niños, que uno respondía sin duda inadecuadamente; hasta que una paciente voz dijo: «Ven, estamos esperando», y el señor Ducie se unió de nuevo a su mujer. Cuando lo hizo, Alec se echó a un lado y murmuró:

—Está bien... No le causaré más problemas ya.

—¿A dónde acudirás con tu grave acusación? —dijo Maurice, súbitamente terrible.

—No podría decirlo —reflexionaba, sus banderas contra los héroes, perfecto pero sin sangre, sin haber conocido nunca el desconcierto ni la infamia—. No se preocupe... Ya no le molestaré más, tiene usted demasiadas agallas.

—Al cuerno las agallas —dijo Maurice, hundiéndose un momento en cólera.

—No pasará nada más... —prosiguió Alec golpeándose la boca—. No sé lo que me pasó, señor Hall; *yo* no quería causarle problemas, en ningún momento lo quise.

—Tú me chantajeaste.

—No, señor, no...

—Sí, lo hiciste.

—Maurice, escucha; yo sólo...

—¿Me llamas Maurice?

—Tú me llamaste Alec... Soy tan bueno como tú.

—¡No veo que lo seas! —hubo una pausa antes de la tormenta; entonces él estalló—: Dios mío, si hubieses metido la pata ante el señor Ducie, te habría destrozado. Podría haberme costado cientos de libras, pero las tengo, y la policía siempre respalda a los de mi clase contra los de la tuya. Tú no lo sabes. Te habría metido en la cárcel, por chantaje, y después... Me habría levantado la tapa de los sesos.

—¿Se habría matado? ¿Se suicidaría?

—Entonces me habría dado cuenta de que te amaba... Demasiado tarde... Todo siempre demasiado tarde —las hileras de antiguas estatuas temblaron y él se oyó añadir—: No me propongo nada, pero vayamos afuera. No podemos hablar aquí.

Abandonaron el enorme y caldeado edificio, pasaron la biblioteca, llamada católica, buscando la oscuridad y la lluvia. En el pórtico, Maurice se detuvo y dijo amargamente:

—Se me olvidaba. ¿Y tu hermano?

—Está con mi padre... No sabe una palabra. Sólo estaba amenazando...

—... para el chantaje.

—Si pudiese usted entender... —sacó el mensaje de Maurice—. Tómelo si quiere... Yo no lo quiero... Nunca pretendí nada... Supongo que éste es el final.

Desde luego no lo fue. Incapaces de separarse, aunque ignorando lo que iba a suceder a continuación, siguieron discutiendo a la luz del último resplandor de aquel sórdido día; la noche, siempre una en su esencia, llegó finalmente, y Maurice recobró su autocontrol y pudo observar el nuevo material que la pasión había ganado para él. En una plaza desierta, junto a unas barandas que cercaban algunos árboles, volvieron a detenerse para discutir su crisis.

Pero cuando él se calmaba, el otro se enfurecía. Era como si el señor Ducie hubiera establecido alguna enfurecedora desigualdad entre ellos, de modo que uno golpeaba tan pronto como su amigo se cansaba de golpear. Alec dijo furiosamente:

—Llovía más que ahora en el embarcadero, y hacía mucho más frío. ¿Por qué no fuiste?

—Confusión.

—¿Cómo dices?

—Tienes que saber que yo siempre estoy confuso. No fui ni escribí porque quería apartarme de ti sin quererlo. Tú no lo entendías. Querías hacerme volver por todos los medios y yo tenía un miedo terrible. Te sentía a ti cuando intentaba dormirme en casa del médico. Me obsesionabas. Yo sabía que algo iba mal, pero no podía decir el qué. Así que me dediqué a pensar que eras tú.

—¿Y qué era?

—La... situación.

—No te sigo. ¿Por qué no viniste al embarcadero?

—Mi miedo... y tu problema ha sido el miedo también... Desde el partido de críquet te has dejado dominar por el miedo que yo te producía. Ése es el motivo de que hayamos estado intentando destruirnos uno a otro, y de que aún lo estemos haciendo.

—Yo no cogería ni un penique tuyo, no sería capaz de causarte el menor mal —gruñó, y sacudió las barras que le separaban de los árboles.

—Pero aún estás intentando herirme en mi mente.

—¿Por qué vas y dices que me amas?

—¿Por qué me llamas Maurice?

—Oh, dejemos esta charla. Toma...

Y ofreció su mano. Maurice la tomó, y consiguieron en aquel momento el mayor triunfo que un hombre ordinario puede obtener. El amor físico significa reacción y es esencialmente miedo, y Maurice vio entonces lo natural que era que su primitivo abandono en Penge le hubiese llevado al peligro. Ellos sabían tan poco uno de otro... y a la vez tanto. De ahí venía el miedo. De ahí venía la crueldad. Y se regocijó porque había comprendido la infamia de Alec a través de la suya: vislumbrando, no por primera vez, el genio que se oculta en el alma atormentada del hombre. No como un héroe, sino como un camarada, había resistido a las bravatas, y había hallado tras ellas lo infantil, y detrás de esto, algo más.

Poco después el otro habló. Espasmos de remordimientos y disculpas brotaron de él; era como alguien que vomita un veneno. Después, recuperada la salud, comenzó a contárselo todo a su amigo, sin vergüenza ya. Habló de sus parientes... También él estaba encarcelado en su clase. Nadie sabía que se encontraba en Londres. En Penge creían que estaba en casa de su padre, y en casa de su padre que en Penge. Había sido difícil, muy difícil. Ahora debía volver a casa, ver a su hermano, con el que se iría a la Argentina: su hermano estaba relacionado allí en el comercio, y la mujer de su hermano; y con todo esto mezclaba una cierta presunción, propia de quien no tiene una educación superior. Venía de una familia respetable, repetía, él no se humillaba ante nadie, de ninguna manera, él era tan bueno como cualquier caballero. Pero mientras presumía así, su brazo fue cogiendo el de Maurice. Merecían aquella caricia... el sentimiento era extraño. Las palabras se fueron apagando, para recomenzar súbitamente. Fue Alec quien las aventuró.

—Quédate conmigo.

Maurice se apartó y sus músculos se agitaron. Ahora estaban enamorados uno de otro conscientemente.

—Duerme esta noche conmigo. Conozco un sitio.

—No puedo, tengo un compromiso —dijo Maurice, cuyo corazón latía violentamente. Una cena protocolaria le aguardaba. Uno de esos banquetes de compromiso que aportaban trabajo a su empresa y que prácticamente no podía cortar. Casi se había olvidado de ello—: Tengo que dejarte ahora y cambiarme de ropa. Pero mira, Alec, sé razonable. Veámonos otra noche en lugar de ésta... Cualquier día.

—No puedo venir a Londres otra vez... Mi padre o el señor Ayres acabarán comunicándose.

—¿Y qué más da que lo hagan?

—¿Y qué más da que no vayas a la cena?

De nuevo quedaron en silencio. Entonces Maurice dijo en un tono cordial, pero desfallecido:

—Muy bien. Al diablo con ella.

Y continuaron juntos bajo la lluvia.

XLIV

—ALEC, LEVÁNTATE.

Un brazo se encogió.

—Es tiempo de que hagamos planes.

Él se acurrucó más, más despierto de lo que pretendía, cálido, vigoroso, feliz. La felicidad abrumaba también a Maurice. Se movió, sintió un abrazo como respuesta, y olvidó lo que quería decir. La luz caía sobre ellos desde el mundo exterior, en el que aún llovía. Un extraño hotel, un refugio casual, les protegía de sus enemigos un poco más.

—Es hora de levantarse, muchacho, es ya de día.

—Levantémonos, pues.

—¡Cómo voy a levantarme, tal como me tienes cogido!

—No tengas tanta prisa, ya te diré cuándo tienes que tener prisa.

No se portaba ya respetuosamente. El Museo Británico le había curado de esto. Era fiesta, Londres con Maurice, todos los problemas superados, y él quería dormitar y pasar el tiempo y bromear...

Maurice quería lo mismo, lo cual era agradable, pero el futuro inmediato le distraía, la invasión de luz hacía su gozo irreal. Había que decir y establecer algo. Por la noche que acababa, por el sueño y el despertar, la dureza y la ternura mezcladas, la dulce calma, el amparo en la oscuridad. ¿Retornarían una vez a aquella noche?

—¿Estás bien, Maurice? —porque él había suspirado—. ¿Estás cómodo? Apoya la cabeza sobre mí, como más te guste... Y no te preocupes. Estás conmigo. No te preocupes.

Sí, tenía suerte, no había duda. Scudder había resultado bueno y honesto. Era un tesoro, una delicia, un hallazgo insólito, el sueño tan deseado. Pero, ¿era valiente?

—Qué bien está que a los dos nos guste esto... ¡Quién lo hubiera pensado!... La primera vez que te vi, pensé: «me gustaría que yo y aquél...» Esto de ahora... «No podríamos yo y él...» Y ha sucedido.

—Sí, y por esto hemos llegado a luchar.

—¿Quién quiere luchar? —parecía enojado—. Ya ha habido bastante lucha.

—Todo el mundo está contra nosotros. Tenemos que ayudarnos y hacer planes, mientras podamos.

—¿A dónde quieres ir diciendo eso y estropeándolo todo?

—Es que es necesario que lo diga. No podemos permitir que las cosas vayan mal y suframos de nuevo, como sucedió en Penge.

Súbitamente Alec le rozó con fuerza con la palma de su mano curtida por el sol, y dijo:

—Esto hace daño, no lo otro, u otra insignificancia parecida. Así es como lucho *yo*. —Dolía un poco, y con la broma surgía una especie de resentimiento—. No me hables de Penge —continuó—. ¡Oh! Sí. Penge, donde yo era siempre un criado, y Scudder haz esto y Scudder haz lo otro, y la vieja señora, ¿qué crees que me dijo una vez? Me dijo: «Oh, ¿tendría usted la bondad de llevarme esta carta al correo? ¿Cuál es su nombre?» ¡Cuál es su nombre! Día tras día durante seis meses estuve en el maldito porche de Clive esperando órdenes, y su madre no sabía mi nombre. Es una zorra. Yo dije: «¿Cuál es su nombre? Mierda es su nombre.» Casi se lo dije. Desearía haberlo hecho. Maurice, no puedes imaginarte cómo se trata a los criados. No hay palabras que lo expresen. Ese Archie London, que era tan amigo tuyo, es igual de malo, y también tú, igual tú. «Hola, hombre», y demás. No tienes idea de lo cerca que estuviste de perderme. Faltó muy poco para que yo no subiese jamás por aquella escalera cuando me llamaste; él no me quiere realmente, y me puse loco de furia cuando no fuiste al embarcadero como yo te decía. ¡Demasiado grande! Veremos. El embarcadero era un lugar con el que yo siempre había soñado. Bajaba a fumar allí antes de haber oído hablar de ti, lo abrí fácilmente, aún llevo la llave conmigo, naturalmente... el embarcadero, contemplar el río desde el embarcadero, muy tranquilo, de cuando en cuando salta un pez, y los cojines, de la forma que yo los coloqué.

Quedó en silencio, después de haber dicho todo aquello; había comenzado a hablar con aspereza y alegría, y una cierta artificiosidad; después su voz se había apagado en la tristeza, pues la verdad había surgido hasta la superficie del agua y no podía mantenerse a flote.

—Aún nos encontraremos en tu embarcadero.

—No, no podremos. —Le empujó, después suspiró profundamente, le acercó a sí, dejó a un lado la violencia, y le abrazó como si el mundo fuese a terminar—. Te acordarás de esto de todos modos. —Se levantó y miró el grisáceo exterior, con los brazos colgando vacíos. Era como si desease que lo recordara así—. Fácilmente podría haberte matado.

—O yo a ti.

—¿Dónde están mis ropas y lo demás?

Parecía confuso.

—Es tan tarde... Todavía tengo que afeitarme, no contaba quedarme por la noche... Debía... Tengo que coger el tren inmediatamente, o Fred comenzará a imaginarse cosas.

—Déjale que las imagine.

—Dios mío, si Fred nos viese a ti y a mí ahora.

—Bueno, no nos está viendo.

—Bueno, él podría tener... Lo que quiero decir es que, mañana es jueves, ¿verdad?, el viernes hay que hacer el equipaje. El sábado sale el *Normannia* de Southampton, así que es adiós a la vieja Inglaterra.

—Quieres decir que tú y yo no vamos a vernos más.

—Eso mismo. Lo has entendido perfectamente.

¡Y aún estaba lloviendo! Una mañana lluviosa después del aguacero del día anterior, lluvia en los techos y en el museo, en casa y en el bosque. Controlándose a sí mismo, y eligiendo las palabras muy cuidadosamente, Maurice dijo:

—De eso precisamente es de lo que quiero hablar. ¿Por qué no lo preparamos todo para vernos de nuevo?

—¿Qué quieres decir?

—¿Por qué no te quedas en Inglaterra?

Alec giró en redondo, aterrado. Medio desnudo, parecía también medio humano.

—¿Quedarme? —gruñó—. ¿Perder mi barco? Estás chiflado. Es la tontería mayor que he oído jamás. No vuelvas a hablarme de eso, eh, no vuelvas a hacerlo.

—Es una casualidad entre mil que nos hayamos encontrado. Nunca volveremos a tener esa oportunidad, y tú lo sabes. Quédate conmigo. Nos amamos.

—Claro que me gustaría, pero eso no es ninguna excusa para obrar como un imbécil. Quedarme contigo... ¿pero cómo y dónde? ¿Qué diría tu mamaíta si me viese, zafio y grosero como soy?

—Ella nunca te vería. Yo no viviría en casa.

—¿Dónde vivirías?

—Contigo.

—Ah, ¿querrías? No, gracias, mi gente te haría pedazos y yo no se lo reprocharía. ¿Y cómo seguirías con tu trabajo? Me gustaría saberlo.

—Lo mandaré al cuerno.

—¿Tu trabajo, que te da tu dinero y tu posición? No puedes mandarlo al infierno.

—Puedes cuando entiendes —dijo Maurice dulcemente—. Puedes hacer cualquier cosa cuando sabes lo que es. —Contemplaba la luz gris que estaba convirtiéndose en amarilla. Nada le sorprendía en aquella charla. Lo que no podía predecir era su resultado—. Encontraré trabajo contigo —continuó: había llegado el momento de anunciarlo.

—¿Qué trabajo?

—Lo buscaremos.

—Lo buscaremos y moriremos de hambre.

—No. Habrá dinero suficiente para mantenernos mientras buscamos. No soy tonto, ni tampoco tú. No moriremos de hambre. He pensado mucho en ello, mientras estaba despierto por la noche y tú dormías.

Hubo una pausa. Alec continuó más cortésmente:

—No podríamos hacerlo, Maurice. Sería la ruina de los dos, no te das cuenta, ¿tú y yo iguales?

—No sé. Puede que sí. Puede que no. «Clase.» No sé. Sé lo que haremos hoy. Salgamos de aquí y tomemos un desayuno decente y volvamos a Penge o a donde tú quieras, y veamos a Fred y a los tuyos. Tú les dices que has cambiado de idea y que no quieres irte, y que en lugar de eso has cogido un trabajo con el señor Hall. Yo iré contigo. No me importa. Veré a quien sea, me enfrentaré a lo que sea. Si quieren sospechar, déjales. Ya estoy harto. Dile a Fred que cancele tu billete, yo se lo pagaré y empezaremos a ser libres. Después pasaremos a lo siguiente. Es un riesgo, pero todo es un riesgo, y sólo se vive una vez.

Alec rió cínicamente, y siguió vistiéndose. Sus maneras recordaban las del día anterior, aunque no hiciera chantaje.

—Esa charla tuya es la de alguien que nunca ha tenido que ganarse la vida —dijo—. Te dedicas a engatusarme con yo te amo y demás, y después intentas destrozar mi carrera. ¿No entiendes que he logrado un trabajo que está esperándome en la Argentina? Lo mismo que tú lo tienes aquí. Es una lástima que el *Normannia* salga el sábado, pero los hechos son los hechos y no hay que darle vueltas, todo mi equipo está comprado, lo mismo que el billete, y Fred y su mujer me esperan.

Maurice vio a través de su desfachatez la miseria que ocultaba, ¿pero de qué servía esta vez su penetración? No había penetración que pudiese impedir que el *Normannia* zarpase. Había perdido. Lo único que le quedaría sería el sufrimiento, aunque para Alec pudiese acabar pronto; cuando ingresase en su nueva vida, olvidaría su aventura con un caballero, y cuando llegase la hora se casaría. Joven listo de la clase trabajadora, que conocía bien dónde estaban sus intereses, ya había encerrado su gracioso cuerpo dentro del odioso traje azul. Su cara brotaba de él roja, sus manos morenas. Aplastó su cabello.

—Bien, me voy —dijo; y como si no fuese suficiente eso, añadió—: Si lo piensas bien es realmente una lástima que nos hayamos conocido.

—También esto estuvo bien —dijo Maurice, apartando la mirada de él cuando abrió la puerta.

—Tú pagaste las habitaciones por adelantado, ¿no es verdad? No me pararán abajo. No quiero ningún disgusto al final.

—También esto estuvo bien.

Oyó la puerta cerrarse y quedó solo. Esperó que el amado volviera. Inevitable que esperara. Después sus ojos comenzaron a escocerle, y él supo por experiencia lo que iba a venir. Al poco pudo controlarse. Se levantó y salió, hizo unas llamadas telefónicas, dio unas explicaciones, aplacó a su madre, se disculpó por haber faltado a la cita, se afeitó y se arregló, y acudió a la oficina como siempre. Gran cantidad de trabajo le aguardaba. Nada había cambiado en su vida. Nada permanecía en ella. Volvía con su soledad, como había sucedido antes de Clive, como fue después de Clive, y como sería ahora para siempre. Había fracasado, y eso no era lo más triste: había visto a Alec fallar. En un sentido, eran la misma persona. El amor había fallado. El amor era una emoción a través de la cual podías a veces gozarte a ti mismo. No podía dar frutos.

XLV

CUANDO LLEGÓ EL SÁBADO, acudió a Southampton a ver salir al *Normannia.*

Era una decisión fantástica, inútil, indigna, arriesgada, y no tenía la menor intención de ir cuando salió de casa. Pero al llegar a Londres, el hambre que le había atormentado durante la noche se exteriorizó claramente y exigió su presa, y él olvidó todo salvo el rostro y el cuerpo de Alec, y utilizó el único medio que tenía de verlos. No quería hablar con su amante ni oír su voz ni tocarle —toda esta parte había terminado—, sólo recapturar su imagen antes de que se desvaneciese para siempre. ¡Pobre y desdichado Alec! ¿Quién podía condenarle, cómo podía haber actuado de otro modo? Pero, oh, la desdicha caía sobre ambos.

Llegó al barco en un sueño, y despertó allí en una nueva especie de incomodidad: no se veía a Alec por ninguna parte, los camareros estaban muy atareados, y pasó un rato antes de que le llevaran junto al señor Scudder, un hombre de mediana edad, nada atractivo, un comerciante, un patán: el hermano Fred. Con él estaba un viejo de barba, probablemente el carnicero de Osmington. El mayor encanto de Alec era el fresco color que se alzaba contra la escollera de su cabello. Fred, con los mismos rasgos, era colorado y zorruno, y en él la caricia del sol estaba remplazada por la grasa. Fred tenía gran concepto de sí mismo, como Alec, pero el suyo provenía del éxito mercantil y del desprecio del trabajo manual. No le gustaba tener un hermano trabajando de criado, y pensaba que el señor Hall, del que nunca había oído hablar, había acudido a despedirle en un gesto de paternalismo. Esto le hizo insolente: «Licky no ha embarcado aún, pero ya está aquí su equipaje —dijo—. ¿Quiere ver su equipaje?» El padre dijo: «Aún hay tiempo de sobra», y miró el reloj. La madre dijo con los labios apretados: «No tardará. Cuando Licky dice una cosa, Licky la cumple.» Fred dijo: «Puede llegar tarde si quiere. Si yo pierdo su compañía, puedo soportarlo, pero que no espere nada más de mí. Lo que él me ha costado...»

«A este ambiente es al que pertenece Alec —reflexionó Maurice—. Estas gentes le harán más feliz de lo que yo podría hacerle.» Y llenó una pipa con el tabaco que había fumado durante los últimos seis años, y contempló cómo se marchitaba su romance. Alec no era un héroe ni un dios, sino un hombre inmerso en una sociedad como él, para el que el mar y los bosques y la fresca brisa y el sol no preparaban ninguna apoteosis. No debían haber pasado aquella noche juntos en el hotel. Por eso se habían despertado tan altas esperanzas. Debían haberse separado con un apretón de manos bajo la lluvia.

Una fascinación mórbida le mantenía entre los Scudder, escuchando sus vulgaridades, y rastreando los gestos de su amigo en ellos. Intentó ser afable y cordial, y fracasó, pues había perdido la confianza en sí mismo. Mientras cavilaba, una tranquila voz dijo: «Buenas tardes, señor Hall.» No pudo contestar. La sorpresa era excesiva. Se trataba del señor Borenius, y ambos recordaron aquel silencio inicial, y su mirada asustada, y el movimiento rápido con que se quitó la pipa de los labios, como si la Iglesia prohibiese fumar.

El señor Borenius se presentó a sí mismo educadamente al grupo; había venido a ver marchar a su joven feligrés, dado que la distancia no era grande desde Penge. Discutieron por qué camino llegaría Alec —parecía no haber seguridad— y Maurice intentó escabullirse, pues la situación se había hecho equívoca, pero el señor Borenius le paró.

—¿Se va al muelle? —preguntó—. Yo también, yo también.

Volvieron al aire y a la luz del sol. Los bajíos de Southampton Water se extendían dorados alrededor de ellos, bordeados por el New Forest. Para Maurice, la belleza del atardecer parecía un augurio del desastre.

—Ha tenido usted un buen detalle —dijo el clérigo, comenzando. Hablaba como un asistente social a otro, pero Maurice creyó percibir un velo en su voz. Intentó replicar —dos o tres frases normales le salvarían—, pero las palabras no acudieron a sus labios, y el inferior temblaba como el de un desdichado muchacho—. Y es más notable aún, porque recuerdo perfectamente su descontento con el joven Scudder. Usted me dijo, cuando cenábamos en Penge, que era «un poco cerdo», expresión que, aplicada a un semejante, me sorprendió. No podría creer lo que veía cuando le divisé a usted aquí entre sus amigos. Créame, señor Hall, él apreciará este rasgo aunque parezca que no. Los hombres como él son más impresionables de lo que suponen los que pertenecen a otras clases. Para lo bueno y para lo malo.

Maurice intentó detenerle, diciendo:

—Bueno... ¿y usted?

—¿Yo? ¿Por qué he venido yo? Se reirá usted. He venido a darle una carta de presentación para un sacerdote anglicano de Buenos Aires, con la esperanza de que se confirme al desembarcar. Absurdo, ¿verdad? Pero no siendo un helenista ni un ateo, mantengo que la conducta depende de la fe, y que si un hombre es «un poco cerdo» ha de deberse a una visión errónea de Dios. Donde hay herejía, la inmoralidad surge tarde o temprano. Pero usted... ¿cómo llegó a saber con tanta exactitud cuándo salía el barco?

—Fue... fue anunciado.

El temblor se extendió a todo su cuerpo, y la ropa se le pegaba a la piel. Le parecía sentirse de nuevo en la escuela, indefenso. Estaba seguro de que el rector había sospechado, o más bien, de que había pasado por él una ola de reconocimiento. Un hombre del mundo no hubiese sospechado nada. El señor Ducie, por ejemplo; pero aquél tenía un sentido especial, al ser religioso, y podía captar emociones invisibles. El ascetismo y la piedad tienen su lado práctico. Pueden despertar percepciones, como Maurice comprendió demasiado tarde. Había supuesto en Penge que un párroco de pálido rostro, embutido en su sotana, jamás podría haber concebido el amor masculino, pero advirtió entonces que no había ningún secreto de la humanidad que, desde un mal ángulo, la ortodoxia no hubiese enfocado; que la religión era mucho más aguda que la ciencia, y si se le añadía juicio y visión, podía ser lo más grande del mundo. Desprovisto de sentido religioso, no lo había encontrado hasta entonces en otro, y el choque fue terrible. Temía y odiaba al señor Borenius. Deseaba matarle.

Y Alec, cuando llegara, se vería atrapado en el mismo cepo también; eran personas débiles, que no podían correr ningún riesgo, mucho más débiles, por ejemplo, que Clive y Anne, y el señor Borenius lo sabía, y les castigaría por el único medio que tenía en su poder.

La voz continuó; había hecho una pausa momentánea, por si la víctima decidía contestar.

—Sí. Hablando francamente, estoy descontento con el joven Scudder. Cuando abandonó Penge el martes pasado para ir a ver a sus padres, como me dijo, aunque no llegó a verles hasta el miércoles, tuve una entrevista bastante insatisfactoria con él. Se mostró reacio, se resistió. Cuando le hablé de la confirmación, se burló. El caso es (no podría mencionarle esto si no fuese por su caritativo interés hacia él), el hecho es que ha pecado de sensualidad. —Hubo una pausa—. Con mujeres. Con el tiempo, señor Hall, uno llega a advertir esa burla, esa ofuscación, pues la fornicación se extiende más allá del hecho concreto. Si sólo fuese un hecho concreto, yo no mantendría el anatema, pero cuando las naciones caen en el desenfreno, invariablemente terminan por negar a Dios, según mi opinión. Y mientras todas las irregularidades sexuales, y no solamente algunas de ellas, no se castiguen, la Iglesia no reconquistará Inglaterra. Tengo razones para creer que él pasó esa misteriosa noche en Londres. Pero seguramente... Ése debe de ser su tren.

Descendió, y Maurice, destrozado, le siguió. Oyó voces, pero no las comprendía; una de ellas podría haber sido la de Alec, que era la única que le interesaba. «También esto ha ido mal.» Esta frase comenzó a revolotear en su cerebro, como un murciélago que vuelve al oscurecer. Estaba de nuevo en el saloncito de su casa, con Clive que decía «ya no te amo. Lo siento», y sintió que su vida giraba en ciclos de un año, siempre hacia el mismo eclipse. «Como el sol... Tarda un año...» Pensó que su abuelo estaba hablándole; después la niebla se aclaró, y oyó a la madre de Alec. «Esto no es propio de Licky», farfulló, y desapareció.

¿Propio de quién? Sonaban las señales, gimió una sirena. Maurice corrió por el muelle; había recuperado sus facultades, y podía ver con extraordinaria claridad las masas de hombres distribuyéndose, los que se quedaban en Inglaterra, los que se iban, y sabía que Alec se quedaba. La tarde se había abierto en un ocaso de gloria. Blancas nubes navegaban sobre las aguas doradas y los bosques. En medio del espectáculo, Fred Scudder chillaba porque su indigno hermano había perdido el último tren, y las mujeres protestaban mientras ellos se amontonaban en las pasarelas, y el señor Borenius y el viejo Scudder se lamentaban a los empleados. Qué despreciables se habían hecho todos, frente a aquel tiempo maravilloso y aquel aire fresco.

Maurice desembarcó, ebrio de alegría y de felicidad. Vio cómo el vapor se movía, y súbitamente se acordó del funeral vikingo que tanto le había conmovido de muchacho. El símil era falso, sin embargo; aquél parecía un vapor heroico. Llevaba a la muerte. Se apartaba del muelle con los gritos de Fred, enfilaba el canal entre las voces de despedida, se iba al fin, un sacrificio, un esplendor, dejando tras sí un humo que se diluía en el ocaso, y unas olas que iban a morir contra las boscosas orillas. Durante un largo rato estuvo contemplándolo, después se volvió hacia Inglaterra. Su viaje casi había concluido. Estaba ligado a su nuevo hogar. Había sacado a la luz el hombre en Alec, y ahora era Alec a su vez quien haría brotar el héroe en él. Sabía qué era aquella llamada y cuál debía ser la respuesta. Debían vivir al margen de las clases, sin relaciones ni dinero; debían trabajar y permanecer unidos hasta la muerte. Pero Inglaterra les pertenecía. Esto, junto con su hermandad, era su recompensa. Aquel aire y aquel cielo eran suyos, no de los timoratos millones que poseían pequeñas cajas repletas y nunca sus propias almas.

Se enfrentó al señor Borenius, que había perdido por completo el control. Alec le había derrotado totalmente. El señor Borenius suponía que el amor entre dos hombres tenía que ser innoble, y no podía entender así lo que había sucedido. Se transformó inmediatamente en una persona ordinaria. Su ironía se desvaneció. De un modo sincero y más bien estúpido, discutía qué podía haberle sucedido al joven Scudder, y, después, se dirigió a visitar a unos amigos de Southampton. Maurice fue tras él y le dijo:

—Señor Borenius, mire el cielo... Parece como si se hubiese incendiado.

Pero el rector no tenía ningún interés por el cielo incendiado y desapareció.

En su excitación, Maurice sentía que Alec estaba próximo a él. No lo estaba. No podía estarlo, estaba en algún lugar bajo aquel esplendoroso ocaso, y tenía que encontrarlo, y sin un momento de vacilación se dirigió a la cabaña del embarcadero, a Penge. Aquellas palabras se habían introducido en su sangre, eran parte de los anhelos de Alec y de sus chantajes, y de su misma promesa en el último abrazo desesperado. Era el único indicio que tenía para guiarse. Dejó Southampton como había llegado a él, instintivamente, y sintió que no sólo las cosas no irían mal esta vez, sino que no podían ir, porque el universo se había puesto al fin en orden. Un pequeño tren local cumplió su deber, un soberbio horizonte resplandecía aún, e inflamadas nubecillas fulguraban mientras la gloria principal se desvanecía, y aún hubo claridad·suficiente para que caminara despacio desde la estación de Penge a través de los campos sosegados.

Entró en la finca por su parte más baja, a través de un boquete de la cerca, y una vez más le conmovió la decadencia de ésta, lo incapaz que parecía de ajustarse a normas o de controlar el futuro. La noche se aproximaba. Cantó un pájaro, corrían los animales entre la maleza; se apresuró hasta ver el agua del pozo espejeando, y, oscuro frente a ella, el lugar de la cita, y oyó el correr del agua.

Ya estaba allí, o casi allí. Aún confiado, alzó la voz y llamó a Alec.

No hubo respuesta.

Le llamó de nuevo.

El silencio y el avanzar de la noche. Había calculado mal.

«Demasiado bello», pensó, e instantáneamente recuperó el control de sí mismo. Pasase lo que pasase, no debía desmayar. Lo había hecho demasiado con Clive, y sin ningún resultado, y la desesperación en aquella soledad gris podía significar volverse loco. Tenía que ser fuerte, mantenerse tranquilo y confiado; ellos eran aún la única esperanza. Pero aquel súbito fallo le mostró su agotamiento físico. Había estado moviéndose desde muy temprano, y había sufrido muchos tipos de emociones, y se encontraba al borde del desfallecimiento. En seguida decidiría el siguiente paso a dar, pero ahora le estallaba la cabeza, le dolía cada centímetro de ella y no podía pensar y debía descansar.

La cabaña se ofrecía como el lugar más adecuado para tal fin. Entró en ella y encontró a su amigo dormido. Alec yacía sobre un montón de cojines, apenas visible a la luz moribunda del día. Al despertar no pareció excitado ni sorprendido, y acarició el brazo de Maurice con sus manos antes de que hablara.

—Así que recibiste el telegrama —dijo.

—¿Qué telegrama?

—El telegrama que te envié esta mañana a tu casa, diciéndote... —Bostezó—. Perdona, estoy un poco cansado, entre una cosa y otra... Diciéndote que vinieras aquí sin falta... —Y como Maurice no respondió, porque no podía realmente, añadió—: Y ahora todo aquello acabó y no nos separaremos más.

XLVI

Descontento con su manifiesto a los electores —le parecía demasiado paternalista para la época—, Clive estaba intentando corregir las pruebas de imprenta cuando Simcox anunció: «El señor Hall.» Era muy tarde, y la noche oscura; todos los rastros del majestuoso ocaso habían desaparecido del cielo. No podía ver nada desde el porche, aunque oía abundantes ruidos. Su amigo, que había rehusado entrar, estaba dando patadas a la grava y arrojando piedrecitas contra los matorrales y las paredes.

—Hola, Maurice, entra. ¿Por qué esa terquedad? —preguntó, un poco incómodo, sin molestarse en sonreír, dado que su rostro permanecía en la sombra—. Me alegro de que hayas vuelto, espero que te encuentres mejor. Desgraciadamente estoy un poco ocupado, pero la habitación roja no, entra y duerme aquí como siempre. Me alegra verte.

—Sólo tengo cinco minutos, Clive.

—Ven aquí, hombre, esto es fantástico. —Avanzó en la oscuridad hospitalariamente, llevando aún en la mano sus pruebas de imprenta—. Anne se pondrá furiosa conmigo si no te quedas. Es chocante que vuelvas así. Perdóname, pero tengo que hacer unas cosillas por un rato. —Entonces advirtió un círculo de negrura en la oscuridad, y, súbitamente incómodo, exclamó—: Supongo que todo va bien.

—Todo estupendamente... como tú dirías.

Entonces Clive puso a un lado la política, pues sabía que debía de tratarse del asunto amoroso, y se preparó para la confidencia y la simpatía, aunque hubiera deseado que se hubiese producido en un momento en que se hallase menos ocupado. Su sentido de la proporción le sostenía. Abrió el camino hasta el sendero desierto tras los laureles, donde los dondiegos destellaban y realzaban con un desmayado amarillo los muros de la noche. Allí estarían a solas. Tanteando encontró un banco, se sentó arrellanado en él, puso las manos tras la cabeza, y dijo:

—Estoy a tu disposición, pero mi consejo es que pases la noche aquí, y que consultes a Anne por la mañana.

—Yo no quiero su consejo.

—Bueno, como quieras, claro está, pero fuiste tan amable hablándonos de tus esperanzas, y cuando el problema es una mujer yo siempre consultaría a otra mujer, sobre todo si tiene la penetración casi misteriosa de Anne.

Los brotes de enfrente aparecían y reaparecían, y de nuevo Clive sintió que su amigo, moviéndose de un lado a otro frente a ellos, pertenecía esencialmente a la noche. Una voz dijo:

—Es algo mucho peor que eso para ti; estoy enamorado de tu guardabosque.

Era algo tan inesperado y absurdo, que dijo:

—¿La señora Ayres? —y se incorporó estúpidamente.

—No. Scudder.

—¡Cómo! —gritó Clive, lanzando una mirada a la oscuridad. Repuesto, dijo ahogadamente—: Qué anuncio tan grotesco.

—De lo más grotesco —repitió la voz—, pero consideré que después de todo debía venir aquí y decirte lo de Alec.

Clive sólo había captado el mínimo. Suponía que «Scudder» era una *façon de parler*, como uno podría decir «Ganímedes», porque la intimidad con alguien socialmente inferior era para él inconcebible. Así, se sintió deprimido y ofendido, pues había supuesto que Maurice era normal durante la última quincena, y por ello había estimulado su amistad con Anne.

—Hicimos lo que pudimos —dijo—, y si quisieras pagarnos lo que nos «debes», como dices, no perderías el tiempo en pensamientos morbosos. Me disgusta mucho oírte hablar de ti mismo así. Me diste a entender que el mundo del otro lado del espejo se había quedado atrás para ti al fin, cuando tratamos del tema aquella noche en la habitación roja.

—Cuando te decidiste a besarme la mano —añadió Maurice, con deliberada acritud.

—No aludas a eso —sus ojos relampaguearon, no era la primera ni sería la última vez, y moviendo por un momento al proscrito a amarle. Después volvió a caer en el intelectualismo—. Maurice... Oh, lo siento tanto que quizá no sea capaz de expresarlo con palabras, pero te pido, te pido insistentemente que luches por no volver a tu obsesión. Te liberarás si lo haces. Trabajo, aire fresco, tus amigos...

—Como te dije antes, no estoy aquí para pedir consejo ni para hablar de pensamientos ni de ideas. Soy carne y sangre, si quieres condescender a cosas tan bajas...

—Sí, de acuerdo; soy un teórico empedernido, ya lo sé.

—...y quiero mencionar a Alec por su nombre.

Aquello recordaba a ambos la situación de un año atrás, pero Clive fue el que retrocedió esta vez ante el ejemplo.

—Si Alec es Scudder, no está ya de hecho a mi servicio, ni siquiera en Inglaterra. Ha embarcado para Buenos Aires hoy mismo. Continúa, pues. Estoy de acuerdo en volver a discutir la cuestión si esto puede ayudarte lo más mínimo.

Maurice hinchó los carrillos y comenzó a deshojar florecillas de alto tallo. Se desvanecieron una tras otra, como velas que la noche extingue.

—Me he unido a Alec —dijo, tras pensarlo profundamente.

—¿Unido cómo?

—Totalmente.

Clive dejó escapar un gemido de disgusto. Él quería destruir al monstruo y huir, y lo deseaba débilmente. Después de todo, eran hombres de Cambridge... Pilares de la sociedad ambos; no debía mostrarse violento. No lo hizo; se mantuvo tranquilo y controlado hasta el fin. Pero su sutil y huraña desaprobación, su dogmatismo, la ceguera de su corazón, sublevaban a Maurice, que únicamente hubiera respetado el odio. ·

—Lo expresé de una forma ofensiva —continuó—, pero debo asegurarme de que lo entiendes. Alec estuvo conmigo en la habitación roja aquella noche que tú y Anne os ausentasteis.

—Maurice... ¡Oh, Dios mío!

—También en la ciudad... También... —aquí se detuvo.

Aún en su náusea, Clive volvió a la generalización, era parte de la vaguedad mental introducida por su matrimonio.

—Desde luego... La única excusa en una relación entre hombres es que se mantenga puramente platónica.

—No lo sé. He venido a decirte lo que hice.

Sí, ésta era la razón de su visita. Era cerrar un libro que jamás volvería a leerse de nuevo, y mejor cerrarlo que dejarlo rodar y que se ensuciara. El volumen de su pasado debía volver a su estante, y éste, éste era el lugar, en medio de la oscuridad y de las flores deshojadas. Le debía aquello también a Alec. No podía soportar mezcla alguna de lo viejo y lo nuevo. Todo compromiso era peligroso porque era furtivo, y, terminada su confesión, él debía desaparecer del mundo que le había formado.

—Debo decirte también lo que hizo él —continuó, intentando contener su alegría—. Ha sacrificado su carrera por mí... Sin ninguna garantía de que yo haga nada por él... Y yo no lo habría hecho antes... Siempre soy lento para ver las cosas... No sé si su actitud es platónica o no, pero es lo que ha hecho.

—¿Cómo sacrificado?

—Ahora mismo acabo de dejarle... No se fue.

—¿Que Scudder perdió su barco? —gritó el hacendado con indignación—. Esta gente es imposible. —Después se detuvo, enfocando el futuro—. Maurice, Maurice —dijo con cierta ternura—. Maurice, *quo vadis?* Te estás volviendo loco. Has perdido todo el sentido de... Deberías preguntarte si intentas...

—No, no debes preguntarme —interrumpió el otro—. Tú perteneces al pasado. Te lo he dicho todo hasta este momento... Pero ni una palabra sobre el futuro.

—Maurice, Maurice, sabes que me interesas un poco, lo sabes, o no hubiese aguantado lo que me has dicho.

Maurice abrió su mano. Luminosos pétalos aparecieron en ella.

—Tú te interesas por mí un poquito, lo creo —admitió—. Pero no puedo basar toda mi vida en un poquito. Ni tú. Tú apoyas la tuya en Anne. No te preocupas de si tu relación con ella es platónica o no. Sólo sabes que es lo suficientemente grande como para apoyar en ella una vida. Yo no puedo apoyar la mía en los cinco minutos que me dedicas entre ella y la política. Tú no harás nada por mí, salvo verme. Es lo único que has hecho en todo este año infernal. Me dejas libremente en tu casa, y procuras por todos los medios casarme, porque eso te libera de mí. Te preocupas un poco por mí, ya lo sé —pues Clive había protestado—, pero nada tenemos que hablar, y tú no me amas. Yo fui tuyo una vez hasta la muerte, y lo sería si te hubieras preocupado de conservarme, pero ahora soy de otro... No puedo apoyarme en el dolor para siempre... y él es mío de una forma que te sorprende, pero ¿por qué no dejas de sorprenderte y atiendes a tu propia felicidad?

—¿Quién te enseñó a hablar así? —farfulló Clive.

—Tú, no pudo ser otro.

—¿Yo? Es sorprendente que me atribuyas a mí tales pensamientos —prosiguió Clive.

¿Había corrompido él a una inteligencia inferior? No podía comprender que él y Maurice procedían del Clive de dos años atrás, y que uno se había inclinado a la respetabilidad y el otro a la rebelión, ni que aún habían de diferenciarse más. Estaban las elecciones, cualquier rumor de aquello las arruinaría. Pero no debía apartarse de su deber. Debía rescatar a su viejo amigo. Una sensación de heroísmo fue ganándole insensiblemente; y se comenzó a preguntarse cómo podría silenciar a Scudder y si él intentaría extorsionar. Era demasiado tarde para discutir formas y modos, así que invitó a Maurice a cenar con él la semana siguiente en su club de la ciudad.

Respondió una risa. Siempre le había gustado la risa de su amigo, y en aquel momento su suave rumor le tranquilizó: le sugería felicidad y seguridad.

—Eso está bien —dijo, y fue tan lejos como para extender su mano entre unas ramas de laurel—. Es mejor que hacer un largo discurso, que no te convence ni a ti mismo ni a mí. —Sus últimas palabras fueron—: El viernes próximo, digamos a las 7,45. Con esmoquin basta. Ya sabes.

Éstas fueron sus últimas palabras, porque Maurice había

desaparecido, sin dejar más rastro de su presencia que un montón de pétalos de dondiego, que gemían en el suelo como un fuego agonizante. Hasta el final de su vida tuvo Clive la duda del momento exacto de su partida, y con la proximidad de la vejez creció su incertidumbre de si el momento se había producido siquiera. La habitación azul brillaría, se mecerían los helechos. Desde algún Cambridge exterior, su amigo comenzó a hacerle señas, cubierto de sol, desparramando los perfumes y los rumores del tercer trimestre.

Pero a la vez, simplemente estaba ofendido por una descortesía, y la comparaba con riñas similares del pasado. No comprendió que aquello era el final, sin media luz crepuscular ni compromiso, que jamás volvería a cruzarse en el camino de Maurice, ni a hablar con los que le habían visto. Esperó un rato en el sendero. Después volvió a la casa a corregir sus pruebas y a inventar un medio de ocultarle la verdad a Anne.

NOTA FINAL

EN SU FORMA ORIGINAL, que casi conserva hoy, *Maurice* data
de 1913. Fue el resultado directo de una visita a Edward Carpenter en Milthorpe. Carpenter tenía un prestigio difícil de
comprender hoy. Era un rebelde muy de su época. Era emoti-
vo, y un poco sacramental, pues había comenzado su vida como
clérigo. Era un socialista que ignoraba el industrialismo, y un
partidario de la vida sencilla, con unos ingresos independientes,
y un poeta whitmaniano de más nobleza que vigor, y, finalmente, un creyente en el Amor de los Camaradas, a los que a
veces llamaba uranianos. Fue este último aspecto de él el que
me atrajo en mi soledad. Durante un corto tiempo, parecía
que él poseyera la llave de todos los problemas. Me acerqué
a él a través de Lowes Dickinson, y como quien se acerca a un
salvador.

Debió ser en mi segunda o tercera visita al santuario cuando ardió la chispa, y él y su camarada George Merrill se las
arreglaron para causarme una profunda impresión y para despertar en mí una fibra creadora. George Merrill también tocó
mi cadera con ademán educado. Creo que lo hacía con la mayoría de la gente. La sensación fue insólita, y aún lo recuerdo,
como recuerdo la posición de un diente perdido hace mucho
tiempo. Fue algo tanto sicológico como físico. Pareció ascender a lo largo de mi espalda hasta mis ideas, sin afectar mis
pensamientos. Si realmente hizo esto, actuó en estricto acuerdo
con el misticismo yogui de Carpenter, y demostraría que en
aquel preciso instante yo había concebido.

Volví entonces a Harrogate, donde mi madre seguía un

tratamiento, e inmediatamente comencé a escribir *Maurice*. Ninguno de mis otros libros se inició de este modo. El esquema general, los tres personajes, el final feliz para dos de ellos, todo se agolpó en mi pluma. Y todo fue saliendo de ella sin tropiezos. Quedó terminada en 1914. A los amigos, hombres y mujeres a los que se la enseñé, les gustó. Pero los había elegido cuidadosamente. Hasta ahora no se ha enfrentado ni con la crítica ni con el público, y he estado demasiado inmerso en ella, y durante demasiado tiempo, para juzgarla.

El final feliz era imperativo. De otro modo, no me hubiese molestado en escribirla. Estaba decidido a que por lo menos en una obra de ficción dos hombres se enamorasen y permaneciesen unidos en ese para siempre que la ficción permite; y en este sentido, Maurice y Alec aún vagan por los bosques. La dediqué a «Tiempos Mejores», y no totalmente en vano. La felicidad es su clave, lo que ha tenido un resultado inesperado: ha hecho el libro más difícil de publicar. A menos que el *Wolfenden Report* se convierta en ley, probablemente tenga que quedarse en manuscrito. Si terminase trágicamente, con un muchacho colgando de un lazo corredizo o con un pacto de suicidio, todo iría bien, pues no habría pornografía ni corrupción de menores. Pero los amantes salen impunes, y en consecuencia impulsan al delito. El señor Borenius es demasiado incompetente para atraparlos, y la única penalidad que la sociedad les impone es un exilio que alegremente abrazan.

Notas sobre los tres hombres

En Maurice intenté crear un personaje completamente distinto a mí, o a lo que yo imagino ser: alguien agraciado, sano, físicamente atractivo, mentalmente lento, un aceptable hombre de negocios y bastante presumido. En esta mezcla añadí un ingrediente que le descompone, le hace despertar, le atormenta, y finalmente le salva. Su medio le exaspera por su misma normalidad: madre, dos hermanas, una casa confortable, un trabajo respetable que va transformándose gradualmente en un infierno para él; debe abatir todo esto o dejarse abatir por ello. No hay una tercera vía. El desarrollo de un personaje así, el colocarle trampas que unas veces elude, en las que otras cae y a las que finalmente aplasta, resultó ser una venturosa tarea.

Si Maurice es el mundo de la burguesía suburbana, Clive es Cambridge. Conociendo la universidad, o un rincón de ella muy bien, lo creé sin dificultad, tomando algunos rasgos iniciales de él de una superficial relación con un compañero de estudios. La calma, la superioridad de visión, la claridad y la inteligencia, las seguras normas morales, la finura y la delicadeza que no significan debilidad, la mezcla de jurista y señor rural se relacionan con este conocido, aunque fui yo quien dio a Clive su temperamento «helénico» y quien lo llevó a los brazos amorosos de Maurice. Una vez en ellos, él tomó las riendas, él trazó las líneas sobre las que la insólita relación había de desarrollarse. Creía en la abstinencia platónica, e indujo a Maurice a aceptarla, lo cual no me parece en absoluto inverosímil. Maurice en esta etapa es humilde e ingenuo y le adora, es el alma liberada de la prisión, y si su liberador le pide que permanezca casto, obedece. En consecuencia, la relación se prolonga durante tres años —precaria, idealista y peculiarmente inglesa—. ¿Qué muchacho italiano se hubiese mantenido en ella? Aún dura hasta que Clive la concluye volviéndose hacia las mujeres y enviando a Maurice de nuevo a su prisión. A partir de entonces, Clive empeora, y quizá suceda lo mismo con mi versión de él. Me ha irritado. Debo machacarle, subrayar su aridez y sus pretensiones políticas y la caída de su cabello; nada de lo que él, su mujer o su madre hacen, está bien nunca. Esto ayuda a Maurice, pues acelera su descenso al infierno y le endurece allí para la libre ascensión final. Pero quizá sea injusto con Clive, que no pretende hacer mal a nadie y que sufre el último trallazo del látigo en el capítulo final, cuando descubre que su viejo amigo de Cambridge ha caído dentro del mismo Penge, con un guardabosque.

Alec empieza como una emanación de Milthorpe, es el toque en la cadera. Pero no tiene ninguna conexión más con el metódico George Merrill y en muchos sentidos es una premonición. Al trabajar con él, llegué a conocerle mejor, en parte a través de experiencias personales, algunas de ellas muy útiles. Se hizo menos un camarada y más un ser humano, se hizo más vivo y más consistente y exigió un tratamiento más amplio, y los añadidos a la novela (apenas si hubo supresiones en ella) se deben todos precisamente a él. No pueden establecerse muchas premisas respecto a Alec. Es más viejo en el tiempo que los guardabosques de D. H. Lawrence, y no tiene la ventaja de sus disquisiciones, y, aunque podría haber conocido a mi Stephen Wonham, no habrían tenido en común más que una jarra de cerveza. ¿Qué era su vida antes de la llegada de Maurice? La vida anterior de Clive puede evocarse fácilmente, pero la de Alec, cuando intento evocarla, se transforma en un estudio y ha de ser bosquejada. Él desde luego no se opone a nada, pronto se da uno cuenta de esto. Tampoco, una vez que se conocen, lo hace Maurice, y Lytton Strachey, uno de los primeros lectores, pensaba que esto era indicación de su inevitable fracaso. Me escribió una carta deliciosa e inquietante en la que me decía que la relación entre ambos se basaba en la curiosidad y en la lujuria y no duraría más allá de seis semanas. ¡Sombras de Edward Carpenter!, cuyo nombre Lytton siempre saludaba con una serie de grititos. Carpenter creía que los uranianos se eran eternamente fieles. Y aunque según mi experiencia no puede contarse con la lealtad, siempre puede tenerse esperanza en ella, y perseguirla, y debe florecer en el suelo más inverosímil. Tanto el joven burgués como el rústico son capaces de lealtad. Risley, el inteligente estudiante del Trinity, no, y Risley, como Lytton gozosamente detectó, está basado en Lytton.

Las últimas adiciones a la novela que Alec exigía son dos, o más bien se sitúan en dos grupos.

En primer lugar, Alec tiene que ser conducido hasta allí. Debe aparecer ante el lector gradualmente. Tiene que desarrollarse desde el oscuro pasado masculino que Maurice lleva a Penge, a través de la escena del piano, el rechazo de la propina, la caza en el bosque y el robo de los albaricoques, hasta ser el camarada que da y toma amor. Debe salir de la nada para acabar siendo todo. Esto requiere un manejo cuidadoso. Si el lector sabe demasiado sobre lo que va a venir, se aburrirá. Si sabe demasiado poco, quedará desconcertado. Tomemos la media docena de frases que los dos intercambian en el jardín a oscuras, cuando el señor Borenius les ha dejado y la declaración comienza a rondar. Estas frases pueden revelar más o menos, según la forma en que estén bosquejadas. ¿Las he trazado apropiadamente? Tomemos a Alec cuando oye el grito solitario y salvaje en su ronda: ¿debe responder inmediatamente, o —como finalmente decidí— debe dudarlo hasta que se repite? El arte que se exige para resolver estos problemas no es de un nivel superior, no es tan elevado como Henry James cree, pero ha de utilizarse para trasmitir el abrazo final.

En segundo lugar, Alec tiene que ser conducido desde allí. Ha corrido el riesgo y han hecho el amor. ¿Qué garantía hay de que tal amor persista? Ninguna. Así el carácter de cada uno, sus relaciones mutuas, las pruebas por las que pasan, deben sugerir que aquello va a prolongarse, y la sección final del libro tuvo que ser más larga de lo originalmente planeado. Hube de ampliar el capítulo del Museo Británico e insertar tras él otro completo, totalmente nuevo: el capítulo de su apasionada y frenética segunda noche, en la que Maurice se abre totalmente y Alec no se atreve. En el esquema original todo esto sólo estaba implícito. Del mismo modo, después de Southampton, cuando Alec también lo arriesga todo, no los había llevado a su reunión final. Tuve que escribir después todo esto, con el fin de que tuvieran oportunidad de conocerse lo más posible. El telón no podía caer mientras no se hubiesen superado algunos peligros y amenazas.

El capítulo siguiente a su unión definitiva, en el que Maurice sermonea a Clive, es el único final posible del libro. No siempre lo creí así, ni tampoco otros, y hubo quien me animó a escribir un epílogo. En éste aparecía Kitty encontrándose con dos leñadores algunos años más tarde, y causó universal repulsa. Los epílogos son para Tolstói. El mío fallaba, en parte porque la fecha en que se desarrolla la acción de la novela es aproximadamente 1912, y «algunos años después» la zambullirían en la transformada Inglaterra de la primera Guerra Mundial.

El libro, desde luego, pertenece mucho a su época, y un amigo ha subrayado recientemente que para lectores actuales sólo puede tener un interés parcial. Yo no diría tanto, pero desde luego está pasado, no sólo por sus innumerables anacronismos —sus propinas, los cilindros de pianola, la Conferencia de La Haya, los liberales, los radicales y los *Terriers,* los médicos sin información y los estudiantes paseando cogidos del brazo—, sino por una razón más vital: pertenece a una Inglaterra donde aún era posible perderse. Pertenece al momento final del bosque. *The Longest Journey* pertenece también al mismo periodo y tiene similitudes de ambiente. Nuestro bosque terminó catastrófica e inevitablemente. Dos grandes guerras exigieron y legaron una regimentación que los servicios públicos adoptaron y extendieron, la ciencia prestó su ayuda, y los bosques de nuestra isla, nunca extensos, fueron invadidos, explotados y controlados. No hay hoy bosques o páramos a los que escapar, ni cueva en la que refugiarse, ni valle desierto para los que no desean ni reformar ni corromper a la sociedad, sino que los dejen solos. La gente escapa hoy, uno puede verlos cualquier noche en las películas. Pero son maleantes, no proscritos, pueden engañar a la civilización porque son parte de ella.

Homosexualidad

Hablemos, para terminar, de una palabra hasta ahora no mencionada. Desde que se escribió *Maurice* ha habido un cambio en la actitud pública al respecto: se ha ido de la ignorancia y el terror a la familiaridad y el desdén. No es el cambio por el que Edward Carpenter había luchado. Él esperaba el generoso reconocimiento de una emoción y la reintegración de algo primitivo al acervo común. Y yo, aunque menos optimista, había supuesto que el conocimiento traería comprensión. No habíamos advertido que lo que el público realmente detesta en la homosexualidad no es la cosa en sí, sino el tener que pensar en ella. Si pudiese deslizarse entre nosotros de modo inadvertido, o si se legalizase de la noche a la mañana en un decreto anunciado en letra pequeña, habría pocas protestas. Desgraciadamente sólo puede legalizarse a través del Parlamento, y los miembros del Parlamento están obligados a pensar o a hacer ver que piensan. En consecuencia, el *Wolfenden Report* será indefinidamente rechazado, continuarán las acciones de la policía, y Clive, desde el sitial del juez, continuará condenando a Alec en el banquillo. Maurice debe escapar.

Setiembre 1960.

Índice

Introducción 7

Primera parte 13
Segunda parte 63
Tercera parte 115
Cuarta parte 166

Nota final 212

Impreso en el mes de junio de 1988
en Talleres Gráficos DUPLEX, S. A.
Ciudad de la Asunción, 26
08030 Barcelona